Lauriana Chalet

Une couronne
pour un cœur

Œuvres de Barbara Cartland
chez le même éditeur

Déjà parus :

Les seigneurs de la côte
La splendeur de Ventura
Séréna (ou le hasard des cœurs)
Le corsaire de la reine
Cléona et son double
Escapade en Bavière
L'impétueuse duchesse
Sous le charme gitan
Amour secret
Les feux de l'amour
La fille de Séréna
Samantha des années folles
Le secret de Sylvina
C'est lui le désir de mon cœur
Le valet de cœur
Messagère de l'amour
Cœur captif
Seras-tu lady, Gardenia ?
Printemps à Rome
Pour l'amour de Lucinda
L'épouse apprivoisée
Le baiser du diable
L'air de Copenhague
La prison d'amour
Le maître de Singapour
L'amour joue et gagne
Une couronne pour un cœur

A paraître :

Rencontre à Lahore
Vanessa retrouvée

BARBARA CARTLAND

Une couronne pour un cœur

Traduit de l'anglais
par
Robert FAVART

LIBRAIRIE JULES TALLANDIER
17, rue Remy-Dumoncel - Paris XIVe

Traduction de l'ouvrage
paru en langue anglaise
sous le titre :
THE RELUCTANT BRIDE

CHAPITRE PREMIER

Provenant du plafond, un craquement sinistre se fit entendre, suivi d'une rumeur sourde. Lady Lambourn, qui somnolait, sursauta en s'écriant, pleine d'appréhension :

— Mon Dieu ! Qu'est-ce encore ?

Sa fille Camilla, assise près de la fenêtre, raccommodait du linge ; elle quitta sa place pour venir, d'un geste caressant, apaiser la malade.

— J'ai bien peur, maman, annonça-t-elle tristement, que ce soit le toit de la chambre aux griffons qui achève de s'effondrer. Les dernières pluies ont complètement détrempé les murs et le vieux Wheaton nous avait averti que, faute de réparations, ce coin de la bâtisse ne tiendrait plus longtemps.

— Notre troisième plafond menacé, se lamenta la vieille dame. Hélas ! C'est toute la maison qui, bientôt, s'écroulera sur nos têtes !

— Il faudrait entreprendre des travaux, soupira Camilla d'un ton résigné, et ils sont hors de prix... comme tout le reste !

Lady Lambourn releva vers la jeune fille un regard las, embué de larmes.

— Qu'allons-nous devenir, ma petite chérie ? gémit-elle. Dieu sait qu'il ne nous reste plus rien à vendre, et j'avais prévenu ton père que cette ultime démarche qu'il a voulu tenter à Londres serait inutile...

— Je le pense aussi, approuva la jeune fille, mais vous connaissez l'optimisme indéracinable de papa. Il avait la conviction qu'il trouverait, cette fois-ci, une âme compatissante susceptible de nous aider.

— J'ai toujours connu ton père ainsi, se remémora la malade. Il ne perd jamais espoir, même lorsque tout se ligue contre lui... Mais, en l'occurence, j'ai bien peur que ce soit le coup final. Quand notre Jarvis nous reviendra d'au-delà les mers, il risque fort de nous trouver en prison pour dettes !

— A Dieu ne plaise, maman ! s'écria Camilla d'un ton qui se voulait consolant.

— Cette perspective me poursuit comme un cauchemar chaque nuit, insista Lady Lambourn, pathétique. Si je ne me sentais pas si faible et si malade, j'aurais pu essayer de reprendre contact avec nos brillantes relations d'autrefois. Au temps où ton père était ambassadeur d'Angleterre, il a obligé tant de gens qui lui ont juré alors une reconnaissance éternelle ! Mais où sont-ils à présent ?

— Comme vous dites, maman, où sont-ils ?

Il y avait une pointe d'amertume dans la

question que, comme en écho, la jeune fille avait reprise.

— Il est vrai, poursuivit Camilla, que nous n'avons pas été les seuls à être ruinés par la terrible débâcle financière qui, l'an dernier, a suivi la fin des guerres napoléoniennes. Tant de banques ont dû suspendre brusquement leurs paiements ! Et papa a bien raison de prétendre que ce millésime terrible : 1816, se trouvera plus que tout autre gravé sur les tombes des cimetières du Royaume-uni !

— Nous, au moins, nous survivons encore, marmonna Lady Lambourn,... mais pour combien de temps ?

— Il ne faut pas se décourager à ce point, maman chérie, implora Camilla en s'agenouillant auprès de sa mère pour mieux l'entourer de ses bras. Qui sait ? Jarvis reviendra peut-être riche de ses lointaines explorations et vous pourrez vous rendre à Bath et y prendre les eaux. On vante tellement les vertus de ces sources chaudes ! Je suis sûre qu'elles guériront vos jambes.

— Si nous mettions la main sur un peu d'argent, j'aimerais mieux qu'il serve à te faire mener à Londres la vie que tu mérites, mon enfant chérie. Je me désole de voir une belle jeune fille de ton âge languir ici dans cette misère !

— Ne vous faites pas de soucis pour moi, maman, coupa Camilla avec impétuosité. Vous savez bien que lorsque je me suis rendue à Londres l'an dernier, je ne m'y suis pas plu le moins du monde, malgré les efforts de tante Georgiana pour m'introduire dans la bonne société. Tout ce que je souhaite, c'est de vivre en paix ici entre papa et vous, si seulement nous étions sûrs de manger tous les jours à notre faim et de garder un toit au-dessus de nos têtes !

— Hélas ! on n'en prend guère le chemin, constata Lady Lambourn. Les domestiques qui sont restés à notre service n'ont pas touché leurs gages depuis si longtemps que j'ose à peine regarder en face notre brave Agnès quand je la vois assumer seule les besognes que se partageaient naguère trois valets de pied !

— Agnès est chez nous depuis si long-temps, dit Camilla avec un sourire attendri, qu'elle se considère comme un peu de la famille, vous le savez bien, maman. Pas plus tard qu'hier elle me disait : « Quand *nous* redeviendrons riches, Milady, nous rirons ensemble de tout cela ». Elle trouve normal de partager nos peines, comme nos joies quand elles reviendront !

— Ce n'est pas encore cette fois-ci que ton père nous les ramènera ! s'impatienta Lady Lambourn. Je me demande bien ce qui le retient à Londres si longtemps. Pourvu qu'il n'ait pas eu la fâcheuse idée d'emprunter de l'argent à un ami pour aller le risquer à une table de jeu !

— Papa n'est pas joueur, affirma Camilla. Toute la fortune accumulée au cours de ses ambassades, il l'avait sagement investie dans les banques. Dommage qu'il ait eu la mauvaise inspiration de le faire en francs napoléoniens !

— C'est à cause de ce monstre couronné que nous sommes ruinés, larmoya la vieille dame. Et dire que notre victoire finale sur lui, au lieu de nous enrichir, nous a quasiment réduits à la mendicité ! Oh ! Camilla, qu'allons-nous faire ?

— Prier, maman chérie. Vous m'avez toujours enseigné que la prière était le recours suprême...

— Eh oui, je l'ai longtemps cru, mon enfant. Mais depuis nos épreuves, je commence à en douter.

Camilla poussa un léger soupir et retourna à la fenêtre.

Le soleil d'avril, à travers les lattes des persiennes, venait dorer son joli profil que Lady Lambourn, à l'autre bout de la pièce, contemplait avec un mélange d'orgueil maternel et de tristesse.

« Camilla est trop maigre », songea-t-elle. Cela n'avait rien de surprenant, l'alimentation étant, chaque semaine de plus en plus rationnée. Non seulement les Lambourn s'étaient endettés auprès du boucher du village, mais ils avaient dû se séparer des gardes-chasse qui auraient pu leur fournir lièvres et faisans en ravitaillement d'appoint. La domesticité les avait quittés peu à peu, à l'exception d'Agnès, et du vieux Wheaton qui

était à leur service depuis cinquante ans ;
mais il était devenu presque aveugle, et à ce
point perclus de rhumatismes que son travail
se réduisait à bien peu de chose.

Lady Lambourn se remémora comme en un
rêve les années brillantes où Sir Horace et
elle, revenant, pour une « season » à Londres,
de l'une ou l'autre de ces capitales européennes où ils se trouvaient en poste, étaient reçus
« personna grata » à la cour de Saint-James et
fêtés par le monde diplomatique qui n'avait
que louanges pour les qualités de l'ambassadeur et le charme de sa ravissante épouse.

Ils rapportaient en ces occasions de magni-
fiques présents à Jarvis et à Camilla mais
celle-ci, même adolescente, leur préférait les
jouets et poupées de son enfance. Dès son
plus jeune âge, blonde fillette aux boucles
d'or et au regard de fée dont les reflets bleu
pervenche s'étaient empreints très tôt d'une
expression sérieuse, elle promettait d'être une
grande beauté.

— Vous verrez, leur disait-on dans le
monde avec un sourire admiratif, cette petite
sera un jour la coqueluche de Londres et les
prétendants les plus huppés se presseront à
votre porte !

Lady Lambourn en avait volontiers accepté
l'augure... Avec les années, l'adorable fillette
était devenue, en effet, une très belle jeune
fille. Mais l'argent avait commencé à manquer, Camilla n'avait pu acheter les belles
toilettes qui auraient mis sa beauté en valeur,

et le château délabré ne s'était plus ouvert pour des bals où les soupirants éventuels auraient pu accourir.

— Ah ! ma chère enfant, j'avais tant d'ambitions pour toi, murmura la vieille dame dans un sanglot qui venait vraiment du tréfonds de son cœur.

Mais la jeune fille n'écoutait plus les propos de sa mère et, levant le doigt, réclama le silence.

— Je crois, maman... j'en suis sûre même... j'entends les roues d'une voiture, s'écria-t-elle en se précipitant hors de la pièce.

Immobilisée sur sa chaise longue, Lady Lambourn écouta les pas rapides décroître dans le hall, suivis du bruit de la grande porte qu'on déverrouillait. Elle joignit ses mains en une muette prière.

— Mon Dieu, puisse Horace nous rapporter quelque espoir...

Il y eut un murmure de voix, et puis la porte du salon, laissée entrouverte par Camilla, s'ouvrit dans un brouhaha. Sir Horace s'avança, bras tendus, vers son épouse.

En dépit des années, l'ancien ambassadeur de Sa Gracieuse Majesté était resté un fort bel homme avec ses cheveux argentés, sa haute taille et sa sveltesse que soulignait l'élégance de son costume de voyage admirablement coupé, bien qu'il ne fût plus très neuf. Le cou entouré d'une cravate de soie artistement nouée, presque impeccable malgré la poussière du voyage, le vieux gentleman marchait d'un pas rapide et triomphant. Il se pencha pour baiser sa femme au front.

— Horace, mon amour, murmura-t-elle en tendant vers lui ses mains restées belles qui, dans leurs mitaines de dentelles, découvraient les ongles soigneusement nacrés, sa dernière coquetterie. Avez-vous réussi dans vos démarches ?

Lady Lambourn pouvait à peine articuler ces mots tant son cœur battait fort.

— Au-delà de toute espérance, ma chère !

La voix de l'ambassadeur sonnait, claironnante, sous les lambris de la pièce.

— Oh ! Papa, dites-nous vite !

Camilla était à ses côtés, les yeux levés vers le voyageur, ses boucles blondes épandues sur ses épaules. La dégradation et le délabrement du salon semblaient avoir disparus comme par enchantement dès l'apparition du maître de maison, laquelle semblait revivre, à un rythme nouveau. L'atmosphère désespérément triste des lieux s'était subitement évanouie comme si une lumière étincelante éclairait chaque recoin de la pièce.

— Horace, êtes-vous sûr de vous sentir bien ? interrogea la vieille épouse soudain inquiète d'un tel excès d'optimisme.

— Je vous jure que je me porte à merveille, ma très chère, la rassura-t-il, et, de plus, que tout va s'arranger pour nous désormais ! Je brûle de vous raconter cela, mais, auparavant, Camilla, demande aux domestiques d'aller chercher dans la voiture les paquets que je vous ai apportés.

— Des paquets ? Quels paquets ?

— Un pâté de foie gras, une épaule de mouton, énuméra le lord, plus une grande caisse du meilleur brandy et du thé indien, celui que ta mère préfère.

— C'est extraordinaire ! s'écria Camilla en s'élançant hors de la pièce pour aller chercher tous ces trésors, sachant qu'Agnès et Wheaton en seraient incapables à eux seuls, le vieux cocher étant occupé à déharnacher ses haridelles.

Dès qu'elle eut le dos tourné, Sir Horace porta la main de sa femme à ses lèvres.

— Nos malheurs sont terminés, ma chère, annonça-t-il.

— Mais comment ? questionna Lady Lambourn. Et si vous avez obtenu un prêt, comment ferons-nous pour le rembourser ?

— Il ne s'agit point d'un prêt, et...

Mais le vieil homme fut interrompu par le retour de sa fille.

— Papa ! cria-t-elle tout excitée. Il y avait un laquais juché sur le siège arrière de votre voiture. Il m'a dit qu'il avait été engagé par vous ! Dois-je le croire ?

— En tout point, mon enfant, fut l'étonnante réponse. Je n'ai pas eu le temps d'embaucher plus de personnel. Mais j'imagine que nous pourrons engager de nouveau nos anciens domestiques. Ce valet de pied étant disponible, je l'ai pris en attendant.

— Mais tout cela... avec quel argent ?

La joie de Camilla était brusquement tombée ; elle paraissait interloquée et sa voix décelait de l'inquiétude.

Sir Horace prit le temps d'ôter sa redingote de voyage qu'il jeta sur le dossier d'une chaise.

— Je suis prêt à vous le dire, mais vous me permettrez d'abord d'étancher ma soif. J'ai fait le parcours depuis Londres à bride abattue, ne prenant même pas le temps de faire boire mes chevaux tant j'étais pressé de vous raconter ce qui nous arrive.

— Je vais vous rapporter une de vos bouteilles de brandy, dit Camilla.

— Non ! coupa son père. Demande au laquais de le servir. Il n'y a plus de raison pour que tu te livres encore à des tâches ménagères, comme au cours de ces derniers mois.

— Je n'ai jamais considéré comme des tâches ménagères les menus services que je peux vous rendre, cher papa, ajouta la jeune fille en souriant.

Oubliant sa soif, Sir Horace lui tendit les bras pour l'attirer à lui.

— Ma petite fille bien aimée, dit-il, la raison pour laquelle la nouvelle que je vous rapporte m'excite à ce point c'est qu'elle te concerne. Et c'est ce qui lui donne le plus de prix à mes yeux.

— Cette nouvelle me concerne... moi ?

— Viens t'asseoir, mon enfant.

Il s'était calé dans le fauteuil placé à côté de la chaise longue de sa femme. Tirant à elle un tabouret, Camilla s'assit entre eux.

— Parlez vite, papa, implora-t-elle. Je ne tiens plus en place !

— Et moi pas davantage, intervint Lady Lambourn. Mais, Horace, vous ne pouvez savoir l'effet que cela me fait de vous voir dans un tel état d'euphorie. Quand je vous ai vu partir, vous paraissiez un vieil homme ! Et je vous retrouve avec la pétulance et la gaieté de notre fils !

— Je me sens, en effet, de nouveau un jeune homme, ma chère !

— Allez-vous nous dire enfin pourquoi ?

L'ambassadeur se racla la gorge pour clarifier sa voix en se calant encore plus profondément dans le fond de son siège.

— Ma petite Camilla, tu te souviens, n'est-ce pas, que je t'ai souvent parlé de la principauté de Meldenstein ?

— Bien sûr, papa, ainsi que de la princesse régnante qui, depuis si longtemps, la gouverne : Vous l'aviez même choisie pour être ma marraine... une marraine à qui je dois mes plus beaux jouets d'enfant. L'année dernière encore, elle a envoyé, pour mon anniversaire, cette merveilleuse sortie de bal en dentelle qu'hélas je n'ai jamais eu l'occasion de porter.

— Tout cela est changé désormais, mon enfant, tu vas pouvoir t'en parer souvent, ainsi que d'autres atours, plus somptueux encore.

— Mais que voulez-vous dire, enfin ?

— Commençons par le commencement, veux-tu ?

A ce moment, le vieux gentleman s'interrompit, car la porte livrait passage à un laquais de haute taille vêtu de la livrée des Lambourn et portant un plateau.

— J'ai pensé, dit-il respectueusement, que Votre Grâce serait heureuse de boire un verre de vin pour se remettre de la fatigue du voyage.

— Merci, mon ami, répondit le Lord.

Et, se tournant vers sa femme, il ajouta :

— Ma chère, je vous présente James. Je lui ai dit que, pendant quelques jours, nous manquerons au château de personnel. Mais je donnerai des instructions pour que les emplois trop longtemps restés vacants soient pourvus au plus tôt.

En vrai valet de grande maison, James posa sur un guéridon son plateau avec le carafon de vin et les verres et, déférent, après une inclination de tête, se retira discrètement.

— Excellente recrue, commenta Sir Horace. Il a servi chez le duc de Devonshire, où on l'a, je vois, parfaitement stylé.

Ses interlocutrices se contentèrent d'opiner du chef, avides de l'entendre passer à un autre sujet. L'ancien diplomate ne les fit pas attendre plus longtemps.

— Venons-en à mon histoire, commença-t-il. En débarquant à Londres, j'étais désespéré. Vous le savez, ma chère, j'avais beau tenter de faire bonne figure, je vous avais quittée, étant conscient que nous frisions le désastre. A tout hasard, je me suis rendu à mon Club dans le secret espoir de tomber sur un ami d'autrefois qui pourrait m'aider.

— Mon pauvre papa, que cette démarche a dû vous être pénible ! s'apitoya Camilla.

— Je ne voulais songer qu'au bien-être de ta mère et au tien. Je ne trouvai à mon Club que de vagues connaissances. Je me demandais si j'allais gaspiller le peu d'argent qu'il me restait en me commandant un dîner lorsque, dans mon dos, j'entendis une voix s'écrier : « Lord Lambourn ! On peut dire que le Ciel vous envoie ! »

— Et qui était-ce ? demanda son épouse.

— Ma chère, vous souvenez-vous de Ludovic Von Helm ?

La vieille dame fronça le front pour mieux se concentrer.

— Von Helm ? Le nom me dit quelque chose. Ne s'agit-il pas de ce courtisan plein d'ambition qui gravitait jadis à la cour de Meldenstein ?

— Exactement, ma chère. Eh bien, figurez-vous que ses ambitions sont aujourd'hui satisfaites ! Von Helm est le Premier ministre de la principauté !

— Vraiment ? s'étonna Lady Lambourn. Mais la principauté elle-même, qu'est-elle devenue ? Napoléon ne l'avait-il pas annexée comme tant d'autres Etats germaniques ?

— Eh bien, non. Von Helm m'a expliqué

que la principauté de Meldenstein s'était bien tirée, en fin de compte, de toutes les guerres impériales. Le peuple n'a pas tenté de résister aux Français, qui se sont contentés de faire passer dans le pays leurs troupes en route pour la Russie et d'y bivouaquer sans occuper réellement le pays. De sorte qu'après la chute du tyran, la principauté s'est retrouvée plus riche qu'elle ne l'était avant.

— Mais comment est-ce possible ? demanda Lady Lambourn.

— Comme vous le savez, ma chère, la princesse était de naissance anglaise. En femme avisée, elle avait placé les fonds d'Etat dans son pays d'origine. Certes, elle a dû passer par de mauvais moments lors des premières invasions, craignant à juste titre un débarquement de Bonaparte en Angleterre. Mais, depuis Waterloo, Meldenstein se retrouve dans le camp des vainqueurs et jouit d'une situation financière non seulement intacte, mais plus avantageuse encore.

— Il est heureux qu'au moins quelqu'un ait tiré bénéfice de ces maudites guerres ! soupira l'ambassadrice non sans amertume.

— La princesse a su vraiment mener sa barque pendant toutes ces années-là, poursuivit Sir Horace. Son fils, le prince Hedwig, dont vous vous souvenez sûrement, ma chère, accomplissait un voyage en Orient au moment des premières campagnes napoléoniennes. Il n'est revenu dans la principauté que tout récemment et c'est sa mère qui, pendant son absence, a été régente.

— Sa qualité d'Anglaise n'a pas dû lui faciliter les choses...

— Eh bien, il semble que si ! Comme ce fut le cas pour la reine Louise de Prusse, Napoléon pouvait à l'occasion se montrer sensible aux malheurs d'une souveraine qui était aussi une jolie femme. Il a laissé celle qui nous occupe tranquillement gouverner sous la tutelle d'un de ses maréchaux lequel, également charmé par Son Altesse Sérénissime, a accordé au pays bien des concessions dont d'autres, moins chanceux, n'ont pas bénéficié.

Lord Horace Lambourn s'arrêta de parler une seconde et sa femme en profita pour dire :

— Vous me voyez ravie, Horace, d'apprendre que les choses aient si bien tourné pour cette chère princesse Elaine. J'ai toujours eu beaucoup d'amitié pour elle, mais je ne vois pas en quoi tout ceci nous concerne.

— Ceci nous concerne on ne peut plus intimement, ma bonne amie, déclara l'ambassadeur avec emphase, car vous ne m'avez pas laissé le temps de préciser que Ludovic Von Helm est venu en Angleterre chargé d'une mission très particulière : me rencontrer pour me demander, au nom de Son Altesse Sérénissime, le prince Hedwig de Meldenstein, la main de notre fille ici présente !

Quelques instants d'un silence stupéfait

suivirent cette déclaration de Lord Lambourn
avant que, d'une toute petite voix, Camilla
retrouve suffisamment ses esprits pour poser
une question.

— Vous voulez dire, papa... que le prince...
veut m'épouser ?

— La sollicitation du Premier ministre
avait un caractère tout à fait officiel et je n'ai
pas besoin de te souligner, mon enfant, ce que
cette offre mirifique peut représenter pour
nous dans la situation désespérée où je me
trouve. Je garde de Meldenstein un souvenir
ébloui : ç'a été mon premier poste comme
jeune attaché à la légation d'Angleterre et,
après Rome et Paris, j'y suis retourné comme
ministre. La princesse et son mari ont alors
eu pour nous les plus grands égards. L'idée de
te savoir bientôt, toi, ma fille, sur le trône de
la principauté me comble de joie.

— Mais... je ne l'ai jamais rencontré, ce
prince Hedwig ! protesta Camilla.

— Arrive-t-il bientôt en Angleterre ?
demanda Lady Lambourn.

Sir Horace parut mal à l'aise.

— Ma chérie, vous ne pouvez pas ne pas
comprendre, dit-il enfin, qu'il est difficile à
un prince régnant, à peine rentré dans son
pays après quinze années d'exil, de repartir
en voyage alors qu'il vient à peine de retrouver son peuple. Si populaire et si aimé qu'il
soit là-bas, m'a expliqué Von Helm, le prince
serait mal vu s'il lui prenait la fantaisie de ne
pas remplir actuellement ses obligations.

C'est la raison pour laquelle il a délégué son Premier ministre, la seconde personnalité de l'Etat. Te rends-tu compte de l'honneur qui nous est fait ?

La jeune fille se leva, s'approcha de la cheminée et, regardant le feu presque éteint, s'arrêta pour demander avec le plus grand calme :

— Avez-vous accepté, papa ?

De nouveau l'ancien ambassadeur montra un certain embarras.

— Tu penses bien que je n'ai pas voulu avoir l'air de bondir sur sa proposition, répondit-il. Mais l'envoyé extraordinaire du prince m'a donné aussitôt tous les détails du projet matrimonial. Veux-tu que je te les communique ?

Comme Camilla ne répondait pas, lui tournant le dos, c'est à son épouse que Sir Horace s'adressa :

— Son Altesse Sérénissime entend verser à sa fiancée, le jour du mariage, une dot de cent mille livres. En outre, comme il désire qu'elle ait un trousseau princier digne de sa haute position, il a chargé son Premier ministre de me remettre sur-le-champ dix mille livres pour pourvoir aux premiers frais.

— Dix mille livres ! s'écria Lady Lambourn en défaillant presque. Mais, Horace, c'est une somme énorme !

— Cette générosité est en tout point conforme aux fastes traditionnels de

Meldenstein, ma chère, dit l'ambassadeur, enthousiaste.

Cependant il ne quittait pas des yeux sa fille qui semblait s'agripper au manteau de la cheminée comme pour y trouver un appui.

Le silence devenait pesant. L'ancien diplomate dit enfin d'un ton différent :

— Tu es heureuse, n'est-ce pas, mon enfant ?

— Cet homme ne m'a jamais vue, balbutia Camilla. Comment peut-il souhaiter m'épouser ?

— Lorsqu'il s'agit de têtes couronnées, les choses se passent toujours ainsi, tu sais, plaida son père.

— Mais... sûrement les deux personnes concernées se rencontrent... avant que rien ne soit définitivement décidé...

— Pas toujours. Ainsi, notre prince de Galles n'avait jamais rencontré sa fiancée, Caroline de Brunswick, avant leur mariage.

— Oui, mais quel désastre en est résulté ! s'empressa de dire Camilla.

— On ne peut pas comparer les deux cas, trancha Sir Horace, conscient d'avoir commis un impair. Nos deux familles se connaissent, la princesse mère est ta marraine et a toujours été pour nous une grande amie. Quant au prince Hedwig, je n'entends que des louanges sur son compte.

— Quel âge a-t-il ? s'enquit la jeune fille.

Il y eut une pause de quelques secondes

avant que Sir Horace n'annonce comme si on lui arrachait les mots de la bouche :

— Trente-huit ou trente-neuf ans.

— Et comment se fait-il qu'il ne se soit pas encore marié ?

— Je t'ai déjà expliqué, reprit le diplomate avec une nuance d'agacement dans la voix, que le prince voyageait en Orient lorsque la guerre a éclaté. Il n'allait pas tout de même se marier là-bas ! A présent qu'il est de retour, tout son peuple se réjouit d'avance à l'idée de le voir perpétuer la dynastie.

— Et comme, pour cela, il faut une épouse, la première venue fera l'affaire ! éclata Camilla. Pourquoi le choix s'est-il porté sur moi ?

— Mon enfant, je n'aime pas que tu me parles sur ce ton ! Cette démarche est tout à notre honneur : les Meldenstein règnent sur la principauté depuis près de mille ans. La tradition, établie par ses souverains depuis maintenant trois générations, de toujours choisir des épouses anglaises a forgé des liens très étroits entre nos deux pays. Te voir régner sur une autre cour étrangère ne m'aurait pas procuré la même joie !

Camilla se retourna brusquement. Ses joues étaient pâles et ses yeux, immenses, où passait une lueur effarée, semblaient trop grands pour son visage.

— Je n'ai envie de régner nulle part, papa ! s'exclama-t-elle avec passion. Vous savez bien que je ne suis pas faite pour ce genre de vie.

Vous et maman avez toujours approché des rois, des reines et des familles princières. Mais, moi, ai-je jamais fréquenté des cours ? J'ai toujours vécu, ici ou ailleurs, une existence tranquille, à l'exception d'une brève « season » à Londres où je me suis sentie comme perdue ! me voyez-vous sur le trône d'une principauté ? J'y serais gauche, pas du tout à ma place et ne pourrais que vous faire honte !

Sir Horace s'était levé d'un bond.

— Camilla, je t'interdis de tenir de tels propos, dit-il en traversant le salon pour aller l'entourer de son bras. Tu es très belle, ma chérie. Où que tu te présentes, les hommes les plus haut placés ne pourront que t'admirer et les femmes, — que cela leur fasse plaisir ou non, — te reconnaître comme une des plus belles d'entre elles. Tu seras très heureuse à Meldenstein, j'en ai la conviction. Ce n'est pas une cour soumise à une étiquette étouffante comme celle des Habsbourg ou des Bourbons d'Espagne où l'on ne peut respirer sans obéir d'abord aux règles du sacro-saint protocole. A Meldenstein, c'est la simplicité qui règne, de la famille régnante au dernier de ses ressortissants.

— Comment pouvez-vous affirmer que je serai heureuse, répliqua la jeune fille, avec un homme que je n'ai jamais vu ! Il a le double de mon âge et pourrait fort bien me prendre en grippe dès la seconde même où il condescendra à me rencontrer ?

Sir Horace toisa sa fille d'un regard sévère.

— C'est bien, Camilla, dit-il sèchement, je constate que je me suis trompé. Je m'étais imaginé que tu te réjouirais d'un changement de notre mode de vie, et que de monter sur le trône d'un des plus beaux petits pays au monde te paraîtrait préférable plutôt que mourir de faim dans ce château tombant en ruine.

Le vieil homme fit quelques pas à travers la pièce, revint se camper devant sa fille.

— J'avais cru également, poursuivit-il, que tu aurais été contente que ta mère puisse se rendre à Bath pour s'y soigner, de voir notre maison restaurée et le domaine remis en état pour le retour de ton frère, mais c'était une profonde erreur !

Son ton devenait de plus en plus sarcastique.

— La seule chose qui compte, évidemment, c'est que tu n'aies jamais rencontré cet homme disposé à se montrer très généreux envers toi et les tiens. Je vais lui écrire sur-le-champ et l'aviser que ma fille ne saurait le considérer comme un époux acceptable parce qu'il n'accepte pas de sacrifier les devoirs de sa charge pour venir s'agenouiller aux pieds d'une jeune personne qui, en dépit de sa beauté et de ses qualités, n'a pas encore reçu la moindre demande en mariage jusqu'à ce jour !

Sir Horace n'avait pas élevé la voix, mais son visage était devenu livide et sa respiration haletante. Dans un suprême effort pour garder son sang-froid, il ajouta d'un ton glacial :

— Tu voudras bien, Camilla, sonner, s'il te plaît, le nouveau laquais — dont il n'est désormais plus question que je puisse assumer les gages — et le prier de m'apporter une plume et du papier pour que je transmette sur l'heure ton refus à Son Altesse Sérénissime le prince Hedwig de Meldenstein.

Lord Lambourn s'était tu, mais sa voix retentissait encore en écho dans le silence de la pièce. Son épouse réprima un sanglot et porta la main à son visage pour essuyer une larme.

L'opposition de Camilla ne dura que quelques secondes.

— C'est parfait, papa, dit-elle enfin d'une voix blanche, j'épouserai « votre » prince. Je n'ai pas d'autre alternative, que je sache ?

— Tu es absolument libre de ton choix, ma chérie, répliqua son père en se versant d'une main tremblante un verre de vin dont il semblait avoir le plus urgent besoin pour se soutenir.

— Je me rends à vos raisons, poursuivit Camilla. C'est, en effet, un grand honneur qui nous est fait, et je me dois d'en être reconnaissante. Au moins, cette maison pourra-t-elle être restaurée : il ne pleuvra plus dans nos chambres à coucher.

— Voilà qui est parler raisonnablement, dit l'ambassadeur en reprenant quelques couleurs. Je savais bien que tu étais une fille sensée ! Mais nous devons faire vite, car Von Helm est déjà reparti pour Meldenstein. Son Altesse Sérénissime doit désigner la délégation qui, dès le mois prochain, se présentera ici pour te conduire en cortège, avec ta mère et moi, jusqu'à la Principauté.

— Le mois prochain ! sursauta la jeune fille. Jamais je ne serai prête en si peu de temps !

— Le mariage doit avoir lieu en grande pompe dans les premiers jours de juin, annonça Sir Horace. C'est la plus belle saison à Meldenstein. Par tradition, tous les mariages princiers y ont été célébrés à cette époque. C'est, en somme, une date porte-bonheur.

— Ainsi, dit Camilla, songeuse, le Premier ministre est donc reparti avec votre acceptation. Vous n'avez pas songé un seul instant que je pourrais refuser, n'est-ce pas, papa ?

L'éclair d'une seconde, on put croire que son père allait lui répondre avec dureté ; il s'en garda bien, c'était un ancien diplomate...

— Mon enfant chérie, je sais très bien ce que tu ressens, répondit-il d'une voix suave, mais quelle autre réponse pouvais-je faire ? Tu connais assez notre situation financière pour me comprendre.

Il prit entre les siennes la main de son épouse.

— Tu as vu disparaître des doigts de ta mère toutes ses bagues l'une après l'autre, ainsi que ses autres bijoux, tu as vu sur la tapisserie de ces murs la marque laissée en souvenir de nos tableaux que nous avons dû vendre, tu as vu partir notre argenterie, nos meubles et les chevaux de nos écuries...

Il ponctua sa péroraison d'un geste large que n'eût pas désavoué M. Kean ou tout autre des grands acteurs londoniens.

— N'es-tu pas consciente de la honte que j'ai éprouvée à congédier les domestiques, les jardiniers et les fermiers de ce domaine sans pouvoir les payer, sans même régler au vieux Groves la pension qui lui était due ? Et que dire d'Agnès et de Wheaton qui, par dévouement, acceptent encore de nous servir bénévolement ?

Il plaça ses mains sur les épaules de sa fille et acheva sa tirade en disant :

— Je n'ai jamais été un millionnaire, Camilla, mais du moins ai-je toujours vécu en gentilhomme. Je suis, crois-le, profondément humilié de me trouver sans le sou et, par dignité, de devoir cacher notre impécuniosité qui, apparemment, échappait même à ma propre fille puisque je suis obligé de lui dépeindre les affres de mon humiliation. Aussi quand une chance a surgi pour nous tous de sortir de cette misère — dans laquelle je n'ai d'autre responsabilité que celle de placements peut-être irréfléchis, mais qui ont conduit bien d'autres que moi au même désastre — j'avais toutes les raisons de saisir cette chance au vol sans imaginer que, ce faisant, je m'attirerais les reproches de ma propre enfant.

La tendresse persuasive dont était empreint ce plaidoyer fit monter des larmes aux yeux de Camilla.

— Je vous demande pardon, papa, murmura-t-elle. Un instant, j'ai éprouvé un sentiment d'effroi à l'idée de ce saut dans l'inconnu. Je suis prête à épouser l'homme que vous me désignerez, fût-il le diable lui-même, pour vous rendre votre dignité et rétablir la santé de ma chère maman. Autant que vous, j'aime cette demeure, et je souhaite la voir restaurée pour accueillir Jarvis lorsqu'il quittera la Marine royale. Je me suis montrée égoïste en parlant comme je l'ai fait, et vous supplie de ne point m'en tenir rigueur.

Son visage était tourné vers son père qui, comme précédemment pour Lady Lambourn, était frappé par l'expression des traits de sa fille. Des larmes ruisselaient sur ses joues. Sir Horace serra Camilla dans ses bras.

— Ma petite enfant chérie, dit-il d'une voix brisée, tu sais, je ne désire qu'une chose au monde : que tu sois heureuse. Et, crois-moi, tu vas l'être, je suis prêt à le jurer.

— Je suis déjà heureuse, papa, dit la jeune fille comme pour mieux s'en convaincre en répétant le mot. J'ai été surprise et ce que vous m'annonciez m'a causé un choc. Mais, maintenant, je juge sainement les choses. Pour commencer, je souhaite que, toute affaire cessante, vous donniez leurs gages à

Agnès et à Wheaton en les comblant au-delà de leurs espérances.

Sir Horace la pressa plus fort encore sur son cœur.

— Je vais m'en acquitter tout de suite, dit-il, et je demanderai à Agnès de nous cuire l'épaule de mouton pour le dîner. Toutes ces émotions, j'en suis sûr, nous auront creusé l'estomac.

Il quitta la pièce après un tendre baiser sur la joue baignée de larmes de sa fille. Camilla, un court instant, regarda la porte que le Lord avait refermée derrière lui. Puis elle s'approcha de la chaise longue de sa mère et, s'agenouillant, posa sa tête dans le giron maternel.

— Je suis désolée, maman, de vous avoir fait de la peine...

— Ma chérie, je comprends exactement ce que tu ressens. Il n'y a pas une femme au monde qui n'ait aspiré à rencontrer l'homme de ses rêves et à ce qu'un grand amour illumine leurs deux vies.

La vieille dame se mit à caresser les jolies boucles soyeuses épandues sur sa poitrine.

— Dis-moi, ma chérie, dit-elle au bout d'un moment, tu n'avais pas déjà donné ton cœur à quelqu'un, n'est-ce pas ?

Il y avait de l'anxiété dans la voix de Lady Lambourn. Camilla n'eut qu'une très courte hésitation avant de répondre d'un ton net :

— Mais non, maman, bien sûr que non.

CHAPITRE II

Les bougies achevaient de se consumer dans les lustres de cristal lorsqu'un dandy d'une élégance extrême, l'air blasé, maussade et quelque peu cynique dans le carcan de soie de son hausse-col, gravit les marches de l'escalier de marbre. Le brouhaha des invités se pressant dans les salons lui fit songer aux caquetages de volières au milieu d'un jardin zoologique.

Pas plus impressionné par les bijoux des femmes qui étincelaient parmi les mousselines et les gazes que par les décorations ornant les poitrines masculines, le jeune gentleman parcourut les pièces de réception d'un pas lent, échangeant de brefs saluts à droite et à gauche. Il vint droit vers la maîtresse de maison. Très entourée, surtout par des hommes, elle tenait sous le charme son auditoire, lançant avec esprit, à la cantonade, des propos légers et sûrement drôles car ceux qui formaient sa cour ne cessaient de s'esclaffer et de pousser des exclamations flatteuses.

Lady Jersey connaissait à merveille toutes les roueries féminines capables de charmer ou de tourner la tête des hommes. Délicate, menue et assez semblable à un oiseau des îles, elle avait longtemps retenu l'attention — et les attentions — du tout-puissant Prince de Galles, régent d'Angleterre depuis que son père, George III, avait sombré dans un état de démence sénile.

Lady Jersey avait poursuivi le Prince avec une obstination qui avait amusé ce viveur plus habitué à séduire qu'à être séduit. Quand leur liaison officielle avait pris fin, l'éblouissante enchanteresse, — qui pouvait encore rivaliser en beauté avec ses filles, et possédait sur elles l'atout supplémentaire d'une plus grande expérience — avait encore su faire de nombreuses conquêtes.

Bien que sa place de favorite en titre fût maintenant détenue par la comtesse de Hertford, Lady Jersey était restée une des hôtesses les plus recherchées de la haute société de Londres. S'en faire une ennemie, ou même lui être indifférente, équivalait à un véritable suicide social.

C'est donc avec une expression d'où toute maussaderie avait disparu que notre jeune gentilhomme s'inclina devant elle pour lui baiser courtoisement la main.

— Hugo Chevelry ! s'exclama-t-elle, vous méritez d'être tancé ! Est-ce une heure pour vous présenter chez moi ?

— Que Votre Grâce veuille bien m'excuser, j'ai été retardé.

— A une table de jeu, je présume ! lança-t-elle, incisive. Je suis mortifiée à la pensée que vous avez jugé plus intéressante l'excitation de perdre vos rares guinées autour d'un tapis vert que ce que j'avais à vous offrir ici !

— Vous vous trompez, Milady, répondit le retardataire. J'arrive de la campagne à bride abattue et si mon cheval n'avait pas eu la malencontreuse malchance de déferrer un de ses sabots, je serais auprès de vous depuis longtemps déjà. Vous me voyez bien repentant et je requiers toute votre indulgence.

La dame lui jeta un regard incrédule, puis, coutumière d'un de ces rapides changements d'humeur qui amusaient ses admirateurs, elle se contenta de taper du bout de son éventail le coude de son invité en lui murmurant :

— Bien sûr, je vous pardonne, Hugo ! Quelle femme pourrait résister longtemps au charme nonchalant qui émane de vous et qui est, pour notre pauvre sexe sans défense, une vraie provocation ?

Elle lui sourit, coquette : chez cette femme, quelque chose de direct et d'audacieux avait toujours stimulé son sens de l'humour. Tandis qu'il se penchait pour lui baiser de nouveau la main, elle lui murmura d'un ton presque tendre :

— Puisque vous voilà enfin, allez faire battre un peu tous ces cœurs impatients qui

se languissent à vous attendre. Je vois déjà
plus d'un regard énamouré...

— C'est avec vous que j'ai envie de bavarder, dit-il à mi-voix, mais, si vous le permet-
tez, pas au milieu de cette foule. Puis-je
revenir demain et avoir la chance de vous
trouver seule ?

Lady Jersey partit d'un grand éclat de rire.

— Suis-je jamais seule, mon cher ? Enfin,
passez toujours vers l'heure du thé, nous
verrons ce que nous pourrons faire.

Tandis que le jeune homme s'éloignait avec
un clin d'œil complice, un des invités, en
l'apercevant, ne put s'empêcher de demander :

— Qui est-ce ? Je ne me souviens pas
d'avoir rencontré ce dandy.

— Rien d'étonnant, répondit la maîtresse
de maison. Le capitaine Hugo Chevelry faisait
partie de notre armée d'occupation en Espagne et vient juste de revenir à Londres.

— Chevelry ? dit le gentleman en réfléchissant. N'est-ce point là le nom patronymique
des Alveston ?

— Exactement, et Hugo est proche parent
du Duc actuel, expliqua Lady Jersey, mais un
parent pauvre, hélas ! et sans aucune chance
d'accéder au titre puisque son cousin a déjà
deux fils et pourrait fort bien en procréer
encore cinq ou six !

— Je n'ai guère de sympathie pour ce duc
d'Alveston, déclara un militaire en grand
uniforme. N'a-t-il pas eu l'outrecuidance, un

jour, de nous expliquer comment il fallait
conduire la guerre ? Je ne puis supporter ces
stratèges de salon !

— Pour nous autres femmes, il y a bien
pire, mon cher, dit la Lady d'un ton espiègle :
les stratèges de boudoirs sont tout aussi
assommants !

Un éclat de rire salua cette repartie qu'entendit Chevelry avant de pénétrer dans le
salon voisin. Il constatait non sans agacement
que Londres n'avait guère changé en cinq
ans : mêmes visages, mêmes voix affectées
proférant les mêmes balivernes, même futi-
lité, et jusqu'aux mêmes scandales que l'on se
répétait de bouche à oreille.

Il pouvait entendre au passage les propos
qui se tenaient. Plus que jamais, il n'y était
question que des dettes du Régent, des larmes
de Lady Fitzherbert, l'abandonnée officielle,
de la folie du roi, de la cupidité de la nouvelle
favorite... Etait-ce possible que rien d'autre
ne meublât jamais ces têtes folles ?

Hugo Chevelry se mit brusquement à haïr
cette société dont la frivolité contrastait à tel
point avec les horreurs de la guerre qu'il avait
vécues. Les caquetages mondains s'estompèrent soudain dans son esprit et c'était le
canon de la bataille de Fuentes qu'il entendait encore, cette bataille qui avait faillir être
une victoire des Français du général Mont-
brun jusqu'au moment où la splendide charge
des cavaliers de Wellington avait rétabli la
force des armes de l'Angleterre.

« Quel effet cela a-t-il bien pu leur faire ici, à Londres ? », se demanda Hugo en se remémorant les morts et les blessés de cette bataille, les survivants maculés de sang et noirs de poudre, repartant le lendemain pour leur marche victorieuse, les pieds couverts d'ampoules dans leurs bottes éculées, mais avec une chanson à la bouche et du courage plein le cœur.

Un instant, il se voyait, provoquant l'attention de ces écervelés pour leur raconter les agonies dont il avait été le témoin, les cavaliers écrasés sous leurs chevaux abattus, les corps à corps avec les soldats ennemis, tout aussi vaillants, eux aussi ! Qui, seulement, l'écouterait ?

Dans les salons, l'atmosphère était surchauffée par cette foule allant et venant au milieu des centaines de candélabres allumés. Le jeune homme s'approcha d'une porte-fenêtre entrouverte sur une terrasse où il prit plaisir à respirer un peu d'air frais. La soirée était tiède et, dans les jardins de l'hôtel particulier, des couples d'invités flânaient parmi les parterres et les fontaines, certains s'éloignant vers des recoins plus sombres, dans les bosquets propices aux tendres enlacements.

Hugo ne put retenir un bâillement. Il ne se sentait pas attiré par une promenade sentimentale quelle qu'elle soit et, pas plus envie de s'immiscer dans les conversations des uns et des autres. Il songeait à la façon dont il pourrait s'éclipser discrètement lorsqu'il entendit dans son dos une voix murmurer :

— Vous vous ennuyez donc à ce point ?

Se retournant, le jeune homme se trouva en face d'une jeune femme. Malgré la grâce indéniable qui émanait d'elle, il fut frappé surtout par l'éclat des diamants qu'elle portait. Du diadème encerclant sa chevelure d'ébène jusqu'au collier à trois rangs, aux bracelets et aux bagues, sans oublier d'admirables boucles d'oreilles en forme de poires, l'apparition étincelait de mille feux qui faisaient ressortir la beauté de sa peau nacrée. Une peau dont Hugo Chevelry, en écartant un peu le gant pour poser un baiser sur le poignet qu'on lui tendait, retrouva la douceur soyeuse et la senteur de gardénia.

— Je ne m'attendais pas à vous rencontrer ici, dit-elle d'une voix chaude à l'accent slave prononcé qui donnait à ces mots conventionnels un prolongement passionné.

Hugo libéra la main qui tenta de se raccrocher à la sienne et répliqua d'un ton sec :

— Moi, je pensais que vous seriez partie avant que je n'arrive.

— Ainsi donc, vous cherchez à m'éviter ? Je l'ai deviné, figurez-vous. Est-ce la raison pour laquelle vous n'êtes pas revenu à Londres depuis si longtemps ?

— Anastasia, dit Chevelry sans se départir de sa froideur, j'estime cette conversation fastidieuse. Cinq ans se sont écoulés depuis notre dernière rencontre. Je crois que nous n'avons vraiment plus rien à nous dire.

— Vous vous trompez, mon cher, répliqua la jeune femme avec un rire plus amer que gai, moi, j'ai beaucoup de choses à vous confier. Mais cet endroit ne s'y prête guère. Accompagnez-moi chez moi, j'étais sur le point de m'en aller et j'ai déjà pris congé de notre hôtesse.

— Non !

Le refus claqua comme une injure et le jeune capitaine détourna la tête, son beau profil de médaille se détachant sur le fond des jardins plongés dans la nuit.

— Hugo, il faut que je vous voie, que je vous parle. Il le faut absolument ! Vous ne pouvez me refuser cela. Qu'y gagneriez-vous, d'ailleurs ? Nous gravitons tous deux dans ce même monde où nous sommes appelés à nous rencontrer constamment. Mieux vaut avoir cette explication...

— J'ai dit non !

Le ton catégorique ne désarma pas l'impérieuse beauté slave.

— Je vous en prie, Hugo, insista-t-elle en essayant de s'emparer de son bras pour l'attirer vers elle.

Elle avait une façon de prononcer ce prénom en le russifiant et en s'attardant sur la première syllabe, avec une inflexion que Chevelry connaissait trop bien pour y avoir rarement résisté.

— C'est impossible, Anastasia. Tout est fini

entre nous, vous le savez, trancha-t-il. On ne saurait retourner le sablier du Temps.

— Je vous demande seulement un entretien de cinq minutes. Vous ne pouvez pas me refuser cinq petites minutes de votre vie, Hugo...

La main satinée se glissait le long de son bras et il sentit les doigts chargés de bagues venir rejoindre les siens en une pression qui se voulait chaude, caressante. Ah! comme il la reconnaissait aussi, cette pression d'une main qui savait si bien broyer les cœurs!

Il allait la repousser encore une fois et avec colère lorsque, leurs yeux se rencontrant, l'envie lui vint de relever le défi qu'il y lisait.

— Après tout, pourquoi pas? dit-il avec un sourire sarcastique. La guerre m'aura au moins appris une chose : ne pas se montrer lâche en face de l'ennemi. C'est entendu, je vous raccompagnerai jusque chez vous.

— Vous me voyez écrasée par tant de chevalerie! répliqua-t-elle avec un sourire ironique, le regardant de façon provocante à travers ses cils.

Ensemble, ils retraversèrent les salons qui commençaient peu à peu à se vider, puis descendirent le grand escalier au pied duquel des valets s'empressaient d'alerter les cochers en aboyant les noms de leurs maîtres.

— Votre équipage, Milady? s'enquit l'un d'eux.

— Oui, la voiture de la comtesse de Wiltshire! répondit Hugo.

Tandis qu'ils attendaient, il garda le silence, immobile comme au garde-à-vous auprès de sa compagne qui échangeait des « au revoir » et des saluts de la main avec les autres invités sur le point de partir eux aussi.

Après deux ou trois appels répercutés par les stentors de service, le carrosse de la comtesse s'avança, un écrin d'or et de satin avec des armoiries gravées sur la portière, deux cochers sur le siège avant et un couple de laquais à l'arrière, le tout tiré par une paire de chevaux superbement harnachés. Dès qu'il fut arrêté, des valets se précipitèrent pour ouvrir la portière, libérer le marchepied, présenter la couverture de chinchilla. Tandis qu'on plaçait la fourrure sur leurs genoux, Hugo ne put s'empêcher de penser que rien que cette babiole devait coûter plus cher que toute sa solde d'une année.

— Vous avez toujours apprécié le luxe et le confort, fit-il observer à sa compagne tandis que la voiture commençait à rouler.

— En effet, répondit-elle sans faire semblant d'ignorer l'allusion sous-jacente. Vous savez bien que je n'aurais jamais pu m'en passer.

— Oui, et je me souviens des années écoulées où ce genre de discussions est si souvent revenu entre nous ! conclut-il.

Elle évita de lui répondre. Il devinait que, dans la pénombre à peine entrecoupée par les lumières des réverbères et des fenêtres encore éclairées, les yeux noirs d'Anastasia étaient posés sur lui.

— Tout ceci est de la pure démence, dit-il en continuant à regarder la rue par la portière.

— J'ai tant attendu votre retour, Hugo! Des nuits et des jours entiers, j'ai langui après vous...

Pour toute réponse, il eut un léger haussement d'épaules.

L'équipage s'était arrêté devant une somptueuse demeure de Berkeley Square. Tandis que les laquais approchaient, Hugo reprit de son ton glacial :

— Eh bien, à présent que vous m'avez revu, il ne nous reste plus qu'à nous dire adieu, Anastasia.

— Non, Hugo, nous n'allons pas nous quitter ainsi, il faut absolument que je vous parle. Entrez un instant, il n'y a personne à la maison, mon mari est en voyage.

— Raison de plus pour vous comporter de manière respectable ! ironisa le jeune homme.

— Entrez, vous dis-je, vous n'allez pas m'obliger à vous faire une scène en présence de mes domestiques. Ce serait de mauvais goût, ne croyez-vous pas ?

La portière venait de s'ouvrir, la comtesse descendit et Chevelry ne put faire autrement que de la suivre. Une fois sur le pavé, il hésita encore une seconde, puis se décida à entrer dans la maison, étonné au surplus — et peut-être rassuré — qu'à cette heure tardive la domesticité fût encore sur pied.

— Y a-t-il du champagne dans le petit salon ? s'enquit la comtesse.

— Oui, Milady, avec des sandwiches.

— C'est bien. Si j'ai besoin d'autre chose, je sonnerai.

Débarrassés de leurs manteaux, tous deux pénétrèrent par une énorme porte en acajou dans un boudoir exquis. Des brassées de lys dans des vases, dégageaient un parfum capiteux. Les murs étaient tendus de satin corail qui faisait ressortir à la fois la chevelure brune d'Anastasia et sa peau si blanche. La jeune femme s'était placée dos à la cheminée et, l'œil brillant, couvait du regard son visiteur comme pour se rassasier à nouveau de sa mâle beauté.

— Hugo ! dit-elle au bout d'un moment en lui ouvrant ses bras d'une blancheur éclatante.

Il s'approcha, évitant toutefois de répondre à cette tendre invite.

— Ecoutez-moi, Anastasia, vous avez fait une fois pour toutes votre choix, dit-il en lui désignant du regard les bijoux dont ses bras étaient parés.

— Et alors ? demanda-t-elle, les lèvres entrouvertes, avec, sur le visage, une expression sauvage qui la défigurait presque.

— Alors... vous êtes une femme mariée, souligna-t-il du ton dont on explique quelque chose à un enfant, une femme qui a choisi la

richesse de préférence à l'amour. Ce choix,
vous l'avez fait délibérément et, à présent que
j'ai eu le temps de réfléchir à la question, je
me rends compte à quel point vous vous êtes
montrée sensée. Je n'aurais jamais pu, moi,
vous offrir aucune de ces merveilles si seyan-
tes à votre beauté, ni vous pourvoir de ce
ballet de serviteurs qui papillonnent autour
de vous. Vous n'auriez rien eu de tout cela,
rien qui s'en approche, même de loin !

D'un geste circulaire, il désignait les objets
d'art posés sur les guéridons, les tableaux,
toute la magnificence enfin allant des lambris
dorés du plafond au précieux tapis d'Au-
busson.

— Qu'importe tout cela puisque vous m'aimez encore ! lança-t-elle dans un murmure à
la fois triomphant et tentateur.

Résolument, Chevelry lui tourna le dos et,
allant jusqu'à une table décorée de fine mar-
queterie, se versa un peu de champagne dans
un verre de cristal.

— Vous m'aimez ! répéta-t-elle, frénétique.
Je le sais, je le sens ! Une femme ne se trompe
jamais en ce genre de choses.

Il se retourna alors.

— Non, je ne vous aime pas, Anastasia, dit-
il avec le plus grand calme. Je vous déteste et
vous méprise pour votre manière d'agir à
mon égard. Vous m'aviez ensorcelé, votre
image m'a hanté, me rendant malheureux
comme j'ignorais qu'un homme pouvait
l'être. Mais, Dieu merci, je ne suis plus sous

votre coupe ! J'ai craint, un instant, quand
nous nous sommes revus, de retomber sous
votre emprise et de connaître de nouvelles
souffrances. Mais, heureusement, mes ancien-
nes blessures sont encore trop récentes, et j'ai
pu constater que je n'avais plus rien à redou-
ter de vous. Certes, vous êtes toujours aussi
belle, plus belle même, car il vous convient
parfaitement ce luxe dont votre mari vous
entoure. Mais vous n'êtes plus pour moi qu'un
bel objet dans un cadre d'une exceptionnelle
valeur !

— Pourtant, Hugo, vous m'aviez juré un
amour éternel ! murmura-t-elle, tentant de
toucher encore la corde sensible.

— Mais cela n'était pas suffisant pour
vous, ma chère, dit-il avec un sourire d'amertume, qu'elle ne lui avait jamais connu.

Il but son champagne, s'en versa un second
verre avant de poursuivre d'une voix qui
prouvait qu'il avait complètement repris le
contrôle de lui-même :

— Vous voyez bien, Anastasia, que nous
n'avons plus rien à nous dire. Le passé est
mort, l'avenir, sans issue en ce qui nous
concerne ; quant au présent, permettez-moi
de vous complimenter pour ce splendide diadème qui sied si bien à votre jolie tête, ainsi
que pour tout ce qui vous entoure. Et nous
nous en tiendrons là !

— Hugo... ne me forcez pas à vous haïr !
dit-elle durement.

D'un geste brusque, elle retira son diadème,

le jetant négligemment sur le sofa et s'avança vers l'homme qui la repoussait. Dépouillée de son auréole de diamants, celle qui était devenue Lady Anastasia, comtesse de Wiltshire paraissait plus jeune et en même temps plus séduisante, concentrant ainsi l'attention sur son seul regard de feu et ses lèvres vermeilles.

— En effet, vous avez raison, Hugo, dit-elle avec l'accent chantant de sa voix mélodieuse, ce n'est ni du passé ni de l'avenir que nous devons parler, vous et moi. Mais du présent qui nous réunit à nouveau. Ne le niez pas, quand nous nous retrouvons ensemble, que vous m'aimiez encore ou non, un lien très fort existe entre nous que, malgré tous vos efforts, vous ne parviendrez pas à rompre...

— En l'admettant même, pourquoi y céderais-je ? Vous n'avez pas changé, Anastasia, vous convoitez toujours ce qui vous est difficile à atteindre. C'est pourquoi actuellement, ayant acquis fortune, puissance et position sociale, il ne vous reste plus que moi à désirer. Malheureusement, c'est trop tard, ma chère, je ne suis plus cet esclave prêt à accourir à un claquement de vos doigts, à s'agenouiller humblement à vos pieds pour obtenir des faveurs que, selon votre bon plaisir, vous m'accordiez ou vous amusiez à me refuser. Je me sens un homme libre maintenant, Anastasia, et le comble, c'est que, seulement ce soir, à cette minute, je suis parvenu à le comprendre.

— En êtes-vous si sûr ?

Elle ne paraissait pas contrariée de ce qu'il venait de lui dire, mais simplement curieuse. Il comprit que, depuis très longtemps aucun homme n'avait osé dire ses quatre vérités à la face de cette créature sensuelle, habituée à être idolâtrée.

— Supposez, Hugo, dit-elle en avançant de plus en plus près de lui, que vous me serriez de nouveau dans vos bras et m'embrassiez comme vous saviez si bien le faire, avec tant de fougue, de passion et même de brutalité, croyez-vous que vous garderiez votre orgueilleuse indifférence dont témoigne votre voix, mais que je ne suis pas certaine de retrouver dans vos yeux ?

Le jeune capitaine posa sa coupe de champagne.

— Ecoutez-moi bien, Anastasia. Je ne suis pas un ami de votre mari, en fait je le connais à peine. Par conséquent, je ne me sens pas obligé de devoir respecter son honneur. Mais il se trouve, figurez-vous, — et c'est sans doute stupide de ma part, — que j'ai toujours eu scrupule à étreindre une femme sous le toit et dans le propre lit de son époux. Voilà pourquoi, en m'excusant de paraître discourtois à votre égard, je vais maintenant prendre congé de vous. Avant que nous ne nous abandonnions, vous et moi, à des... épanchements que nous regretterions certainement.

— Non, Hugo, nous ne regretterions rien, plaida-t-elle, pressante. Et pour ce qui est de

l'honneur du comte, sachez que depuis longtemps il n'est plus mon mari que de nom !

Elle avait cessé d'avancer, mais Chevelry,
sous cette attaque inattendue, recula d'un
pas.

— Que, diable, entendez-vous par là ?
demanda-t-il.

— Je vous rappelle seulement, ce que vous
savez fort bien, que j'ai épousé un homme de
trente ans plus âgé que moi. Certes, il est fier
de parader à mon bras, il me comble de tout
ce que je peux désirer, mais, en tant que
femme, je ne l'intéresse plus guère. Je pense
que s'il avait à choisir entre moi et son écurie
de courses, par exemple, ce n'est pas forcément pour moi qu'il opterait.

— Tout cela ne me concerne en rien, trancha Hugo.

La sirène égrena les perles de son rire.

— Que vous arrive-t-il, mon cher ? ironisa-
t-elle. Je ne me souvenais pas que vous pouviez être si conventionnel et si ennuyeux ! Que
penseraient vos belles amies, les Lady Jersey
et autres, si elles avaient la révélation que
vous êtes devenu un... ? chanteur de psaumes !
Qu'est-il advenu de ce Lovelace auquel
aucune femme ne résistait et dont on colpor-
tait les bonnes fortunes de boudoir en boudoir ? Auriez-vous changé au point de fuir
maintenant devant elles, penaud et un peu
lâche ?

— Non, Anastasia, vous ne parviendrez pas
à me piquer au vif pour refaire de moi votre

singe apprivoisé, s'écria le dandy tout de même vexé par ce persiflage. Bonne nuit, ma chère, et allez au diable ! Dieu merci, il existe d'autres femmes au monde. Adieu !

D'un pas rapide, il se dirigea vers la porte mais, avant d'y parvenir, un bruit bizarre de mécanique grinçante le fit se retourner. La comtesse se tenait à l'autre bout de la pièce, près de la cheminée, contre laquelle tout un panneau formant bibliothèque était en train de s'ouvrir sur ce qui paraissait comme les premières marches d'un escalier dérobé.

— Ce passage secret, cher Hugo, conduit à ma chambre, dit-elle d'une voix douce. Il existait dans cette maison quand j'y suis arrivée, mais convenez que c'est **bien** commode...

— Commode ? Dois-je comprendre que... ?

Il était revenu vers elle, quêtant une explication. Mais il n'obtint qu'un geste vague de la main...

— J'ai épousé un vieux mari, murmura-t-elle enfin, cynique, mais, moi, je suis encore jeune, très jeune. Vous ne pensiez pas tout de même, cher, cher Hugo, qu'après notre idylle brisée, j'allais vivre comme une vestale pour le restant de mes jours ?

— Non, ma belle, je ne me faisais guère d'illusions sur votre vertu ! rétorqua-t-il sur le même ton. Je savais parfaitement que vous ne vous comporteriez en femme convenable que sous la poigne d'un mari capable, à l'occasion, de vous donner le fouet comme vous le méritez !

— Voyons, Hugo... Quel homme aurait jamais l'audace de faire cela... sauf vous ?...

— A quel genre de larves vous êtes-vous donnée ? demanda-t-il, féroce, en étreignant avec véhémence ses épaules nues. Dites-le-moi, car j'ai de plus en plus envie d'étrangler la vile créature que vous êtes !

Adroitement, elle s'arrangea pour faire glisser les mains de Hugo de ses épaules à sa taille et se pressa contre sa poitrine... avant même qu'il l'eût compris, ils se trouvaient dans les bras l'un de l'autre...

— Oh ! Hugo, Hugo... C'est lorsque tu es méchant et jaloux que je t'aime le mieux, lui glissa-t-elle dans l'oreille, en un souffle à peine perceptible. Punis-moi pour ce que j'ai fait ! Fais-moi mal, bats-moi ! mais serre-moi dans tes bras et couvre-moi de baisers... car j'ai soif de toi ! de tes étreintes comme je n'en ai jamais connu d'autres !

Il émit un cri rauque qui traduisait à la fois sa rage et son désir... Et puis ses lèvres furent aussitôt sur celles d'Anastasia qui l'avait mené à ses fins ; il prenait possession de sa bouche avec une passion sauvage, tandis que ses mains marquaient de meurtrissures la peau de l'ensorceleuse... Enfin, avec une infinie douceur, elle se détacha de lui et le tirant par la main, l'entraîna vers l'escalier dérobé qui menait à sa chambre.

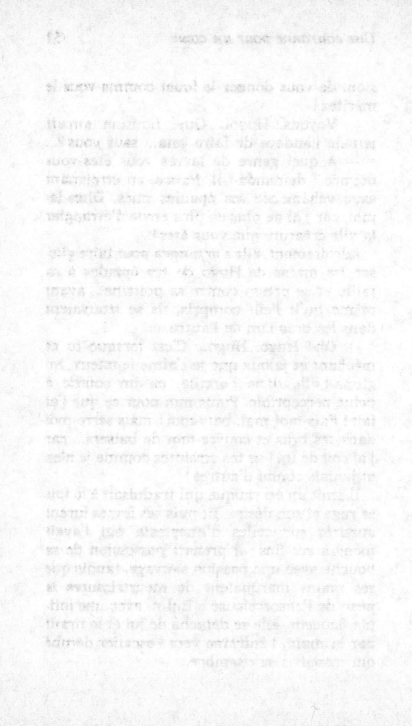

CHAPITRE III

Camilla, à sa fenêtre, contemplait le jardin. Les lilas étaient en fleur et, à leurs taches blanches et mauves, se mêlait le rose des cerisiers en plein épanouissement tandis que les seringas embaumaient les parterres de leur parfum pénétrant.

La jeune fille se disait qu'elle n'emplirait jamais assez ses yeux et son cœur de cette demeure qu'elle aimait tant. Demain, elle serait déjà loin, laissant derrière elle tout ce qui avait le plus compté durant les dix-huit années de sa vie. Elle songea que ce départ ressemblait un peu à une désertion. Quelle tristesse d'avoir à dire adieu à tout cela !

Pendant les semaines qui venaient de s'écouler, la fille de Lord Lambourn avait fait de son mieux pour cacher à ses parents sa mélancolie. Tous deux avaient été très occupés par les courses qu'ils avaient dû faire à Londres pour le trousseau de Camilla. Celle-ci, stupéfaite par la fortune dépensée en toilettes destinées à sa petite personne, avait l'impression que jamais il ne lui serait possible de porter tant de robes, de manteaux, de chapeaux, de lingeries, de souliers et de gants !

A présent, toutes ces toilettes d'apparat qu'autour d'elle on estimait nécessaires pour sa future situation étaient entassées dans les huit énormes malles de cuir qui la suivraient, le lendemain, dans son voyage vers la principauté.

« Je déteste tous ces falbalas, se dit-elle. Ah ! comme je préfère à tout cela mes vieilles jupes de percaline ! »

Mais aussitôt Camilla s'en voulut de tant d'ingratitude. Combien de jeunes filles de son âge n'auraient-elles pas été transportées de joie de posséder ce trousseau mirifique, de revêtir, bientôt la robe de satin blanc avec son immense traîne rebrodée d'argent, le manteau de cour bordé d'hermine et ce magnifique voile en dentelle de Malines qui serait retenu sur le haut de sa tête par un splendide diadème en diamants et rubis !

Ce diadème devait lui être envoyé de Meldenstein, avait annoncé l'impressionnante baronne Von Furstendruck qui, en sa qualité de dame d'honneur, avait mission de l'escorter et de la chaperonner durant le voyage et les cérémonies prévues pour son arrivée.

La baronne avait passé la cinquantaine. Camilla cessa bientôt d'être intimidée par elle. Elle s'aperçut vite que celle-ci n'était qu'une vieille aristocrate bornée et exagérément bavarde qui n'avait cesse de l'encenser en lui donnant par avance de l'Altesse Sérénissime, « pour bien en prendre l'habitude », répétait-elle.

— Non seulement notre prince, mais tout notre peuple vous adorera et sera fier de votre beauté ! lançait-elle à tous les échos.

Ces promesses réconfortaient un peu la jeune fille de la cruelle déception qu'elle venait d'éprouver : ses parents ne pouvaient se déplacer pour l'accompagner.

Lady Lambourn était gravement malade. Les médecins les plus éminents de la capitale, appelés en consultation, avaient émis un diagnostic assez alarmant. Le mauvais état des jambes de la pauvre femme n'était pas seul en cause, celui de son cœur donnait également des inquiétudes. Il avait été décidé que Lord Lambourn la conduirait à Londres au plus tôt pour des examens urgents.

— Oh ! papa ! s'était écriée Camilla en apprenant la nouvelle, je ne peux pas m'éloigner dans ces conditions, je veux vous accompagner tous les deux !...

— Ma chérie, ce n'est pas possible. Ta proposition causerait un véritable choc à ta mère et ne pourrait qu'aggraver son état de santé, rétorqua Sir Horace d'un ton ferme. Il est hors de question de reculer la date de ton mariage. Les drapeaux doivent déjà flotter dans le ciel de Meldenstein dans l'attente de ton arrivée. On ne saurait infliger une telle déception au prince.

— Mais, papa, comment pourrais-je participer aux fêtes et aux cérémonies dans l'inquiétude mortelle où je serai ?

Les traits de l'ancien ambassadeur se durcirent.

— Tu apprendras, ma fille, que, dans l'existence que mènent les personnes de notre rang, le devoir doit passer avant toute autre considération. De même qu'un grand acteur met son honneur à entrer en scène à l'heure dite, fût-il frappé par le malheur, il en est pareillement des personnages revêtus d'une dignité officielle. Et tu en fais partie maintenant.

— Ce sera si dur pour moi, papa, murmura la jeune fille en larmes, en songeant aux souffrances de maman !...

— Elle souffrirait plus encore, mon enfant, si elle apprenait qu'à cause d'elle tu manquais à l'engagement solennel que tu as pris. Ton futur mari t'attend, Camilla. Tu partiras demain pour Meldenstein, comme prévu.

Cette conversation avait eu lieu quelques heures plus tôt ; Sir Horace entrant dans la chambre de sa fille, interrompit sa contemplation pour lui communiquer ses dernières instructions avant le départ.

— Ma petite fille, dit-il avec une grande tendresse dans la voix, il faut te mettre en tête qu'une nouvelle vie t'attend. Je suis sûr que tu te comporteras de manière que ta mère et moi soyons fiers de toi. J'ai rédigé un petit mémoire à ton intention. Le voici. Tu y trouveras un résumé des coutumes en usage à Meldenstein, avec des détails sur le protocole du palais ainsi que la liste des personnages les plus en vue dont tu devras ménager les susceptibilités. Tu liras ce mémoire à tête reposée. J'espère que tu sauras nous faire honneur en toute occasion.

— J'essaierai, papa, murmura, émue, la future princesse.

— Ton rôle officiel commence ce soir puisque nous recevons tout à l'heure à dîner, outre la baronne Von Furstendruck, l'autre délégué officiel qui nous est envoyé pour diriger ton escorte.

— Quel autre délégué, papa ? demanda Camilla, étonnée.

— Mon enfant, je t'en ai déjà parlé voici deux jours, répliqua le Lord non sans une légère irritation. J'ai eu l'impression que tu m'écoutais d'une oreille distraite lorsque je t'ai lu la lettre que m'adressait Son Altesse Sérénissime la Princesse mère. Je vois que je ne m'étais pas trompé.

— Pardonnez-moi, papa, je ne me souviens pas, en effet...

— Je t'annonçais que la princesse Elaine avait désigné, en plus de sa chère baronne, un chevalier d'honneur pour t'accompagner. Par une délicate attention, elle a choisi un gentilhomme anglais, son propre neveu, le capitaine Hugo Chevelry. C'est lui que nous attendons ce soir, dans un instant.

— Je vois, dit Camilla sur un ton indifférent, en se dirigeant vers sa coiffeuse pour mettre un peu d'ordre dans sa coiffure.

— Tu ne sembles guère t'intéresser à ce gentleman qui sera pourtant ton compagnon de voyage pendant une longue semaine, fit observer son père en fronçant le sourcil.

— Excusez-moi, papa, et dites-moi ce qu'il faut que je sache de lui, répondit-elle, docile.

— Eh bien, son père était un de mes bons amis, Lord Edward Chevelry, le plus jeune fils du cinquième duc d'Alveston. Un homme charmant, ainsi que sa femme. Tous deux sont morts quelques années avant la guerre.

Sir Horace marqua une pause puis, tandis que sa fille lui prêtait la plus grande attention, il poursuivit :

— Ce jeune capitaine que nous allons recevoir s'est, paraît-il, très bien conduit en Espagne et il a été décoré après Waterloo. Je ne l'ai jamais rencontré mais, à part son impécuniosité, on m'en a dit le plus grand bien.

— Je le traiterai avec d'autant plus d'égards, mon père.

— Oui, j'y compte. A propos d'impécuniosité, Camilla, comme tu as pu le constater, j'ai profité des largesses que Von Helm avait mises à ma disposition pour redonner aux choses et aux gens, ici, l'aspect qu'ils n'auraient jamais dû perdre. Certes, c'est un grand honneur que nous fait le prince en te choisissant pour épouse, mais notre sang est aussi noble que le sien, tu sais, et je n'ai pas voulu que ses envoyés aient l'impression que notre famille vit dans le dénuement.

— En effet, ce que vous avez réussi à réaliser en si peu de temps, papa, tient vraiment du prodige : la réparation des dégâts les plus apparents, la remise en état des jardins, le rachat de meubles, de tapis, de vaisselle...

— Oui, les ouvriers ont fait du bon travail, constata l'ambassadeur avec satisfaction. Tous ont été payés en partie et sont prêts, quant au reste, à me faire crédit quelques mois.

— Je vous promets, papa, que, sitôt mariée, je vous ferai parvenir toutes les sommes dont je pourrai disposer. Personnellement, je n'aurai besoin de rien à Meldenstein et...

— Tu es la plus adorable des filles, dit son père en l'embrassant avec transport, mais j'espère que ton aide pécuniaire ne sera nécessaire que pour un court laps de temps. Des rumeurs circulent, figure-toi, que ceux qui, comme moi, avaient investi des fonds dans les banques de l'Empire français recevraient une compensation du gouvernement. S'il en est ainsi, je serai le plus heureux des hommes !

— Oh ! papa, rien ne me réjouira plus que de vous savoir riche de nouveau !

— Riche, riche, nous verrons bien ! En attendant, mon enfant, prépare-toi à recevoir nos convives. De mon côté je vais m'occuper des vins... Mais j'entends un bruit de voiture, s'écria-t-il en faisant un pas vers la fenêtre et en tirant sa montre de son gousset. C'est notre baronne, elle est juste à l'heure. « L'exactitude est la politesse des rois », dit-on, et également celle des gens qui gravitent autour d'eux. Viens, descendons, Camilla. Mais que diable peut faire notre autre invité d'honneur ? Il devrait être là lui aussi...

Hugo Chevelry, à cette minute précise, était en train de fouetter les chevaux de son phaéton tout en pestant avec la plus méchante humeur possible. S'il existait une chose qu'il détestait, c'était d'avoir à maltraiter ses bêtes de trait, surtout lorsqu'il devait convenir qu'elles n'étaient responsables en rien de son retard. Le coupable, c'était lui-même.

Dieu sait pourtant qu'il n'avait pas été dans son intention de s'attarder auprès d'Anastasia ! Mais celle-ci avait su, une fois de plus, l'ensorceler comme elle en avait la coutume. Il avait eu la faiblesse de ne pas lui résister.

— Pourquoi faut-il que vous partiez ? avait-elle maugréé. Nous avons été si heureux ensemble au cours de ces semaines écoulées... Et maintenant, avec ce voyage intempestif, quand nous reverrons-nous ?

— Je vous ai expliqué qu'il m'était impossible de refuser l'honneur qu'on m'a fait de conduire cette jeune fille à Meldenstein, honneur qui se double pour moi d'un appréciable profit. Je dois cette mission à la Princesse mère, ma parente, qui, depuis la mort de ma mère, a été on ne peut plus attentionnée à

mon égard. En conséquence, je n'ai pas pu
décliner cette mission... même si j'en avais eu
envie !

— Vous voulez dire que vous vous réjouis-
sez de faire ce voyage assommant, dit Anastasia en se faisant câline, et que vous le préférez
à ma présence auprès de vous ?

— C'est bien ce que je veux dire, en effet.

— Méchant ! minauda la comtesse. Moi qui
vais tant me languir de vous de nouveau.
Promettez-moi, au moins, de revenir vite...

— Je pourrais bien ne pas revenir du tout,
trancha Hugo.

— Ne dites pas cela, je vous l'interdis !
s'écria Anastasia en se blottissant contre lui.
Vous me traitez toujours de sorcière, eh bien,
je vous jetterai un sort pour vous ensorceler et
vous ramener à moi...

Il ne put s'empêcher de rire, et elle en
profita pour se rapprocher encore, l'œil mi-
clos, les lèvres offertes.

— Non, ma belle, dit Chevelry en la
repoussant, rengainez vos tentatives de
séduction. Il faut que je vous quitte sur
l'heure ; sinon, je risquerais d'être en retard.

— Et si je vous retenais de force ? L'idée
que vous allez vivre dans l'intimité de cette
jeune personne, sans doute jolie, pendant huit
jours au moins, ne me plaît guère...

— Votre jalousie est hors de propos, ma
chère, rétorqua le capitaine. Lady Camilla
Lambourn est destinée au prince de Meldenstein, et non à moi.

La belle Slave poussa un profond soupir.

— Elle a de la chance, il est richissime...

A la seconde précise où elle prononçait ces mots, Anastasia se rendit compte qu'elle venait de commettre une bévue. Elle sentit chez son amant comme un haut-le-corps. Brusquement, il se dégagea de ses bras et de son lit.

— Voilà l'unique pensée des femmes! lança-t-il d'un ton glacial.

— Mais non, Hugo, ce n'est pas ce que je voulais dire! se reprit-elle. Vous allez encore prendre la mouche... Vous savez pourtant que depuis la disgrâce de M. Brummel, vous êtes devenu la coqueluche de toutes les femmes de Londres...

— A part le fait que je suis pauvre, grommela le dandy entre ses dents, en commençant à se vêtir avec la dextérité d'un homme habitué à se passer des services d'un valet.

— Quelle importance? D'autres sont toujours là pour fournir aux femmes ce qui leur est nécessaire. Vous, vous leur apportez ce qui est bien plus important : l'amour, le rêve...

— Mais c'est à ces autres, si elles étaient loyales, qu'elles devraient réserver leur allégeance et leur fidélité, lança-t-il, cinglant.

— Oh! que vous êtes conventionnel! soupira Anastasia.

Puis, elle tapota ses oreillers, s'étendit sur le lit, en laissant épandre autour d'elle sa splendide chevelure d'ébène.

— Vous me tenez toujours des propos

pleins d'amertume, mais je suis sûre qu'au fond de vous-même vous m'aimez un peu... allons...

— Mes propos, que vous trouvez amers, ne sont pas comparables avec ceux que pourrait prononcer mon cœur s'il pouvait parler, ma chère, affirma-t-il avec cynisme, mais il est préférable que vous ne les entendiez pas. Tant que votre beauté survivra, Anastasia, vous resterez la sorcière que vous êtes, capable d'entortiller tous les hommes, mais ensuite...

— J'adore vos compliments détournés, répliqua-t-elle avec un sourire assuré. Venez me dire au revoir gentiment avant de vous engoncer dans votre faux col et votre gilet...

C'est de ce moment que Hugo, fouettant de nouveau ses chevaux, s'en voulait le plus. Pourquoi s'était-il laissé ensorceler une fois de plus par cette femme ? Pourquoi n'avait-il pu résister à la tentation de la bouche sensuelle de l'enchanteresse, à la beauté de ses cheveux et de sa troublante peau qui semblait nacrée.

« Je suis un fou... un fou ! », songea-t-il en pressant encore le train de ses bêtes, quelque peu inquiet de l'impression déplorable que causerait son retard en service commandé chez ceux qui l'attendaient.

« Un fou... un fou »..., semblaient répéter les roues du phaéton en soulevant la poussière de la route. Et le beau Capitaine croyait entendre en même temps la voix de Lady Jersey lui serinant les mêmes mots.

« — Vous êtes un fou, mon cher, et votre liaison avec la comtesse est la fable de Londres. Elle ne peut manquer de parvenir aux oreilles de Wiltshire... et alors, mon pauvre ami...

« — Je ne pense pas que Lord Wiltshire ait des réactions de mari jaloux, avait répondu Hugo. Un vieillard qui a fait un mariage blanc... ou presque...

Lady Jersey avait éclaté de rire.

« — Qui vous a donc conté ces balivernes ? s'étonna-t-elle. Ah ! je vois... Décidément, le mensonge pousse sur les lèvres de cette sirène slave comme le chiendent dans nos herbages ! Ne soyez pas dupe de ses roueries, Hugo. Son époux peut ne pas être de première jeunesse et avoir dans la vie d'autres intérêts que sa femme, mais ne le prenez pas pour un vieillard ramolli qui se laissera ridiculiser passivement par cette créature qu'il a beaucoup aimée, qu'il aime sûrement encore, n'en doutez point. Peu avant son mariage, cet homme avait été l'amant de Lady Hertingfordbury qui ne se gênait pas pour vanter ses prouesses.

« — Quoi ? Vous pensez qu'Anastasia aurait inventé de toutes pièces...

« — Ne soyez pas un enfant, mon cher Hugo, avait ajouté son amie. Et, croyez-moi, vous faites bien de partir en acceptant cette mission en principauté de Meldenstein, qui vous voudra honneurs et rémunérations. Tâchez de rester là-bas le plus longtemps

possible. En revenant ici avant que les com-
mérages s'apaisent, vous risquez d'être pro-
voqué par le comte de Wiltshire et de vous
mettre une méchante affaire sur les bras, qui
pourrait ruiner votre position dans le monde.

Bien entendu, sa maîtresse s'était empres-
sée de nier les allégations de Lady Jersey, en
colportant, faute d'arguments plus valables,
les turpitudes bien connues de cette dernière.
Bien qu'elle ait eu pratiquement presque
toujours réponse à tout, Chevelry n'en avait
pas moins, en son for intérieur, décidé de
rompre définitivement avec Anastasia. Que
représentait le désir physique qu'il ressentait
encore pour cette femme en comparaison des
souffrances qu'elle lui avait fait endurer dans
le passé ? Pendant les campagnes d'Espagne
et du Portugal, combien de nuits d'insomnie
avait-il connues à se désespérer à cause
d'elle ! Elle lui avait préféré un homme riche,
n'avait pas eu le courage d'affronter avec son
amant une existence plus modeste. Le jeune
capitaine s'était mordu les ongles jusqu'à les
faire saigner en imaginant sa bien-aimée dans
les bras du richard à qui elle s'était vendue !
Comment n'avait-il pas sombré dans la
démence ? Il se le demandait encore.

« Je suis fou... je suis fou »... Les roues de
son phaéton continuaient leur litanie
moqueuse répétée par le grincement des
essieux. Hugo se répétait qu'il n'était qu'un
faible, un homme sans orgueil qu'une créature vile pouvait asservir rien qu'en levant

son petit doigt. Il maudissait toutes les femmes, sans exception, puisqu'elles ne songeaient à tirer d'un homme que plaisirs et voluptés, en se vendant au plus offrant.

— Oui, décidément, je suis fou à lier! s'écria-t-il à haute voix, s'apercevant trop tard que le groom assis derrière lui l'avait entendu et le regardait d'un air étonné.

Il parvint enfin à Lambourn House avec plus d'une demi-heure de retard. D'une humeur rageuse qu'il avait peine à contenir, il gravit quatre à quatre les marches du perron.

Un laquais l'introduisit dans un salon où les invités se tenaient prêts à passer à table. Le maître de maison s'approcha pour l'accueillir. Le jeune capitaine se répandit en excuses, inventant mille prétextes. Tout en parlant, il vit derrière son interlocuteur s'avancer une jeune personne blonde, d'une distinction exquise et d'une extraordinaire beauté. A sa vue, elle s'arrêta net, le regarda avec un étonnement que le léger désordre et la poussière de son vêtement étaient insuffisants à justifier.

Sir Horace Lambourn se retourna. Devant l'immobilité de sa fille, il lui dit avec une politesse déférente, mais non exempt d'une certaine fermeté :

— Eh bien, Camilla, ne vous avancerez-vous pas pour accepter le bras du chevalier d'honneur que vous envoie le Prince, votre fiancé ?

— Capitaine Hugo Chevelry, aux ordres de Milady, prononça le jeune homme en s'inclinant.

Une main glacée et tremblante se posa sur la sienne et, en faisant les premiers pas vers la salle à manger, la future princesse de Meldenstein se demanda si ses jambes allaient pouvoir la soutenir jusqu'au bout sans qu'elle s'effondre, évanouie, au milieu de tous ces gens qui la regardaient.

Elle songea à ce que son père lui avait dit des grands acteurs qui considéraient comme un devoir d'entrer en scène coûte que coûte, et parvint à recouvrer la maîtrise d'elle-même.

CHAPITRE IV

Camilla n'avait pas dit la vérité le jour où sa mère lui avait demandé si elle n'avait pas déjà donné son cœur à quelqu'un.

« Nous aspirons toutes à épouser l'homme de nos rêves », avait dit Lady Lambourn.

Or, il y avait un homme dans les rêves de Camilla, et il y était même depuis très longtemps. Six années plus tôt, alors qu'elle n'avait encore que treize ans, il y était entré. Pour n'en plus sortir.

L'adolescente, toutes ces années durant, avait eu beau se répéter que ses divagations étaient ridicules. Quelque chose au fond d'elle-même lui disait qu'elle rencontrerait de nouveau, un jour, sur son chemin, ce jeune homme qu'elle n'avait fait qu'entrevoir à l'occasion d'une course de chevaux où son père l'avait emmenée à quelques miles de Lambourn House.

Un des plus fameux régiments d'Angleterre, elle avait oublié lequel, était alors cantonné dans les environs et une course hippique avait

été organisée entre ses officiers et les « gentle-
men-riders » de la « Gentry » locale.

Comme le prince de Galles avait fait annoncer qu'il honorerait de sa présence cette
journée équestre, les invitations du colonel en
charge avaient été très recherchées par toutes
les familles nobles de la région. Dans des
mail-coaches ou des voitures découvertes,
elles étaient arrivées de bonne heure sur le
terrain, les dames arborant leurs plus belles
toilettes, entourées de leurs enfants qui sau-
taient de joie et d'excitation.

Les fastes de cette journée étaient encore
présents à l'esprit de Camilla : la multitude
des tentes blanches striées de bleu dressées
autour de celle, surmontée d'un dais, où le
prince de Galles recevait les invités de marque ; les drapeaux du régiment claquant au
vent d'été, les redingotes rouges des civils
contrastant avec les uniformes dorés des officiers, les chevaux menés à la parade devant
les spectateurs...

C'était surtout les admirables montures qui
avaient intéressé la petite fille qu'elle était
alors, bien plus que les toilettes des ladies ou
l'élégance extravagante des dandys entourant
l'héritier du trône. Elle s'était approchée
discrètement des écuries et était presque
tombée en pâmoison devant une véritable
merveille de la race chevaline, un superbe et
vigoureux étalon d'un noir de jais qui caraco-
lait de la plus gracieuse manière, cherchant à

échapper aux mains de son lad, lequel avait grand mal à le retenir.

Lorsque les cavaliers se présentèrent au paddock, Camilla vit que le cheval, objet de son admiration, était monté par un beau jeune homme, mince et élancé, au visage auréolé de cheveux bruns. Tel un centaure, il ne paraissait faire qu'un avec sa monture. Autour des cavaliers, des amis se pressaient, écoutant les bookmakers qui venaient offrir leurs services — car les paris allaient bon train. En entendant discuter ces connaisseurs, Camilla apprit que le cheval qui l'avait fascinée s'appelait Apollon. Sa cote n'était qu'à deux contre un, mais un cheval nommé Oiseau de Feu partait grand favori.

— Vieil escroc ! cria à l'un des preneurs de paris le jeune homme qui montait Apollon. Place-moi dix guinées sur lui !

— C'est jeter votre argent par les fenêtres ! fit observer un homme plus âgé.

Mais le beau cavalier eut un grand rire plein de confiance et Camilla, tandis que les concurrents se dirigeaient vers le départ, se surprit à désirer intensément la victoire d'Apollon et de son cavalier.

Le peloton s'élança, passant devant elle dans un bruit de tonnerre. Il s'agissait d'un steeple-chase. Le long parcours comportait de nombreux obstacles, mais la configuration du terrain permettait de suivre la course de bout en bout. Même lorsque les chevaux se trouvaient à l'autre extrémité de la boucle,

Camilla parvenait encore à distinguer la casaque bleu et or du cavalier d'Apollon.

Aux trois quarts de la course, Apollon n'était encore que troisième. Plusieurs chevaux avaient roulé à terre en abordant les plus durs obstacles, mais, lui, les franchissait tel le dragon ailé des légendes ! Il ne restait plus qu'à peu près un demi-mile lorsque Camilla vit son favori rattraper les chevaux qui le précédaient.

— Vas-y ! Vas-y ! hurlait la petite fille qui ne se contenait plus.

Elle avait l'impression qu'elle montait elle-même Apollon. Il semblait obéir à ses encouragements passionnés. Les deux chevaux de tête sautèrent ensemble l'ultime haie. On vit soudain l'un d'eux tomber. Une seconde, le cœur de Camilla s'arrêta de battre ; elle crut que c'était Apollon ; mais dans un éclair de joie, elle comprit son erreur : en un galop d'apothéose, il franchissait la ligne d'arrivée ! Lorsqu'il passa tout près d'elle, acclamé par une foule délirante, Camilla vit l'expression ineffable de son cavalier qui, sa tête contre l'encolure de l'étalon, souriait de joie.

— Il a gagné ! Il a gagné ! criait à tue-tête la fillette.

Et il lui semblait que cette victoire était un peu la sienne.

Le vainqueur, maintenant, était conduit vers la tribune princière. Tous purent voir le cavalier se découvrir pour remercier d'un geste plein de grâce le fils de George III, qui lui adressait ses félicitations.

— Admirable course ! s'écria un vieux monsieur passant près de Camilla. J'y perds une fortune, mais que le diable m'emporte si un autre cavalier monte mieux que ce jeune officier !

Que de fois, depuis ce jour, la jeune fille avait revécu en pensée ces minutes exaltantes ! Il lui suffisait de fermer les yeux pour revoir, comme en un rêve, l'arrivée victorieuse de l'étalon noir et, surtout, le sourire de son cavalier lui caressant la crinière, son expression heureuse, et le noble salut par lequel il avait répondu aux acclamations.

Elle n'avait même pas cherché à savoir son nom et, au cours des années qui suivirent, devenant une femme, Camilla avait retrouvé dans tous ses rêves, avec le même attendrissement, cette vision de son enfance qu'elle était parfois surprise de n'avoir pas oubliée... Et, insensiblement, quand elle avait commencé à imaginer l'homme à qui un jour elle donnerait son cœur, c'était toujours le visage, le sourire, la prestance de cet inconnu qu'elle évoquait...

Et voici que ce soir, au moment de sa vie où, certes, elle s'y attendait le moins, cet homme était apparu, de nouveau, devant ses yeux... Il était là, en face d'elle, de l'autre côté de la table, semblable à l'image qu'elle s'en faisait depuis tant d'années... Et il s'appelait le Capitaine Hugo Chevelry, lui avait dit qu'il était « à ses ordres »... Hugo Chevelry, Camilla se répétait les syllabes de ce nom qui, à présent, allait lui devenir familier puisqu'elle allait partir en voyage avec celui qui le portait... Mais, il est vrai, ce n'était que pour en rejoindre un autre !

La jeune fille essaya de vaincre la mélancolie que lui causait cette pensée en se mêlant à la conversation des autres convives.

C'était la baronne Von Furstendruck qui l'alimentait, en racontant, pour le plus grand plaisir des dames, les derniers potins de la principauté. Sir Horace, qui était le seul à avoir, lui aussi, longtemps vécu à Meldenstein, s'efforçait à renvoyer la balle avec esprit.

Le vieil ambassadeur était dans une forme extraordinaire. Il avait réussi à donner aux invités l'impression qu'ils étaient les hôtes d'une grande maison où les réceptions fastueuses procédaient d'un rituel quotidien. Camilla estimait même, in petto, qu'agir avec tant d'ostentation n'était guère de mise... Après tout, pourquoi chercher à persuader les gens que les Lambourn étaient aussi riches que Crésus ? En plus des réaménagements effectués, du personnel réinstallé à demeure, Sir Horace avait, pour cette soirée, engagé des laquais supplémentaires postés en faction à chaque coin de porte et loué des tableaux ainsi que des objets d'art qui, disposés un peu partout, donnaient à l'ensemble l'aspect d'un décor de théâtre.

Pour ce qui était du capitaine Chevelry, Camilla ne pouvait s'empêcher de penser qu'on a toujours tort de trop rêver car, quand la réalité est confrontée aux mythes, on ne peut être que déçu. L'attitude du jeune homme était si différente de tout ce qu'elle avait pu imaginer !

Si, au début de la soirée, il s'était contenté de lui marquer une politesse courtoise, sans plus, lui adressant à peine la parole, à présent lorsque, par hasard, leurs regards se rencontraient, elle avait l'impression de lire dans ses yeux une sorte d'hostilité, voire un peu de mépris.

Pourquoi ? Cet homme avait-il quelque chose à lui reprocher ?

Conscient du mutisme maussade dans lequel se cantonnait son invité, Sir Horace, en bon maître de maison, tenta de lui faire perdre sa froideur.

— J'aimerais que vous entreteniez ma fille de Meldenstein, capitaine, lança le vieux diplomate à travers la table. Personnellement, je pourrais écrire un livre sur le charme de ce pays, mais je serais certainement de parti pris : d'abord les années que j'y ai passées ont été parmi les plus heureuses de ma vie, et, ensuite, ce que je dirais risque d'être suranné, démodé... Il me plairait que ma fille connaisse l'appréciation d'une personne jeune, telle que vous.

— Que désirerait-elle connaître ? demanda

Hugo sans lever les yeux de l'aile de dinde qu'il était en train de dépecer.

Son ton était si froid, si distant que Camilla eut la sensation qu'un courant d'air glacial traversait la pièce. D'abord, pourquoi son invité ne s'adressait-il pas à elle directement ?

— Elle désirerait connaître, bien sûr, tout ce qui peut faire l'agrément de la vie là-bas, répondit l'ambassadeur avec un sourire indulgent. En premier lieu, parlez-nous du prince Hedwig. Les années qu'il a passées en Orient pendant les campagnes napoléoniennes ont dû être pour lui une grande épreuve.

Chevelry marqua un temps avant d'admettre qu'en effet la position de Son Altesse Sérénissime à l'époque n'avait pas dû être facile.

— Etait-il en bonne santé à son retour ? demanda encore Sir Horace.

— J'ai tout lieu de le penser.

— Vous ne l'avez donc pas vu ?

— Je ne l'ai aperçu que quelques minutes et de loin au cours de la cérémonie organisée pour son arrivée, expliqua le jeune homme, enfin plus loquace. C'était peu après la cessation des hostilités, et mon régiment devait traverser la principauté. Le peuple nous accueillit avec le plus grand enthousiasme et la princesse mère semblait heureuse d'avoir enfin échappé à la botte de l'ennemi.

— Cela est bien compréhensible, fit observer un des convives, éminent financier de la City. Si habile politicienne que se soit mon-

trée la Régente, une victoire finale de Napoléon aurait porté un coup certain à la prospé-
rité de Meldenstein.

— Et comme, ainsi que chacun sait, l'argent est la seule chose qui compte en ce
monde, aussi bien pour un Etat que pour les
individus, lança Hugo d'une lippe dédaigneuse, la principauté se réjouit d'être encore
assez riche pour donner aux noces princières
qui se préparent un faste digne des autres
cours européennes.

Le ton cinglant de sa réplique laissa
Camilla interloquée. « Pourquoi cet homme
est-il si amer ? se demanda-t-elle. Qu'est-ce
qui le rend cynique à ce point et l'incite à
parler de mon futur mariage avec une telle
désapprobation ? »

Plus tard lorsque, après le dîner, Sir Horace
s'excusa auprès de ses invités pour monter
prendre des nouvelles de sa femme, laissant
les hommes se diriger vers le fumoir, le cercle
des dames se reforma au salon autour de la
fiancée princière. Tandis que le capitaine
Chevelry allait nonchalamment s'adosser
contre le manteau de la cheminée, Camilla ne
put s'empêcher de le regarder et de le trouver
aussi distingué qu'élégant. Son habit, de
toute évidence coupé par un maître tailleur,
moulait à la perfection sa silhouette élancée,
les pointes de son hausse-col, atteignaient ses
abondants favoris noirs et les nœuds de sa
cravate dénotaient une savante intrication
dont la jeune fille connaissait, par l'expé-

rience de son frère Jarvis, toutes les difficultés. Mais en dépit de cette élégance recherchée, ce qui émanait de cet homme était sa force physique qui faisait qu'en lui le sportif évinçait le dandy.

— J'étais en train de décrire à Lady Camilla, dit la baronne Von Furstendruck en s'adressant aux messieurs qui venaient d'entrer, à quel point la principauté peut être belle en cette saison. Tout sera en fleurs pour son arrivée, non seulement les guirlandes spécialement tressées pour les fêtes du mariage, mais aussi dans les jardins, dans les bacs disposés sur le rebord des fenêtres. En descendant de sa voiture, notre future Altesse mettra le pied sur un tapis de roses.

— Vous êtes vraiment très poétique ce soir, baronne, fit observer le capitaine Chevelry.

Camilla crut déceler dans cette remarque une ironie cinglante mais la baronne la prit pour un compliment et parut aux anges, l'assistance se gardant de tout commentaire.

Cependant, la jeune fille était certaine d'avoir décelé dans l'œil de son chevalier d'honneur la lueur méprisante qu'elle y avait déjà vue dès leur premier contact et la désapprobation hautaine avec laquelle il n'avait cessé de contempler le luxe déployé dans cette maison où il pénétrait pour la première fois.

Pendant une partie de la nuit qui suivit, Camilla ne parvint pas à trouver le sommeil. Elle se tournait et se retournait sans cesse dans son lit en se demandant avec angoisse quelle pouvait bien être la raison de l'hostilité de Hugo Chevelry à son égard et n'arrivait pas à la découvrir. Peut-être, songea-t-elle, se faisait-elle des idées. Cet homme, après tout, se montrait désagréable, sans doute, parce que contrarié d'être envoyé en mission dans une petite principauté germanique, le privant de ce fait des agréments et des dissipations de la grande « season » londonienne.

« Oui, se dit-elle en fin de compte, c'est la seule explication possible ; il ne saurait y en avoir d'autre... »

Et elle s'endormit en se répétant une fois de plus que les petites filles avaient tort de faire des rêves et surtout de s'y accrocher car la réalité ne pouvait être que décevante...

Dès que l'aube avait paru, la jeune fille n'avait plus eu le temps de consacrer la moindre pensée à celui qui, durant le voyage, allait être son mentor. Elle s'était habillée en hâte, pressée de dire au revoir à tout ce qu'elle aimait et qui avait constitué jusque-là l'essentiel de sa vie. Elle se promena dans le jardin où elle avait joué enfant, contempla un long moment la vieille maison, puis se décida à rentrer pour prendre congé de sa mère.

Camilla ne put contenir ses larmes en couvrant de baisers le visage tendu par la souffrance que lui présentait la malade. « Se reverraient-elles jamais en ce monde ? » se demanda-t-elle.

— Prends bien soin de toi, mon enfant, recommanda Lady Lambourn d'une voix que le chagrin rendait rauque. Je suis si triste de te voir partir ainsi toute seule... Si seulement ton père et moi avions pu t'accompagner ! Je te souhaite de tout mon cœur de trouver le bonheur auprès de ce prince aimable et intelligent qui éprouvera pour toi, j'en suis sûre, un immense amour...

La jeune fille retint les mots qui lui montaient aux lèvres et qui n'auraient pu qu'augmenter la détresse de sa mère. « Ah ! Pourquoi, songeait-elle, tout le monde paraît si convaincu que ce prince va tomber éperdument amoureux de moi et moi de lui ? Pure hypocrisie de façade. Il ne s'agit que d'un mariage de convenance, rien de plus... et si je pouvais y échapper, avec quelle joie je le ferais ! »

En redescendant de la chambre de sa mère, Camilla, prête pour le départ, s'avança vers le perron au bas duquel l'attendait la berline de louage où la baronne Von Furstendruck avait déjà pris place. Une seconde voiture suivait, avec les bagages. Abigail, la demoiselle de compagnie de la baronne, occupait un des sièges à l'avant de ce fourgon, ainsi que Rose, la jeune femme de chambre choisie par Camilla. En vain Lady Lambourn avait-elle insisté pour que sa fille soit accompagnée par une personne plus âgée. Camilla avait fait remarquer que cette fraîche paysanne était une soubrette habile et stylée avec qui, en plus, elle-même aurait plaisir à parler de Lambourn House et de tous leurs souvenirs de la région. La vieille dame avait cédé.

Comme elle s'apprêtait à monter dans la berline après avoir tendrement embrassé son père, la future princesse vit apparaître, perché en haut du phaéton qui l'avait amené de Londres, le capitaine Chevelry confortablement installé, rênes en main.

— Comment, capitaine ? Vous allez voyager à part ? s'étonna Sir Horace.

— Oui, je compte être en avant-garde pour préparer les relais à chacune de nos étapes jusqu'à Douvres. Je renverrai mon phaéton à Londres avec les voitures de louage dès que nous aurons embarqué sur le yacht de Son Altesse Sérénissime, qui nous attend à quai.

— C'est une délicate attention de votre part, apprécia l'ambassadeur en se retournant pour adresser un dernier adieu à sa fille.

Lorsque le cortège s'ébranla, Camilla avait les yeux trop embués de larmes pour lancer un dernier regard au château avant d'en franchir les grilles. De même elle ne put distinguer, en traversant le village, la pittoresque mare avec ses canards, les troupeaux de moutons s'en allant vers le pré ni la petite église en briques roses où elle avait été baptisée...

À présent que les équipages avaient commencé à faire du chemin, tandis que sa compagne de voyage babillait sans arrêt en faisant force gestes, à l'allemande, Camilla regardait par la portière les hameaux qui défilaient sous ses yeux. En voyant rouler le phaéton de son chevalier d'honneur, elle regrettait de n'être pas, elle aussi, cheveux au vent, dans une voiture découverte au lieu de supporter, dans sa berline sentant le renfermé, l'intarissable bavardage de la vieille Baronne.

Certes, elle se disait qu'elle ne formulait pas ce souhait pour se trouver en compagnie de ce capitaine Chevelry ! C'était seulement sentir l'air frais qu'elle aurait voulu... Toutefois, elle était agacée de constater que ses pensées ne cessaient pas de se concentrer sur ce personnage. Elle savait aussi qu'étant femme elle ne connaîtrait le repos que lorsqu'elle aurait tiré au clair la raison de l'attitude hostile de cet homme à son égard.

Ils étaient partis de grand matin, car longue était la distance qui les séparait de Douvres. Aussi Camilla mourait-elle de faim et de soif quand, vers midi, la berline s'arrêta pour sa première étape.

La première chose qu'elle vit dans la cour de l'auberge fut l'équipage du capitaine dont il s'occupait lui-même de faire bichonner les bêtes.

Une accorte aubergiste entraîna les voyageuses vers une pièce confortable où elles purent se rafraîchir et faire brosser leurs vêtements avant de redescendre dans la grande salle. Hugo les attendait au bas de l'escalier en compagnie d'un chef cuisinier en toque.

— J'ai pris la liberté de vous commander un repas froid, dit-il en s'adressant à la baronne plutôt qu'à sa compagne, mais cet excellent homme m'apprend qu'il peut également vous servir un rôti de porc chaud, une tarte aux légumes ou un gigot de mouton.

Il y eut un léger silence avant que la dame d'honneur, respectueuse de l'étiquette, ne fit remarquer d'un ton sec :

— C'est à Lady Camilla, capitaine, qu'il vous sied de demander de fixer son choix.

— Bien sûr, excusez-moi, dit le jeune homme en rougissant. Quels sont vos désirs, Milady ?

La fiancée princière sentit, soudain, qu'elle avait perdu tout appétit. L'hostilité ouverte de cet homme à son égard perçait à travers ses paroles, au point de la mettre constamment mal à l'aise et sur la défensive. Sans qu'elle-même puisse relever un manquement précis dont elle aurait eu à se plaindre, l'atmosphère qu'il créait devenait de plus en plus insoutenable. Camilla se détourna de lui pour donner directement ses ordres à l'aubergiste ; un rayon de soleil filtrait à travers les vitres de la fenêtre à meneaux, formant comme une auréole autour de ses cheveux d'or qu'elle avait libérés du chapeau qui les emprisonnait.

Ramenant son regard sur Hugo une fois ses instructions données, la jeune fille surprit soudain une expression toute nouvelle dans les yeux du capitaine. Elle était suffisamment femme pour ne pas se tromper ; l'œil bleu acier reflétait un sentiment d'admiration.

Camilla en éprouva un soulagement : c'était la découverte que cet ours pouvait aussi être un être humain ! Pleine d'espièglerie, elle décida, du coup, de l'amener à composition.

— Parlez-moi donc de Londres, capitaine, lui dit-elle tandis qu'ils s'installaient à table. Est-ce que tous ces dandys, surtout ceux qu'on dénomme les « Corinthiens » ou les « Non-Pareils », persévèrent dans leurs extravagances vestimentaires ? Chaque fois qu'il m'est arrivé d'en voir un, j'ai eu l'impression de mieux comprendre les desseins divins qui font que certains oiseaux ont un plumage beaucoup plus beau que celui de leurs femelles.

Le jeune homme partit d'un grand éclat de rire.

— Serait-ce possible, Lady Camilla, que la supériorité de l'espèce mâle, à laquelle se complaît parfois la Nature, n'ait pas votre agrément ?

— Je ne vois pas pourquoi je serais en admiration devant ces personnages futiles et prétentieux qui gaspillent leurs matinées à nouer leurs cravates selon leurs règles, et leurs nuits à nouer des intrigues d'alcôve...

— Je vous conseillerai de ne pas tenir ce genre de propos à la cour de Meldenstein,

Milady, répliqua Hugo en tempérant la sévé-
rité de cet avertissement par un éclair de
malice dans le regard. Les jeunes filles de
haute naissance ne sont pas sensées connaître
ces choses ou d'en faire état.

— Lorsqu'elles sont pourvues d'un frère
aîné, elles les connaissent, dit-elle en souriant.

Tout au long du déjeuner, les trois convives
bavardèrent gaiement, Camilla obligeant son
chevalier d'honneur à être à la hauteur de sa
propre bonne humeur et à répondre à ses
piques. Le vin aidant, il se montrait de meilleure humeur et paraissait commencer enfin
à s'intéresser à la plus jeune de ses interlocutrices.

Détournant la conversation des menus événements de la principauté dans laquelle la
baronne semblait se complaire, la future
princesse se mit à parler chevaux, prouvant
vite au capitaine qu'ils avaient pour ce sujet
une attirance commune. Elle lui décrivit les
foires auxquelles elle avait assisté, où les
maquignons accouraient de tous les coins du
pays, et les fourberies des romanichels qui
vendaient à un prix élevé des haridelles après
leur avoir administré certaines herbes plus ou
moins magiques qu'ils étaient seuls à
connaître.

A plusieurs reprises, au cours de ce gai
bavardage, elle vit Chevelry rejeter la tête en
arrière et rire de bon cœur. Camilla se sentit
heureuse de retrouver, un instant, le triom-

phant cavalier d'Apollon qui, six années durant, avait hanté ses rêves.

Le repas achevé, le jeune homme, regardant l'heure, pressa les voyageuses de remonter en voiture, la route étant encore longue jusqu'à Douvres.

— Coucherons-nous à bord du yacht princier ce soir, capitaine ? interrogea la baronne.

— Assurément, et vous y serez beaucoup plus confortablement installées que dans une auberge, soit que nous mettions à la voile dès notre arrivée, soit que nous attendions la marée. Ce sera au commandant de décider dès que nous serons à son bord.

— Mon Dieu, que je redoute l'instant où je me trouverai de nouveau sur un bateau ! s'exclama la dame d'honneur. Mon voyage à l'aller a été éprouvant, j'ai eu cent fois l'impression que nous allions être engloutis ! Le comble, c'est que le lendemain le commandant m'a déclaré avec un sourire béat que la traversée avait été plutôt calme !

— Pour moi, déclara Camilla en riant, ce sera une expérience nouvelle car je n'ai jamais navigué et j'ignore si j'ai le pied marin ou non.

La berline vint se ranger devant la porte de l'auberge et, avant d'y prendre place, la fiancée du prince Hedwig jeta un regard de regret en direction du phaéton où Hugo Chevelry se perchait d'un bond relevant presque de la haute voltige. Son haut-de-forme coquettement posé de travers, juste à l'angle voulu, elle le vit passer en trombe sur son véhicule aux grandes roues jaunes, fouettant ses chevaux, et disparaître dans un nuage de poussière.

Au cours de cette nouvelle étape, la baronne eut tôt fait de sombrer dans une torpeur digestive. Sa jeune compagne s'absorba dans ses pensées, se demandant non sans appréhension si le proche avenir lui apporterait le bonheur qu'on lui avait tant souhaité ou, au contraire, plus de déceptions qu'elle n'en redoutait...

Après une courte halte pour changer les chevaux et permettre aux voyageurs d'absorber une tasse de thé, — halte au cours de laquelle ces dames eurent juste le temps d'entrevoir leur compagnon de voyage, — on repartit. Comme la baronne, alléguant que les mouvements de la voiture avaient sur elle « un étonnant effet berceur », retombait dans sa somnolence, Camilla, un peu lasse, ferma aussi les yeux et réussit à prendre un peu de repos.

A sept heures du soir, la berline s'engageait sur les pavés de Douvres, provoquant des soubresauts qui réveillèrent instantanément les deux dormeuses.

— Juste Ciel ! Sommes-nous arrivées ? dit en sursautant Mme Von Furstendruck complètement effarée. Comment suis-je ? Mon chapeau n'est-il pas de travers ?

On approchait de l'embarcadère du yacht,

où les voyageuses virent brusquement un groupe de personnes qui semblaient attendre un événement.

— Mon Dieu! s'exclama la Baronne. J'ai complètement oublié de prévenir Votre Altesse Ser... euh... votre Grâce que le maire de la ville désirait vous adresser un discours d'adieu.

— Le maire de la ville, baronne?

— Eh oui, chère princesse, vous voici devenue un personnage officiel. Il est normal que vos concitoyens vous rendent les honneurs qui vous sont dus!

— Quelle épreuve! s'inquiéta Camilla. Vous auriez vraiment pu m'en avertir... Je n'ai aucune idée de ce que je dois faire... Devrai-je répondre à ce discours?

— Quelques mots de remerciement, j'imagine. Son Excellence votre père ne vous y a-t-il pas préparée? Cela n'entre pas dans mes attributions de dame d'honneur...

La jeune fille tourna vers sa duègne un visage angoissé.

— Au moins, mon apparence a-t-elle toute la dignité qui convient? demanda-t-elle.

— C'est un enchantement de vous regarder, dit l'autre, sincère, après un bref regard au ravissant visage qui émergeait de la capote à larges brides de taffetas surmontée de myosotis de la même teinte que la cape de voyage de sa future souveraine.

En descendant de voiture, Camilla fit l'effort de ne point paraître intimidée. A son grand soulagement, elle constata que son chevalier d'honneur se tenait à la portière ; en lui tendant la main, il lui glissa à mi-voix :

— Le maire est celui qui porte une chaîne d'or...

Retenant une envie de rire, la jeune fille s'avança avec dignité vers le gros homme emperruqué et empêtré dans une vaste toge, lequel aussitôt, en termes pompeux, développa des fioritures sur le thème de la perte que représentait le départ « d'une des plus belles roses de notre Angleterre » et de l'avantage qu'en revanche y gagnerait la principauté de Meldenstein.

Camilla s'efforça d'écouter l'orateur en gardant son sérieux. Une forte brise marine soufflait, gonflant, comme des montgolfières les robes solennelles du maire et de ses échevins et ébouriffant leurs perruques en leur donnant des têtes de chats en colère. Beaucoup de dames dans l'assistance avaient du mal à empêcher leurs chapeaux de s'envoler et la future princesse se félicita que le sien fût bien retenu par ses larges rubans. Tout en écoutant la harangue, elle se demanda combien de pathos du même genre elle serait obligée d'entendre désormais.

Cependant, le représentant de la ville en avait terminé et Chevelry, s'approchant de la jeune fille, lui murmura :

— Répondez quelque chose...

— Monsieur le Maire, je vous suis reconnaissante des paroles aimables et gracieuse que vous venez de prononcer, improvisa aussitôt Camilla. J'en suis touchée et m'en souviendrai longtemps encore après m'être éloignée de vos côtes. Je ne manquerai pas de transmettre à mon futur époux et à tous les citoyens de Meldenstein les bons sentiments que vous nourrissez à leur égard et vous en remercie du fond du cœur.

Une salve d'applaudissements suivit. En fille d'ambassadeur devinant d'instinct ce qu'elle devait faire, Camilla alla serrer la main des personnalités officielles, manifestement ravis de son geste. Ce cérémonial achevé, Hugo lui désigna de la main le tapis rouge menant jusqu'au yacht qui l'attendait pour l'emmener vers sa nouvelle patrie.

La jeune fille vit alors pour la première fois le coquet bateau aux cordages enguirlandés de fleurs, surmontés de drapeaux où se mêlaient les armes d'Angleterre et celles de la principauté. Le commandant, un homme d'un certain âge mais pourtant encore beau dans son uniforme rutilant de dorures, vint l'accueillir en haut de la coupée. Après un échange d'aménités, la future princesse escortée de sa dame d'honneur figée en une attitude altière, fut conduite en une sorte de procession jusqu'à sa cabine. Celle-ci était spacieuse, décorée de fleurs. Une autre, attenante, était réservée à la baronne. Camilla vit avec satisfaction que Rose était déjà là et avait commencé à déballer ses affaires de voyage, le reste des bagages étant entreposé dans la cale.

Sitôt que le Commandant et toute la suite se furent retirés, la jeune fille s'élança vers sa soubrette qu'elle prit dans ses bras.

— Que je suis heureuse de vous retrouver, Rose ! Votre voyage dans le fourgon n'était-il pas trop fatigant ? Croyez-vous que ce yacht est splendide ! Il me paraît aussi grand qu'un navire de guerre.

La camériste lui raconta les petits incidents qui avaient émaillé sa journée. Camilla et elle ne furent plus que deux jeunesses babillant dans l'excitation d'une aventure toute nouvelle pour elles, jusqu'au moment où Camilla s'aperçut que l'heure était venue de se changer pour le dîner.

Lorsqu'elle se présenta dans le salon-salle à manger quelques instants plus tard, elle trouva debout, alignés en formant la haie, sa dame et son chevalier d'honneur ainsi que le commandant et ses principaux officiers. Elle s'aperçut alors que quelque chose avait changé dans leur comportement.

Tout le monde attendit qu'elle fût assise pour l'imiter, y compris la baronne, et on s'inclinait avec déférence chaque fois qu'elle adressait la parole à quelqu'un. Le dîner se serait poursuivi dans cette atmosphère guindée si Camilla, excédée par les compliments ampoulés que lui faisait le commandant dans un anglais exécrable, n'avait à un moment lancé un muet appel à l'aide en direction d'Hugo.

Celui-ci aussitôt fit dévier la conversation sur la navigation, les marées et la vie maritime. La future princesse eut enfin le loisir d'apprécier en paix la délicatesse de la cuisine continentale qui lui était servie.

Le repas terminé, le Commandant et ses officiers s'excusèrent de devoir prendre congé de leurs hôtes en annonçant qu'ils allaient profiter de la marée pour faire mettre à la voile.

— Si le bateau doit prendre la mer maintenant, dit alors Mme Von Furstendruck tout agitée, je crois préférable de me retirer. Votre Altesse souhaite-t-elle que je la raccompagne jusqu'à sa cabine ?

— Merci, baronne, je saurai trouver mon chemin, et vous souhaite une bonne nuit.

— Je compte prendre du laudanum pour assurer mon sommeil. J'espère seulement que vous n'aurez pas besoin de moi avant demain matin...

Camilla ayant apaisé son inquiétude, la baronne partit après lui avoir fait une grande révérence jusqu'à terre.

La porte refermée, la jeune fille se retourna vers Chevelry avec étonnement.

— Je me demande la raison de cette révérence, dit-elle.

— Sur ce bateau, vous êtes déjà sur le territoire de la principauté, Milady, lui expliqua-t-il. Votre dame d'honneur ne fait que se conformer, ainsi qu'elle le doit, à l'étiquette.

— Je suppose qu'il faudra que je m'y habitue... Mais j'avoue que je suis gênée de voir des personnes âgées me traiter avec une telle déférence.

— Vous avez maintenant le statut d'une tête couronnée, Votre Altesse, conclut-il avec une légère pointe d'ironie dans la voix.

Camilla fit quelques pas dans le salon. Celui-ci était bas de plafond, et elle avait remarqué qu'en se levant Hugo avait failli s'y cogner la tête. S'approchant d'un hublot :

— Je vois des vagues, constata-t-elle. Pensez-vous que notre traversée sera houleuse ?

— Pas au point de troubler qui que ce soit... à l'exception peut-être de Mme Von Furstendruck...

— Combien d'heures de mer, capitaine ?

— Nous serons en vue d'Anvers dès demain à l'aube, pour peu que les vents nous soient favorables.

— Et ensuite ?

— Le voyage est encore long jusqu'à Meldenstein. Mais je compte brûler les étapes et j'espère que vous n'arriverez pas trop fatiguée.

Comme son interlocutrice demeurait silencieuse, il poursuivit :

— Permettez-moi de vous féliciter, Lady Camilla, de votre excellente performance de la journée. Force est de reconnaître que le prince Hedwig a su choisir une épouse digne de la haute position qui sera la sienne !

— Est-ce lui qui m'a choisie ? demanda la jeune fille en se retournant. C'est plutôt sa mère, lui, n'a pas eu voix au chapitre.

Il y avait un peu d'angoisse dans sa question, ce qui fit hésiter Hugo un court instant. La réponse, quand elle vint, fut tout à fait inattendue.

— Cela a-t-il quelque importance ?

— Non, sans doute... N'empêche que si les choses tournaient mal, il y aura quelqu'un qui recevra le blâme. Je me demandais qui ce serait.

— Qu'est-ce qui pourrait tourner mal ? s'étonna Chevelry. Comme je viens d'avoir l'honneur de vous le dire, le Prince n'aurait pu trouver mieux tant pour la beauté que pour le comportement. Je vous assure que, dans la plupart de ces cours germaniques, on n'a pas toujours la chance de tomber si bien.

— Vous parlez de moi comme si j'étais une marchandise ! s'exclama Camilla d'un ton sec.

— Si c'est l'impression que je vous ai donnée, je vous prie de m'en excuser. Dans mon esprit, je considérais cela comme un compliment.

Il s'était incliné en prononçant ces mots, mais avec un sourire non dépourvu d'une pointe d'ironie.

La jeune fille se tourna de nouveau vers le

hublot. Comment aurait-elle pu confier à cet inconnu qu'elle éprouvait un sentiment de peur ? Si elle l'avait pu, même à présent, à la toute dernière minute, elle se serait enfuie à toutes jambes pour retourner chez ses parents et échapper à ce qui l'attendait : la pompe, les cérémonies et, par-dessus tout, l'instant où elle se trouverait seule en présence de l'homme qui allait être son mari !

Dans son dos, elle entendit Hugo lui dire d'un ton rassurant :

— J'ai la certitude que tout se passera le mieux du monde pour vous. Je comprends que vous vous sentiez un peu dépaysée au début, mais très vite vous apprécierez tous les avantages de votre position.

— Croyez-vous... qu' « ils » m'aimeront ?

— Assurément ! C'est un peuple simple, prêt à vous ouvrir son cœur.

— C'est vite dit, dit-elle en se retournant lentement. Et... lui, pensez-vous qu'il m'aimera ?

C'était le cri d'une enfant apeurée. Mais Hugo se refusa à le reconnaître pour tel, et c'est avec un regard dur et les traits contractés qu'il répondit :

— Son Altesse Sérénissime ne pourra qu'être sous votre charme. Quant à vous, Milady, n'aurez-vous pas obtenu tout ce que vous souhaitiez ? C'est la seule chose qui compte, non ?

Le ton frisait l'impolitesse et brusquement,

le capitaine s'inclina en claquant les talons et se retira du salon d'un pas rapide.

Camilla resta quelques secondes à contempler la porte qu'il avait refermée derrière lui. Elle entendit son pas décroître dans les coursives et se mit à penser avec désespoir que, après avoir espéré se faire un ami de cet homme, tout ce qu'elle en avait reçu — elle en était sûre à présent — n'était qu'une hostilité voisine de la haine.

CHAPITRE V

A son réveil, Camilla constata que le navire tanguait fortement. Dès que Rose eut répondu à son appel, elle la pria d'aller s'informer dans la cabine voisine de l'état de santé de la baronne. La soubrette revint lui annoncer que la dame d'honneur souffrait beaucoup du mal de mer et s'excusait de ne pouvoir se présenter, aussi longtemps que la mer serait autant démontée.

Pas mécontente d'échapper à l'incessant bavardage de la vieille dame, Camilla se leva, s'habilla avec l'aide de sa camériste et décida d'écrire une courte lettre à sa mère. Mais avec le mouvement du bateau, elle avait du mal à aligner correctement ses mots sur l'épais parchemin frappé aux armoiries de Meldenstein surmontées d'une couronne. La jeune fille se dit qu'à défaut d'une longue missive le papier à lettres, au moins, ferait plaisir à Lady Lambourn, et se contenta d'un résumé du voyage et d'une brève appréciation sur Mme Von Furstendruck. En ce qui concernait le capitaine Chevelry, elle ne lui consacra pas une seule ligne.

Tout bien pesé, Camilla, à la vérité, n'aurait trop su qu'en dire ; elle se reprochait de trop souvent penser à lui alors que tous les jeunes hommes qu'elle avait eu l'occasion de rencontrer au cours de son unique « season » à Londres l'avaient laissée indifférente. Après tout, qu'avait Chevelry de plus que les autres dandys qui entouraient le prince de Galles, fréquentaient les tavernes et les maisons de jeu, pratiquaient l'art de la boxe chez « Gentleman Jackson » et couraient à Newmarket en témoignant tout de même en ce sport — il fallait en convenir — d'une science équestre qu'on ne pouvait qu'admirer ?

Apprécier l'adresse et le talent d'un bon cavalier était une chose, décida-t-elle, et vouloir en faire un ami en était une autre. Mieux valait dorénavant avoir le moins de contacts possible avec ce cynique chevalier d'honneur qu'on lui avait imposé et qui avait le don de la mettre mal à l'aise quand il était en sa présence.

En contradiction avec ses résolutions, la future princesse fut déçue, au moment du déjeuner, de constater l'absence de son compagnon de voyage et de se trouver seule à table.

— Le commandant du bateau n'est pas là ? demanda-t-elle, curieuse, au chef des stewards qui la servait.

— Le commandant lui pas quitter le pont supérieur pendant traversée, répondit le serveur dans son mauvais anglais.

— Et... n'avez-vous point vu le capitaine Chevelry ?

— Lui là-haut avec officiers. Il aime bien quand il y a un peu tempête sur la mer.

Sa collation terminée, Camilla se fit donner par Rose sa cape de voyage, le seul de ses vêtements du temps passé qu'elle avait emporté et ajouté à son trousseau. Elle avait toujours aimé s'emmitoufler dans cette mante chaudement doublée pour s'asseoir, en dépit des protestations de sa mère, auprès du cocher de leur voiture, lorsqu'elles allaient en promenade.

Elle l'endossa, puis rabattit la capuche sur ses cheveux blonds. Son joli visage, émergeant de tout ce bleu-vert bordé de fourrure claire, en était comme éclairé, ses yeux, comme agrandis.

Dès qu'elle mit pied sur le pont, la jeune passagère eut presque le souffle coupé par la violence du vent. Elle parvint, en titubant, à atteindre le bastingage auquel elle s'accrocha des deux mains. Le yacht avait le vent en poupe et, toutes voiles gonflées, fendait les vagues qui déferlaient autour de sa coque dans un nuage d'embruns.

Camilla se sentit stimulée par une **sensa**tion exaltante qu'elle n'avait jamais connue et qui la transportait d'enthousiasme. A chaque instant, une énorme masse d'eau venait se briser avec fracas contre le bateau qui en frémissait. Puis le yacht plongeait ou remontait au gré de la tempête, dans un craquement de ses cordages tendus, les marins se transmettaient les ordres en criant dans des porte-voix. Tandis que le vent rabattait des mèches de cheveux sur son visage et qu'elle sentait un goût de sel sur ses lèvres, Camilla entendit, soudain, une voix familière l'interpeller d'un ton désapprobateur.

— Que faites-vous là, Lady Camilla ? Vous devriez redescendre tout de suite.

Elle se tourna en riant pour faire face au capitaine Chevelry. Lui aussi luttait contre le vent, la chevelure en désordre, le col de son manteau relevé et retenu par des boutons autour de son cou, campé dans ses hautes bottes que la mer avait détrempées.

— C'est merveilleux ! cria Camilla. Jamais je n'avais imaginé un tel spectacle !

— Rentrez. C'est dangereux de rester là !

Il l'admonestait, soudain, avec moins de conviction dans le ton et semblait perdu dans la contemplation des joues rosies par le froid et les yeux brillants de joie de l'intrépide passagère.

— Je comprends à présent pourquoi Jarvis voulait tant être marin, hurla-t-elle, sachant que, dans le fracas des vagues, arriver à s'entendre n'était guère facile.

— Jarvis ? questionna Hugo.

— Mon frère. Il est dans la marine, et je

l'envie ! J'aimerais, comme lui, sillonner tous les océans du monde !

Hugo esquissa un sourire devant tant d'enthousiasme, avant de reprendre son rôle de protecteur.

— Si vous tombiez à l'eau dans ces flots démontés, il serait impossible de vous sauver...

— Je ne tomberai pas, affirma-t-elle, ajoutant en riant :

— ... quoique j'aimerais bien voir votre tête si vous vous trouviez dans l'impossibilité de livrer la marchandise qui vous a été confiée !

— Elle ne serait pas plaisante à voir, en effet, admit-il du même ton amusé.

Une vague plus forte que les autres secoua terriblement le bateau. Camilla faillit perdre l'équilibre et fut saisie à bras-le-corps par son compagnon.

— Au nom du Ciel, soyez prudente ! grogna-t-il de nouveau.

— Dans mon intérêt, ou dans le vôtre ? rétorqua-t-elle, narquoise.

Elle n'aurait su dire si ce vent implacable qui les changeait en poupées de chiffon y était réellement pour quelque chose, mais Chevelry semblait avoir chassé la timidité et la réserve qui, jusque-là, avaient paralysé la jeune fille. Subitement, cet homme ne lui causait plus ni malaise ni peur, et elle avait envie d'effacer à jamais le cynisme qui l'agaçait tant dans son regard.

— Dans votre intérêt, cria-t-il en réponse, et dans celui de ceux qui vous attendent !

Pour la première fois, la pensée des jours à venir cessa d'oppresser le cœur de la future princesse.

— Peut-être que nous ne parviendrons jamais au bout de notre voyage, exulta-t-elle, et que cette croisière magique vers l'inconnu s'achèvera dans l'enchantement d'un bonheur ensoleillé !

Elle clamait tout haut ses rêves, oubliant presque celui qui l'écoutait, lorsqu'elle entendit Chevelry lui dire d'un ton sévère :

— C'est votre futur époux qui vous attend !

Il essayait d'étouffer son exaltation, mais elle était décidée à ne plus se laisser impressionner.

— Vous êtes aussi sinistre qu'un sermon du Vendredi saint ! plaisanta-t-elle. Pourquoi n'a-t-on pas désigné quelqu'un de plus gai pour m'escorter ? Quoi que l'avenir me réserve, vous ne pourrez pas me reprendre ces heures merveilleuses !

Camilla avait cessé un instant de retenir sa capuche et le vent, s'y engouffrant, libéra complètement ses cheveux d'or qui l'aveuglaient. D'un mouvement de tête, elle les rejeta. Et elle ressembla soudain à une de ces délicates figures de proue ornant les frégates d'autrefois.

Sans même le regarder, elle savait que Hugo la contemplait et se demanda ce que les marins perchés dans les haubans pensaient en la voyant ainsi, tout échevelée... Mais au fond, elle s'en moquait !

« Ce sont mes derniers moments de liberté, je peux en profiter. Après... » se dit-elle.

Mais Camilla fut interrompue dans ses pensées par un officier descendu du pont supérieur et qui se dirigeait vers elle.

— Le commandant, Votre Altesse, vous prie de vouloir bien regagner l'intérieur. Le temps continue à se gâter. Responsable de votre sécurité, vous ne pouvez rester ainsi exposée sur la passerelle, ce serait prendre un trop grand risque...

— Vous devez obéir, Milady, ajouta Chevelry devant son hésitation.

Camilla se décida à obtempérer à l'injonction mais, malgré la meilleure volonté, elle n'arrivait pas à faire un pas tant le bateau était secoué. Hugo la saisit à plein bras, l'aidant à avancer péniblement jusqu'aux marches de l'escalier menant aux cabines. Une fois à l'abri du vent, elle put s'appuyer à la balustrade, Chevelry desserra alors seulement son étreinte.

— Ce n'est pas juste, protesta-t-elle en relevant vers lui son visage tout mouillé d'embruns, je vivais une expérience tellement merveilleuse !

— Ne vous avais-je pas prévenue que c'était dangereux ? dit-il en lui ouvrant la porte du salon.

Le bateau tanguait au point qu'elle eut du

mal à atteindre un siège. En s'y glissant, elle prit conscience du désordre de ses cheveux et entreprit d'en rétablir un peu l'ordonnance.

— Je n'avais encore jamais rencontré une femme aimant la mer comme vous, fit observer le capitaine en s'asseyant en face d'elle.

— J'ai toujours été fascinée par l'eau, avoua la jeune fille. Tout enfant avec mon frère nous passions des heures à canoter sur la rivière ou à nous baigner dans l'étang, malgré la défense de nos parents...

— Vous arrive-t-il souvent de faire ce qui vous est défendu? interrogea-t-il, tout en observant les petites fossettes qui se formaient dans le joli visage de Camilla quand son sourire s'accentuait.

— Vous auriez préféré, sans doute, que je sois morne comme une souche, ironisa-t-elle. Est-ce là votre conception d'une jeune personne fraîchement sortie de sa province?

— A dire vrai, j'ai peu d'expérience sur la question...

— Reconnaissez qu'une de ces demoiselles « à la mode », terrorisées à l'idée d'être décoiffées et prêtes à s'évanouir à la vue d'une vague un peu forte, aurait mieux fait votre affaire!

Enhardie par l'éclat de rire qui accueillit sa répartie, Camilla prit son air le plus mutin pour ajouter :

— J'en ai connu à Londres qui, timorées à un degré inimaginable, poussaient des cris d'orfraie quand je montais autre chose que les

vieux canassons de manège que nos profes-
seurs d'équitation s'ingénient à conseiller aux
élèves de mon sexe !

— Petite et menue comme vous l'êtes,
répondit Hugo du tac au tac, je ne vous vois
que montant un poney de la dernière couvée.

— Je suis capable d'enfourcher la monture
la plus fougueuse et de l'entraîner à sauter,
capitaine, protesta la future princesse avec
une flamme dans le regard qu'avait attisée le
propos dédaigneux de son interlocuteur. Sans
doute avez-vous dit cela pour me mettre au
défi ?... Dès que nous en aurons l'occasion, je
suis prête à me mesurer à vous dans une
course d'obstacles. Je me sens même de taille
à battre votre Apollon, si vous le possédez
toujours !

— Apollon ? Comment connaissez-vous
Apollon ? demanda-t-il étonné.

Camilla ne put s'empêcher de rougir de son
étourderie.

— Je... j'ai entendu dire... que vous aviez
un cheval de ce nom, balbutia-t-elle.

— Vous cherchez une échappatoire,
insista-t-il d'un ton accusateur. Je veux la
vérité ! Comment connaissez-vous Apollon ?

— Eh bien, je vous ai vu gagner une course
avec lui il y a six ans, confessa la jeune fille.
Vous êtes arrivé premier, alors que tout le
monde attendait je ne sais quel crack...
Oiseau de Feu, je crois...

Le visage de Chevelry s'éclaira.

— Je me souviens parfaitement de cette

journée. Ainsi, vous étiez là ? Mais vous deviez être encore une enfant ?

— C'était à l'occasion de mon treizième anniversaire.

— Voilà pourquoi vous avez paru si surprise lorsque je vous ai été présenté l'autre soir, murmura-t-il lentement après une seconde de réflexion. Je ne comprenais pas la stupéfaction que j'ai lue sur votre visage. J'en ai aujourd'hui l'explication...

— Je ne pensais pas vous revoir... jamais.

— Parce que vous vous souveniez encore de moi ? Cela me paraît étrange... avec toutes les courses courues ce jour-là !

— Je voulais qu'Apollon soit vainqueur, répliqua-t-elle avec une vivacité qui contrastait avec la lenteur des déductions de son vis-à-vis.

— Bien sûr, bien sûr, dit Chevelry sans la quitter des yeux. C'était une bête magnifique, mais je pense que cette course a été la dernière pour lui. Il a été mis à l'herbage peu après, et j'ai entendu dire qu'il a fait souche d'autres étalons aussi vaillants que lui.

— Vous avez entendu dire ? Entendez-vous par là que... vous vous en êtes séparé ?

— Je n'avais pas les moyens de le conserver, avoua-t-il en baissant la tête. Mon régiment partait pour l'Espagne et il m'était impossible de payer l'entretien d'Apollon pendant mes années d'absence. Je l'ai vendu à un ami de confiance qui, j'en avais l'assurance, le soignerait bien. Mais ç'a été dur pour moi de devoir le quitter.

— Oui, vous avez dû avoir de la peine, dit Camilla en songeant à tout ce à quoi elle-même avait été obligée de renoncer. Quand on aime un cheval, il devient comme une partie de soi-même...

— C'est vrai, mais comme c'est curieux que vous vous soyez souvenue d'Apollon. J'évoque souvent cette course.

— Et moi donc! renchérit-elle sans réfléchir. A la dernière haie, j'ai cru que vous étiez tombé. Pendant un moment, j'ai évité de regarder la course tant j'avais peur, et puis je vous ai revu. J'ai su alors que vous alliez gagner!

— Vous le souhaitiez donc à ce point? interrogea-t-il d'une voix profonde.

— Je priais sans arrêt pour vous! J'étais tellement enthousiasmée par cette course que j'avais l'impression de monter moi-même Apollon.

Elle avait mis tant de passion dans cet aveu qu'elle comprit soudain qu'elle en avait trop dit.

— Bien sûr, je n'étais qu'une enfant à l'époque, ajouta-t-elle en détournant les yeux.

— Mais... vous vous êtes souvenue de moi autant que d'Apollon... et six ans plus tard... vous avez, en me revoyant...

— C'était si inattendu, dit-elle avec un petit rire gêné... Bon, je crois que je vais aller regagner sa cabine pour me recoiffer.

Elle esquissa un mouvement pour se lever, mais luttait contre son envie de prolonger encore ce moment. Cependant, le silence qui s'installait entre eux devenait embarrassant.

— Où est donc votre dame d'honneur ? demanda Hugo comme si, subitement il prenait conscience qu'ils se trouvaient seuls.

— Elle a souffert du mal de mer toute la nuit et était encore trop malade ce matin pour quitter sa cabine.

— L'empoisonnant personnage ! pesta Chevelry. Elle devrait être près de vous, ne pas vous laisser seule !

— Oh ! cela ne me gêne pas, répondit la jeune fille, accommodante... bien que je me sois beaucoup ennuyée en déjeunant toute seule...

— Je serais descendu pour vous tenir compagnie si j'avais pu deviner ! s'écria Hugo dans un élan, ajoutant, après une seconde de réflexion :

— Mais non ! Ce n'aurait pas été correct. Nous ne pouvons pas prendre un repas ensemble sans chaperon.

— Dois-je comprendre que je devrai également dîner en solitaire ?

— Vous savez bien que ce serait contraire à tous usages si... vous et moi..., commenta-t-il sans grande conviction.

— Qui le saura ? Et au diable les usages ! proclama la future princesse. Pour l'instant, nous n'avons pas à obéir aux autorités que nous avons laissées derrière nous en Angleterre ni à celles qui nous attendent de l'autre côté de la Manche. A nous d'édicter nos propres lois !

— Je suis ici pour vous protéger, Lady Camilla, et non pour compromettre votre réputation...

— Serais-je irrémédiablement compromise si je vous conviais à dîner ?

— La sagesse me conseillerait de décliner une telle invitation...

— Et si c'était un ordre, capitaine ? Vous m'avez dit que d'ici à quelques jours je disposerais d'une autorité quasi royale. Bien sûr, je ne peux rien imposer à un sujet britannique mais, d'autre part, celui-ci, en tant qu'hôte d'une puissance étrangère, a-t-il le droit de m'opposer un refus ?

Le jeune homme eut un sourire qui, cette fois, n'était ni cynique ni de commande.

— Je vois que vous saurez obtenir ce que vous voulez dans la vie. C'est très bien, Votre Altesse, ordonnez, je vous obéirai.

— Je préfère vous prier, dit-elle avec une gentillesse teintée d'un peu de coquetterie. Le capitaine Chevelry, ancien propriétaire d'Apollon, acceptera-t-il de dîner en ma compagnie ?

Sans qu'elle le veuille, sa voix avait pris une inflexion grave, pressante presque ; leurs regards se rencontrèrent et, une seconde, Camilla eut l'impression que le tangage du bateau, en s'accentuant, lui donnait un peu le vertige...

— Je commets là une sottise, j'en suis

convaincu, répondit Hugo en s'efforçant de maintenir le ton du badinage, mais j'accepte avec le plus grand plaisir l'invitation... de Votre Altesse.

Camilla en eut le cœur empli de joie et constata, se levant pour regagner sa cabine, qu'elle flageolait sur ses jambes. Elle aurait certainement perdu l'équilibre si son chevalier d'honneur ne l'avait retenue en la saisissant dans ses bras. Elle appuya sa tête un instant sur la poitrine du jeune homme, masqua leur double gêne en feignant de s'amuser de s'être montrée aussi maladroite.

Leurs yeux ne se quittaient pas et, aussi incapables l'un que l'autre de prononcer un mot ou de bouger, ils avaient seulement conscience qu'un trouble indéfinissable glissait entre eux.

Camilla fut la première à se ressaisir.

— Il faut que... que je m'en aille..., murmura-t-elle.

Rentrée dans sa cabine, elle se jeta sur sa couchette. Pendant une heure, elle eut la sensation que la tempête redoublait de violence, puis qu'elle s'apaisait un peu. Lorsqu'on vint frapper à sa porte pour lui annoncer que le dîner était servi, elle avait pu, avec l'aide de Rose, se changer et se recoiffer.

Elle se regarda dans son miroir et ne fut pas mécontente du reflet qu'il lui renvoya : la robe de mousseline blanche ornée de roses qu'elle avait fait déballer par sa soubrette flattait sa beauté blonde et, drapant coquettement autour de ses épaules une écharpe de brocart, Camilla jugea qu'elle avait peut-être une chance de retrouver dans le regard de son compagnon de table la lueur d'admiration qu'elle y avait déjà entrevue.

Cependant, ce fut avec une lippe dédaigneuse et un air presque courroucé que Chevelry l'accueillit lorsque, un instant plus tard, elle pénétra dans le salon. Comme malgré lui, son expression maussade changea à l'apparition de la jeune fille, mais il se contenta de s'incliner en claquant des talons.

Par dérision, Camilla voulut répondre à son salut par une révérence, mais le mouvement du bateau encore une fois, la fit tituber. Ils ne purent garder leur sérieux et se mirent à rire. Dieu merci, la glace était rompue !

— Comment ça se passe-t-il sur le pont ? s'informa-t-elle. Je mourais d'envie de monter y jeter un coup d'œil mais n'ai pas osé enfreindre la défense du commandant... et encore moins la vôtre.

— Le vent est en train de tomber. Je pense que tout sera calme d'ici demain matin.

— Tiens ! Je croyais que nous arrivions ce soir...

— Les vents nous ont poussés à plusieurs miles de la côte, expliqua Hugo. Aussi le commandant a-t-il décidé de ralentir la vitesse pour ne jeter l'ancre qu'à l'aube. Dès votre réveil demain, vous pourrez poser le pied sur le continent.

Ils s'installèrent à la table où leur couvert

était dressé et, tout au long du dîner, délicieux au surplus, devisèrent gaiement de choses et d'autres : les années du jeune capitaine dans l'armée, les prouesses du merveilleux Apollon, la carrière de Jarvis dans la Royal Navy. Camilla raconta des anecdotes amusantes, qui réjouirent son convive, mais lorsque, le repas achevé, les serveurs se retirèrent, un silence embarrassé s'installa entre eux.

— C'est la première fois que je dîne seule en compagnie d'un homme, avoua-t-elle soudain, comme perdue dans ses pensées. C'est beaucoup plus facile de bavarder en tête à tête avec quelqu'un que de tenir une conversation avec dix personnes.

— Cela dépend du quelqu'un, ne croyez-vous pas ?

— Sans doute, oui... mais comme ceci est ma première expérience, il m'est difficile d'en juger.

— Il ne faudra parler à personne de ce dîner, contraire au protocole, lui conseilla Chevelry. Il est essentiel que votre conduite ne prête jamais à la moindre critique.

— Voilà une pensée bien déprimante, soupira-t-elle. Désormais dans ma vie, où que j'aille et quoi que je fasse, je serai toujours entourée de gens qui m'observeront... Ah ! si seulement j'avais pu ne pas sortir de mon coin et rester une personne effacée et sans importance !

— Il ne tenait qu'à vous...

Quelque chose avait changé dans la voix d'Hugo : elle le sentit de nouveau monté contre elle et faillit en pleurer de rage.

— Ce que nous disons là me rappelle, ajouta-t-il sèchement, que j'ai un paquet à vous remettre. Je suis impardonnable d'avoir tardé à m'exécuter.

— Un paquet ? Pour moi ? s'étonna la jeune fille.

— Il m'a été remis par le commandant à votre intention hier soir, mais avec la tempête, pardonnez-moi, je n'y ai plus pensé...

Chevelry se leva et alla chercher dans un tiroir un colis surchargé de cachets de cire. Après l'avoir posé sur les genoux de Camilla, le jeune homme se rassit et reprit en main son verre de brandy.

Elle tenta, après quelques secondes d'examen, de briser les sceaux qui maintenaient le cartonnage, mais ses doigts menus n'avaient pas la force nécessaire. Après une nouvelle et vaine tentative, elle le tendit au capitaine qui n'avait pas esquissé le moindre geste pour l'aider.

— Pouvez-vous le faire pour moi, demanda-t-elle, ou faut-il que j'appelle un steward ?

D'un geste qu'elle jugea inutilement brutal, il libéra de son emballage un très grand écrin de cuir bleu clair frappé d'une couronne et, avec une déférence un peu ironique, lui sembla-t-elle, le lui mit dans les mains.

Mal à l'aise par le regard de Chevelry

qu'elle sentait braqué sur elle, la jeune fille souleva le couvercle et poussa un léger cri de surprise mêlée d'admiration. Le coffret renfermait, étalés sur un coussin de satin crème, le diadème princier accompagné d'un magnifique collier de diamants et rubis, ainsi qu'une paire de boucles d'oreilles et un bracelet assortis. Sur une carte épinglée à l'intérieur du couvercle, on pouvait lire : « A ma fiancée, Hedwig de Meldenstein. »

— Jolies babioles, commenta Chevelry avant que la jeune fille ait pu placer un mot, qui contribueront à agrémenter vos jours futurs. Je suppose qu'avec toutes ces pierres précieuses sur votre personne, vous abandonnerez vite vos rêves de parcourir les océans enchantés de notre vaste monde. Il est certain que des réalités aussi substantielles que celles-ci sont préférables aux vaines fantasmagories de notre imagination.

Camilla referma l'écrin d'un geste brusque. Les mots écrits par son fiancé lui paraissaient un bref et piètre message pour souhaiter la bienvenue à une future épouse. Le Prince aurait pu y ajouter quelques phrases un peu tendres, lui dire, par exemple, qu'il était impatient de la connaître. Elle se sentit frissonner.

— Ne voulez-vous pas les essayer ? demanda le capitaine avec un ricanement. Une femme résiste peu au plaisir de se voir parée de joyaux aussi resplendissants.

— Je n'aime pas particulièrement les

bijoux, trancha-t-elle. N'y avait-il rien d'autre avec ?

— Rien d'autre ? Pourquoi ? Ne trouvez-vous pas que c'est suffisant ?

— Je pensais que le commandant vous avait, peut-être, remis une lettre accompagnant ce cadeau.

Il y eut une longue minute de silence, et puis Hugo se pencha vers la chaise de son interlocutrice pour lui parler presque à l'oreille.

— Camilla, lui dit-il d'une voix grave sans que ni l'un ni l'autre n'ait remarqué qu'il venait d'appeler la future princesse par son prénom, pourquoi accomplir cette chose insensée ? Vous n'êtes pas faite pour l'existence que vous avez choisie. Vous êtes trop jeune, trop sensible, trop vulnérable. Ressaisissez-vous avant qu'il soit trop tard ! Si vous le désirez, je puis ordonner que ce yacht retraverse la Manche. J'inventerai un prétexte, j'alléguerai que vous êtes malade et devez absolument retourner en Angleterre. Mais, je vous en prie, renoncez à un destin qui ne saurait être le vôtre, vous le savez bien !

Camilla le regardait, médusée. Cet homme venait de lire dans son cœur et il y découvrait l'angoisse et l'appréhension de l'avenir, qu'elle tentait de se cacher à elle-même. Dans un effort qui lui coûtait, elle détourna les yeux.

— Non... non... Je ne peux pas... revenir en arrière, avoua-t-elle dans un souffle. Obliga-

toirement... les choses doivent se dérouler...
comme prévu.

— Mais c'est une folie, rien ne vous force à
la commettre! insista Hugo. Il n'est pas
encore trop tard, Camilla, mais demain matin
vous ne pourrez plus revenir en arrière!
Ordonnez-moi de vous ramener, je trouverai
bien une raison... mais ordonnez-le-moi seulement!

L'espace d'un éclair, la jeune fille songea à
tout lui confier, à lui donner l'explication
qu'il brûlait de connaître. Oui, elle suivrait
son conseil, elle retournerait au foyer de son
enfance, où elle avait été si heureuse! Et,
soudain, l'image de ses parents se présenta à
ses yeux, ses parents qu'elle seule pouvait
sauver des horreurs de la misère et de la
prison pour dettes...

— Je... je ne peux pas..., murmura-t-elle
d'une voix à peine audible. Il me faut... aller
jusqu'au bout.

— Mais pourquoi? Pour quel motif? la
pressa-t-il avec une ardeur passionnée. Est-il
pensable que la puissance, la fortune, le titre
de princesse aient un tel attrait pour vous?
Vous vivez déjà dans l'opulence. Vous faut-il
vraiment davantage?

Les lèvres de Camilla s'entrouvrirent pour
lui crier la vérité, lui avouer sa véritable
situation. Mais elle se ravisa aussitôt... Avait-
elle le droit en disant la vérité, d'abattre la
façade que Lord Lambourn avait élevée pour
préserver sa dignité, de révéler l'état de

quasi mendicité dans lequel il était tombé ? Avait-elle aussi le droit, en refusant ce mariage, de priver sa mère des soins dont elle avait tant besoin pour recouvrer la santé ? L'affront que leur fille ferait à la cour de Meldenstein en déclinant de porter la couronne, n'aurait-il pas pour première conséquence un surcroît d'humiliations et de difficultés pour les siens ?

— Non ! s'écria-t-elle en se dressant de toute sa hauteur, je vous interdis de me parler ainsi. J'ai fait mon choix ! J'irai à Meldenstein et nulle part ailleurs, et... j'épouserai le prince !

En se levant, elle avait fait tomber l'écrin qui se trouvait sur ses genoux. Les bijoux se répandirent sur le sol. Camilla y vit un présage de ce que serait désormais sa vie : sous le scintillement des bijoux, un froid de glace étreindrait à jamais son cœur.

Hugo Chevelry se leva à son tour.

— Vous avez choisi, en effet, dit-il d'une voix sourde, et ce choix est bien la preuve de votre vraie nature, si pleine de sagesse et de calcul savamment raisonné. Un instant, les propos que vous teniez à propos des mers enchantées et de vos rêves ont pu m'abuser, mais si jeune que vous soyez, vous êtes déjà semblable à toutes les femmes qui savent astucieusement apprécier la valeur des choses. La puissance et l'argent avant tout, n'est-ce pas ? Je félicite Votre Altesse Sérénissime, elle fera une princesse exemplaire !

Son amertume et son ironie cinglante blessèrent Camilla au plus profond d'elle-même. Elle eut l'impression qu'il venait de la souffleter.

Avec un sanglot qu'elle n'avait pu contenir, elle fit une rapide volte-face et s'enfuit, laissant Hugo interloqué, avec, à ses pieds, les bijoux répandus.

CHAPITRE VI

Le lendemain matin, lorsqu'elle monta sur le pont, Camilla avait la conviction qu'en dépit de son grand chapeau en velours marron surmonté de plumes d'autruche orangées qui lui seyait si bien, elle devait être laide à faire peur en raison de sa pâleur et du cerne de ses yeux. Elle venait de passer une nuit sans sommeil, à pleurer, dans le désespoir, où se mêlaient le mal du pays et le regret d'avoir quitté les siens. La jeune fille se refusait à admettre que les propos déplaisants que lui avait tenus Hugo Chevelry y fussent pour quelque chose.

En se levant, son habituel bon sens lui avait reproché à juste titre de faire une montagne d'un incident sans importance : quelle valeur, après tout, accorder à l'opinion que pouvait avoir d'elle un obscur gentilhomme anglais chargé de la mission presque subalterne de veiller sur son confort, un impudent, au surplus ignorant d'observer la déférence que ses fonctions lui imposaient ?

Assurément le prince, son fiancé, se disait-elle, n'aurait jamais toléré une telle attitude, surtout de quelqu'un qui n'était même pas un de ses sujets. Lorsqu'il l'apprendrait... Mais non, Camilla savait qu'elle n'informerait pas son futur mari de l'incorrection dont cet homme s'était rendu coupable ; elle se contenterait d'ignorer dorénavant l'arrogant capitaine et de répondre à son mépris par un dédain total.

Son sens de l'équité soufflait bien à Camilla que son sévère censeur ne pouvait invoquer des circonstances atténuantes puisqu'il ignorait la détresse financière des Lambourn. Sir Horace n'avait-il pas agi pour faire accroire qu'il vivait dans une grande opulence et que ses réceptions valaient bien celles des autres membres de l'aristocratie londonienne ?

« Non, je ne lui pardonnerai jamais ses paroles hostiles et ses regards haineux ! » se répétait la jeune fille en montant sur le pont. Et, néanmoins, elle ne put s'empêcher de ressentir un indéniable plaisir, qu'elle jugea au surplus absolument ridicule, en apercevant son « ennemi », l'attendant au garde-à-vous à la coursive.

Pour la première fois, la future princesse le voyait revêtu de l'uniforme de son régiment. Elle devait convenir que, sanglé dans son dolman rouge et sa culotte blanche, la tête ornée de son bicorne à plumes, le jeune officier avait grande allure. Elle-même portait un boléro à brandebourgs assorti au velours marron de son chapeau sur une jupe orange comme ses plumes et ourlée de fourrure. Tandis que son chevalier d'honneur lui tendait la main afin qu'elle s'y appuyât pour descendre de la passerelle, Camilla ne put s'empêcher de penser qu'ils devaient former un beau couple.

Sur le quai, — la baronne Von Furstendruck l'en avait prévenue, — le maire d'Anvers était venu l'accueillir à la tête d'une députation. Il y avait là, entre autres, un pétulant consul britannique qui, se confondant en excuses de l'absence de son ambassadeur, remit de sa part à la fiancée princière un encombrant cadeau de mariage. Camilla le passa, après quelques mots de remerciement, à sa dame d'honneur. De main en main à travers les membres de la suite, il termina sa course dans les bras d'une Rose grommelante, déjà encombrée d'une trousse et d'un sac de voyage.

Camilla ne put retenir un léger rire en l'entendant pester avec son accent cockney et comprit, au léger tremblement qui agita la main d'Hugo, qu'il s'amusait également.

Comme il fallait s'y attendre, le maire se lança dans un discours fleuri que la jeune fille imagina plus ou moins calqué sur celui qu'elle avait déjà entendu à Douvres ; mais sur ce point, elle ne pouvait s'en tenir qu'à des suppositions car, la langue flamande lui était inconnue. Puis une petite fille en costume national et sabots s'avança, fit une grande révérence et lui offrit un bouquet. Camilla, spontanément, l'embrassa, aux applaudissements de la foule.

Heureuse de produire une impression favorable et de faire ainsi honneur à son pays, elle eut un regard de côté vers son mentor. Mais elle constata qu'il était sans doute le seul dans l'assistance à ne pas l'admirer. Il opposait un visage fermé, pour ne pas dire renfrogné, aux vivats de la foule. Dépitée malgré la promesse qu'elle s'était faite de ne plus accorder la moindre importance à son chevalier d'honneur, Camilla se troubla en répondant aux compliments de bienvenue du maire et bafouilla quelque peu.

Elle n'en fut pas moins ovationnée et, reprenant le bras de Chevelry, se laissa conduire jusqu'à la voiture qui l'attendait.

C'était assurément le plus beau carrosse qu'elle eût jamais vu, noir et or avec les armoiries de la principauté aux portières, tiré par quatre superbes chevaux arabes aux têtes emplumées et dont les harnais rutilaient au soleil. Deux cochers en grande livrée et perruques blanches se tenaient à l'avant et deux autres à l'arrière tandis qu'une cohorte de laquais et de piqueurs se répartissaient entre cet équipage et le suivant, presque aussi luxueux, destiné aux caméristes ainsi qu'aux bagages que l'on achevait de charger. Camilla remarqua également, auprès de sa portière, un très beau cheval de selle tenu par un groom et comprit qu'il devait être destiné au capitaine lequel, une fois encore, ne voyagerait pas dans le carrosse réservé à elle-même et à la baronne.

Tandis qu'elle se préparait à y prendre place, Hugo, pour la première fois de la journée, lui adressa la parole :

— Il serait convenable que une fois en haut du marchepied vous vous retourniez et fassiez un grand salut à la foule, lui conseilla-t-il.

Rougissant d'être ainsi chapitrée, Camilla s'exécuta et fut de nouveau longuement acclamée. Après quoi, s'étant assise et sa dame d'honneur installée à ses côtés, le carrosse s'ébranla sans plus attendre. En dépit du chaleureux accueil de la population, la jeune fille ne put s'empêcher de lancer un regard nostalgique vers le yacht et la mer qui, à présent, la séparait de l'Angleterre, de ses parents, et de tout ce qu'elle avait aimé jusque-là. Quand reverrait-elle le rivage de sa patrie ? Il y avait peu de vraisemblance que cela fût de sitôt...

Le carrosse achevait de traverser les pittoresques rues de la ville ; il franchit un dernier petit pont au-dessus d'un canal, et s'engagea sur la grand-route où les chevaux purent enfin prendre leur galop. Camilla cessa de saluer à la portière et se tourna vers sa compagne de voyage.

— Eh bien, dit-elle, comment vous portez-vous ce matin, baronne ?

Elle avait à peine aperçu celle-ci, une demi-heure plus tôt, dans la semi-obscurité de la coursive, et fut effarée de voir la mine défaite de l'infortunée vieille dame.

— Mais... vous êtes malade ! s'écria Camilla. Vous n'êtes pas en état de voyager...

— Ça ira mieux, répondit l'autre d'une voix mourante. Le mal de mer m'a épuisée, mais je suis sûre que, sur la terre ferme, mes nausées vont s'arrêter.

— Je m'en veux de ne m'être point informée de vos nouvelles ce matin, mais j'avais moi-même mal dormi, j'étais en retard, et Rose a mis un temps fou à me coiffer. Sinon, nous aurions pris nos dispositions pour que vous ayez une journée de repos...

— Je vous remercie, Votre Grâce, mais il ne saurait être question de changer quoi que ce soit au programme et de retarder votre arrivée officielle à Meldenstein. Mes malaises vont s'apaiser, j'en suis certaine. Le brandy que le capitaine Chevelry m'a fait prendre m'a déjà remontée. C'est ce qui m'a permis de tenir bon depuis le débarquement jusqu'à présent...

La malheureuse avait le visage défait, son teint était d'une pâleur inquiétante... Les yeux fermés et le souffle court, elle paraissait avoir vieilli de dix ans. Camilla se demanda si, en dépit des protestations de Mme Von Furstendruck, il ne serait pas prudent d'ordonner une halte. Elle chercha des yeux Hugo pour le consulter à ce sujet, mais elle ne l'aperçut pas parmi les autres cavaliers de l'escorte. Camilla en conclut qu'une fois encore il avait pris les devants pour préparer les relais.

« C'est bien inconséquent de sa part », se dit-elle, irritée. Toutefois elle réfléchit qu'en toute hypothèse, en tant qu'organisateur du voyage, il aurait difficilement pu en modifier le déroulement, car elle se souvenait du programme précis que lui avait remis sa soubrette en lui apportant au lit son petit déjeuner :

« 9 heures 5 : débarquement à Anvers : réception par le maire de la ville et les échevins.

« 9 heures 30 : départ pour Zurneguen où un déjeuner sera servi à l'hostellerie du « cygne couronné ».

En prenant connaissance de l'itinéraire, Camilla avait remarqué avec plaisir que l'étape pour la nuit était également prévue dans une auberge, donc sans protocole.

— Fraülein Abigaïl, lui avait dit Rose, m'a prévenue qu'il ne fallait pas nous attendre à un grand confort, mais vraiment, Votre Grâce, cette gouvernante n'est qu'une vieille fille grincheuse qui se plaint de tout. A l'entendre, tout ce qui ne ressemble pas à un château comme celui de sa chère patronne ne vaut guère mieux qu'une soue à cochons !

— Eh bien, elle se réjouira demain, soupira la jeune fille, puisque c'est, hélas ! une résidence princière qui est destinée à nous rece-

voir. Ce sera exténuant après une journée
entière en voiture !

— D'autant plus, Milady, que ce margrave
dont je ne parviens pas à retenir le nom a
convié toutes les notabilités de la région à une
grande réception en votre honneur. Toujours
d'après Abigaïl, il paraît que son palais est
presque aussi beau que celui de Meldenstein !

— Que vous a-t-elle dit d'autre de Meldenstein ? avait demandé Camilla avec un intérêt
non dissimulé.

— Oh ! monts et merveilles ! Mais je ne la
crois pas, car Master Harpen, en revanche,
m'a affirmé qu'il fallait beaucoup en rabattre.

— Et qui donc est Master Harpen, je vous
prie ?

— Le valet du Capitaine Chevelry, Votre
Grâce. Un garçon très bien qui ne se laisse pas
impressionner par tous ces hobereaux étrangers. Il m'a même dit que c'était dommage de
voir un beau fleuron de l'Angleterre comme
vous épouser l'un d'eux... Oh !

La soubrette avait porté la main à sa
bouche, se repentant d'avoir parlé sans réfléchir.

— Pardonnez-moi, Milady, ma mère me
reproche toujours d'avoir la langue bien pen-
due. Je n'aurais pas dû vous répéter cela !

— Il ne faut pas avoir peur de tout me dire,
Rose, lui répondit sa maîtresse pour la rassu-
rer. C'est dans ce but que j'ai exigé votre
présence auprès de moi, afin de pouvoir
échanger avec une personne franche et sin-

cère comme vous toutes les idées qui me passent par la tête sans qu'elles soient répétées en haut lieu. Alors, qu'est-ce que ce Master Harpen vous a encore raconté au sujet de Meldenstein ?

— Eh bien, que le peuple était cordial et gentil, que la princesse mère était une grande dame douée d'un réel génie politique... Mais, évidemment, comme elle est anglaise et que Master Harpen pense que tout ce qui est anglais est la perfection sur terre...

— Et le prince Hedwig, ne vous en a-t-il pas parlé ?

Camilla n'avait pu se retenir de poser la question bien qu'elle se souvînt des remontrances de sa mère qui avait horreur que l'on clabaudât avec les domestiques. Mais la jeune fille considérait Rose presque comme une amie. Elle fut surprise de son air embarrassé.

— Master Harpen n'en a pas beaucoup parlé, il n'a guère eu l'occasion de rencontrer Son Altesse Sérénissime. A vrai dire, reprit-elle apparemment pressée de changer de sujet, c'est surtout de son maître qu'il parle. Il paraît que le capitaine se serait comporté en héros pendant la guerre d'Espagne, et...

— Achevez de m'habiller, Rose, ordonna la future princesse en l'interrompant. Il ne faut pas que je fasse attendre le maire.

— J'ai regardé par le hublot, Votre Grâce. Le maire est entouré par une telle foule, à croire que toute la province s'est déplacée pour vous voir ! Qu'est-ce que ce sera quand nous entrerons dans la principauté !

— Oh ! les gens sont toujours curieux de voir une mariée ! On n'y peut rien...

— Et une mariée comme vous ! renchérit Rose, attendue comme le Messie là-bas pour consolider la dynastie et donner un héritier à la Couronne !

Camilla retint le soupir qui lui montait aux lèvres. Il lui était pénible de songer aux obligations que comportait cette perspective... Pour le moment, elle devait se préoccuper de faire honneur à sa réputation pour sa première apparition en terre étrangère. Mais elle ne pouvait s'empêcher de penser aussi à ce qui serait arrivé si, la veille, elle avait suivi la suggestion d'Hugo Chevelry, ordonnant au commandant du yacht de faire demi-tour.

Elle se contempla dans son miroir en enfilant ses longs gants.

— Vous êtes une vraie beauté, Milady, avait dit Rose béate d'admiration. Allez, maintenant. Le capitaine m'a beaucoup recommandé de veiller à ce que vous ne soyez jamais en retard sur l'horaire.

Bien sûr, avait-elle songé, il devait être pressé d'arriver à destination, de consigner « la marchandise » qu'il avait à livrer, de se débarrasser de ses responsabilités... et de sa personne.

Mais bizarrement, elle avait dû convenir que, contrairement à toutes ses résolutions prises au cours de la nuit, la certitude de ne plus jamais, par la suite, revoir cet homme ne lui semblait pas aussi euphorique qu'elle l'avait cru...

A présent, dans ce carrosse, avec une baronne mal en point à son côté, Camilla se répétait que son chevalier d'honneur avait été bien inconséquent de partir ainsi en avant sans se soucier qu'on pourrait avoir besoin de lui. Il mériterait qu'elle fît arrêter l'équipage et contraignît ainsi Hugo à se morfondre d'inquiétude. Elle fut sur le point d'en donner l'ordre, rien que pour l'ennuyer, mais réfléchit que, finalement, la pauvre baronne serait blâmée pour cette entorse au programme et qu'elle en serait au désespoir.

Camilla se remit en mémoire les anecdotes que ses parents lui avaient rapportées concernant toutes ces cours royales ou princières auprès desquelles ils avaient été accrédités : personnes de l'un ou l'autre sexe appartenant au service d'honneur restaient debout stoïquement durant d'interminables heures de cérémonies officielles, s'évanouissant parfois de fatigue pour, sitôt ranimées, être remises debout et réoccuper leur place à leur rang, comme si de rien n'était.

— Mais c'est inhumain ! s'était écriée la jeune fille.

— En dépit des vicissitudes de cet esclavage doré, avait soupiré Lady Lambourn, tous ces gens titrés, quel que soit leur âge, se feraient hacher plutôt que d'abandonner leurs fonctions dans l'entourage d'une tête couronnée. Si jamais on la leur retirait, ils ne s'en remettaient pas. A croire que, chez eux, royauté se confond avec divinité !

— Mais il n'en est pas de même chez nous en Angleterre, n'est-ce pas, maman ?

Sir Horace avait pris la parole pour lui répondre.

— Dieu merci, non ! Et pourtant, si on tenait compte de l'importance des territoires... Je me souviens, poursuivit-il, amusé, que dans une de ces principautés balkaniques où j'allais présenter mes lettres de créance, je fus intercepté par un chambellan qui tint à me préciser combien de courbettes j'aurais à faire devant son maître, et, à mon départ, combien de pas à reculons. Excédé, je lui lançai : « Dites-moi, Excellence, je suppose que si, en se rasseyant sur son trône, votre Prince se sentait durement piqué quelque part, il se relèverait en criant : « Aïe ! » comme tout le monde, non ? »

— Et que vous a répondu cet homme ? avait demandé Camilla en riant.

— Il était fort courroucé et m'a menacé de se plaindre de moi à la cour de Saint-James. Mais, finalement, il s'en est abstenu, par crainte du ridicule, je pense...

Camilla eut envie de raconter l'anecdote à sa dame d'honneur, mais jugea que celle-ci n'avait pas suffisamment le sens de l'humour pour l'apprécier. Au contraire, son respect de l'étiquette en serait choqué et elle se rebifferait à l'idée que son indisposition présente puisse en enfreindre les lois de quelque manière.

— Puis-je quelque chose pour vous ? demanda la jeune fille.

— C'est ma tête ! gémit la malheureuse. J'ai l'impression qu'elle est près d'éclater. Les secousses de ce carrosse m'incommodent presque autant que le tangage du bateau...

La voyant sur le point de perdre connaissance, Camilla insista pour que la vieille dame s'étendît sur toute la longueur de la banquette, elle-même prenant place sur le siège vis-à-vis ; puis, humectant son mouchoir avec le contenu d'un flacon d'eau de lavande que Rose avait eu le soin de glisser dans son réticule, elle l'appliqua en compresse sur le front de la malade. La baronne s'endormit assez vite et Camilla put de nouveau se plonger dans ses pensées, tout en contemplant le paysage. En dépit de la poussière soulevée par les chevaux de l'escorte lancés au grand galop, elle garda les vitres ouvertes pour profiter de la fraîcheur matinale.

Lorsque le carrosse atteignit l'auberge où était prévu le déjeuner, Chevelry se tenait sur le pas de la porte, montre en main, mécontent du retard pris sur l'horaire. Mais quand il eut constaté l'état lamentable de la baronne, il changea d'attitude et aida à transporter la malheureuse femme jusqu'à une chambre au premier étage. Dès qu'elle fut étendue, débarrassée de son chapeau, de son manteau et de ses souliers, Hugo l'obligea à avaler un remontant et la pressa de prendre un peu de nourriture.

— Vous vous sentirez mieux, je vous le promets, dès que vous aurez mangé quelque chose. Faites un effort, je vous en prie, sinon vos malaises ne feront qu'empirer.

Comme la malade ne répondait que par des soupirs, Camilla s'approcha pour l'exhorter à son tour.

— Je vais rester auprès de vous, suggéra-t-elle.

— Non, non, répondit la baronne en agitant la tête, je préfère être seule avec Abigaïl. Descendez déjeuner, Votre Grâce, et pardonnez-moi ce manquement dont, j'espère, personne ne saura rien. Mais je suis absolument incapable de remplir mes fonctions auprès de vous aujourd'hui...

Chevelry conduisit Camilla désormais confiée à sa seule garde jusqu'à une salle à manger privée où le couvert avait été dressé.

— Je me fais du souci pour la baronne, qui n'est certainement pas en état de poursuivre le voyage, dit-elle. Il faut nous arrêter ici quelques heures, le temps pour elle de se remettre.

— Vous savez bien que c'est impossible. Vous êtes attendue à des heures précises et en différents endroits par des gens que vous ne pouvez décevoir.

— Mais c'est une torture de faire souffrir ainsi une femme de cet âge !

— Qu'y puis-je ? J'ai reçu des instructions de votre future belle-mère et je dois m'y conformer. Des chevaux des écuries princières ont été envoyés à tous les relais de manière que vous ne passiez que deux nuits en route. L'heure même de votre joyeuse entrée dans votre capitale est fixée à une minute près.

— Vous serez bien avancé si je fais cette « joyeuse » entrée avec une morte à mes côtés ! s'exclama-t-elle en colère.

— Personne encore n'est mort du mal de mer ! répondit-il sur le même ton.

— Elle sera peut-être la première !

Ce disant, elle s'aperçut que cette prise de bec ressemblait à une querelle d'enfants et se radoucit.

— Ne nous disputons pas, dit-elle. Je suis réellement inquiète pour cette pauvre femme.

— Et, moi, je le suis pour vous, pour votre réputation. Quel effet déplorable si vous n'arriviez pas à l'heure prévue et quels commentaires malveillants votre retard susciterait ! Songez-y !

Elle comprit qu'il faisait allusion à leur situation irrégulière somme toute, puisque aucun chaperon ne les accompagnait.

— C'est dommage qu'on ne m'ait pas envoyé pour duègne une de ces grosses Allemandes solides comme des percherons au lieu de cette pauvre mauviette évanescente, plaisanta-t-elle.

Elle sut qu'il luttait contre une envie de rire, à laquelle il ne tarda pas à succomber.

— Vous êtes une incorrigible humoriste, murmura-t-il, mais je reconnais qu'en effet leur choix n'a pas été très heureux...

— Quel est le programme pour aujourd'hui ? demanda la jeune fille, reprenant son sérieux.

— Je pensais que nous atteindrions l'étape vers cinq heures, mais si, à cause de la baronne, il nous faut ralentir l'allure, il faudra compter plusieurs heures de route supplémentaires. Je crains que vous n'arriviez fourbue.

— Qu'importe ! Ce sera mieux ainsi. Mme Von Furstendruck voyagera étendue sur la banquette et je prendrai soin d'elle ; peut-être pourriez-vous obtenir de l'aubergiste un ou deux coussins pour mieux la caler. Je lui donnerai également une cuillerée de laudanum pour la faire dormir.

— Bonne idée ! Souhaitons qu'elle soit mieux demain, auquel cas nous arriverons à l'heure, cette fois, pour la réception de votre hôte princier, le margrave de Wonsterbalden.

— Ah ! c'est son nom ? Je comprends que ma camériste ait eu du mal à le retenir...

Le premier mets du déjeuner fut présenté sur ces entrefaites. Comme à regret, Hugo s'installa en face de Camilla pour ce nouveau repas en tête à tête.

— J'espère que cette entorse de plus au protocole ne m'attirera pas les foudres du prince, dit-il. Car elle lui sera rapportée, n'en doutez point.

— Tout est toujours rapporté, je le sais.

Les deux convives firent honneur au menu délicat. Comme le repas touchait à sa fin, le capitaine parut un peu songeur et finit par dire :

— Vous semblez lasse. Cela m'ennuie que vous ayez à supporter toutes ces fatigues avant même que ne commencent vos obligations officielles.

— Ce n'est pas vraiment de la fatigue. J'ai seulement mal dormi la nuit dernière, avoua-t-elle en détournant les yeux.

— Moi aussi, très mal, répondit Hugo contre toute attente. Au point que je suis monté sur le pont pour assister à notre entrée dans le port. La manœuvre n'était guère facile, car la tempête continuait à gonfler nos voiles. Mais le commandant et son équipage se sont montrés à la hauteur...

Chevelry marqua une pause et, comme s'il n'avait parlé jusque-là que pour en arriver à l'essentiel, se pencha par-dessus la table pour ajouter :

— Je vous supplie de me pardonner, Lady Camilla, les propos déplacés que je vous ai tenus hier soir. Cela était impardonnable de ma part et je suis sans excuses...

Il avait parlé d'une voix sourde mais, sous ses phrases conventionnelles, Camilla perçut une sorte d'émotion qu'il avait du mal à contenir. Et dans ses yeux, en cette minute, on ne découvrait aucune lueur de cynisme ou de dédain. Leurs regards s'accrochèrent longuement et, dans une prière muette, elle eut l'impression de lui demander de ne plus être son ennemi... Hugo parut sur le point d'acquiescer en silence, mais, brusquement, il se leva.

— Je vous demande la permission de me retirer, dit-il. Il faut que je surveille le changement des chevaux et m'assure que vous voyagerez le plus confortablement possible.

Il quitta la pièce sans se retourner, laissant sa compagne de table interdite : elle avait la certitude qu'il venait d'inventer un prétexte pour la quitter. Presque inconsciemment, elle eut un geste pour le retenir en même temps que ses lèvres murmuraient les syllabes de son nom... Mais Chevelry s'était déjà éloigné et elle constata qu'il n'avait même pas achevé de boire le verre de brandy qu'on lui avait servi. Camilla attendit un moment, espérant le voir revenir. Il n'en fut rien et elle quitta la pièce.

Elle trouva la baronne en meilleur état. Manifestement, le conseil que lui avait donné Hugo était bon. D'avoir mangé un peu lui avait rendu des couleurs. Bien qu'elle se plaignît encore de vertiges, on n'eut pas grand mal à la lever et à l'installer dans la voiture, étendue sur des coussins. Camilla lui fit avaler une nouvelle cuillerée de laudanum, qui eut pour effet de la faire sombrer dans un sommeil immédiat et, fouette cocher ! l'équipage repartit.

Sur la banquette en vis-à-vis, la jeune voyageuse, le visage doré par les rayons du soleil, humait le bon air frais en laissant divaguer ses pensées...

L'après-midi s'écoula avec une lenteur désespérante. Apparemment, Chevelry avait dû ordonner aux cochers de ralentir leur allure. Ordre bien inutile car la baronne, profondément endormie sur ses oreillers et enfouie sous la luxueuse couverture de fourrure prévue pour la fiancée princière était incapable de ressentir la moindre secousse du carrosse. Camilla songea au comique de sa situation et qui stupéfierait les gens de Meldenstein : leur future souveraine prodiguant ses soins à celle qui, au contraire, était censée la servir...

Vers sept heures, le carrosse fit enfin son entrée dans la cour de l'auberge où il était attendu. Depuis Anvers, il avait traversé un paysage plat, monotone, auquel avait succédé, depuis peu, une contrée plus boisée. Le relais prévu était une hostellerie datant assurément de plus d'un siècle et, au milieu des futaies qui l'entouraient, elle donnait une impression de confort et d'intimité.

On eut du mal à réveiller l'infortunée dame d'honneur, plus prostrée que jamais sous l'empire du soporifique et on la confia à Fraülein Abigaïl pour qu'elle la mette au lit.

Une fois encore Camilla se retrouvait seule à seul avec Chevelry.

— Je pense, dit aussitôt celui-ci, qu'il vaudrait mieux qu'on ne nous voie pas dîner encore ensemble. Si vous le voulez bien, je ferai monter à Votre Grâce un repas dans sa chambre.

— Nous avons déjà déjeuné de compagnie sans provoquer pour autant de commentaires fâcheux, que je sache, et...

— Il vaut mieux, pour les gens de l'escorte, ne pas récidiver, croyez-moi, coupa-t-il. D'ailleurs tout me porte à croire que vous vous dispenserez aisément de ma présence...

Surprise de cette remarque, Camilla se dit qu'il n'y avait pas grand-chose à répondre. Ce fut avec un sentiment de déception mêlée de regrets, qu'elle gagna sa chambre.

Elle n'avait pas de raison de s'habiller pour dîner seule. Aussi endossa-t-elle sa toilette de nuit, un ravissant déshabillé de fine dentelle de son trousseau. Rose lui avait monté un succulent en-cas, mais sa maîtresse n'y fit guère honneur : elle ne se sentait pas d'appétit et ne pouvait s'empêcher d'évoquer les deux repas précédents qui avaient débuté de façon animée avant de se terminer en querelles. La jeune fille était attristée à la pensée qu'elle ne retrouverait plus jamais l'occasion d'un tête-à-tête avec Hugo Chevelry, ni d'ailleurs avec aucun autre homme en dehors de son mari.

Elle se sentit fatiguée et se coucha, renvoyant Rose qui remporta les reliefs presque intacts de son repas.

— Votre Grâce aura-t-elle besoin de mes services plus tard ? s'enquit la camériste.

— Non, non, allez vous-même souper et vous coucher. Où êtes-vous logée ?

— Dans l'autre aile, Milady, et trop loin, j'en ai peur, pour vous entendre sonner si l'envie vous en prenait.

— Il n'importe, je n'aurai besoin de rien avant demain matin. Venez me réveiller à sept heures.

— Très bien, Milady. En tout cas, la chambre de la baronne se trouve à votre droite et celle du capitaine à votre gauche. Vous êtes bien protégée.

— De quelle protection aurais-je besoin dans ce pittoresque village ? fit Camilla en riant.

— Fort pittoresque, en effet, paraît-il, et si Votre Grâce le permet... Master Harpen m'a proposé de m'y emmener faire un tour... A moins que vous ne me l'interdisiez, j'aurais bien accepté...

— Je ne vous interdis rien du tout, ma bonne Rose. Allez vous distraire, tant que nous en avons encore la possibilité...

Les joues roses de plaisir, la soubrette remercia Camilla avec effusion et disparut prestement tandis que sa maîtresse, après avoir lu un moment, puis dit ses prières, se décidait à souffler sa bougie.

Curieusement, après avoir somnolé un

moment, elle sortit de son assoupissement, à
peu près certaine de ne pas trouver le sommeil sur une couche aussi dure. Elle se sou-
vint que Lady Lambourn lui avait raconté
qu'au cours de ses déplacements sur le continent, elle réclamait souvent édredons et coussins de plumes pour pallier cet inconvénient,
très courant dans les auberges.

Camilla, constatant que, dans son immense
lit, deux traversins et autant d'oreillers s'en-
tassaient sous sa nuque, déplaça les polo-
chons et s'installa dessus au milieu du mate-
las. Elle se sentit ainsi plus confortablement
installée, mais ne trouva pas le sommeil pour
autant.

Rose avait laissé les rideaux grands
ouverts, comme sa maîtresse en avait l'habitude à Lambourn House, car elle n'aimait
rien tant qu'être réveillée le matin par les
premiers rayons du soleil. Par la fenêtre
entrouverte, faisant face à son alcôve, elle vit
apparaître, soudain, le pâle croissant de la
lune. Superstitieuse, elle sursauta : depuis
son enfance, on l'avait persuadée qu'il était
de mauvais augure d'apercevoir la lune à
travers une vitre !

Un peu honteuse de se livrer à de si puériles
pensées, elle tourna la tête sept fois de suite,
comme autrefois le recommandait sa nour-
rice, et sauta à bas de son lit pour aller placer
une pièce d'or dans la paume de sa main et
émettre un vœu. Bien sûr, elle estimait ces
pratiques ridicules mais s'y livra quand

même en pensant que, dans les circonstances
où elle se trouvait, aucun porte-bonheur
n'était à négliger s'il pouvait lui éviter le pire.

Elle n'avait pas eu besoin de rallumer sa
bougie pour aller fouiller dans son réticule, la
clarté lunaire éclairant suffisamment sa
chambre. Enfermant la pièce d'or dans sa
main, elle refit ses sept mouvements de tête
puis murmura avec ferveur :

— Porte-moi bonheur, porte-moi bonheur
et chance ! J'en ai tant besoin !

Ayant remis la guinée dans son sac et celui-
ci sur la coiffeuse, Camilla eut envie de boire
un verre d'eau. Peut-être était-ce la soif qui
l'empêchait de s'endormir. Le pot à eau avec
sa cuvette reposaient sur une plaque de marbre dans un recoin plus sombre de la chambre, mais elle n'eut aucun mal à le trouver,
ainsi que le verre.

Comme elle s'apprêtait à le porter à ses
lèvres, elle eut l'impression qu'une ombre
était venue subitement voiler la pâle clarté
des étoiles. Se retournant, elle resta paralysée
de saisissement : une silhouette d'homme
s'était encadrée dans sa fenêtre !

Incapable de faire un mouvement ou
d'émettre le moindre son, Camilla vit l'ombre
furtive se glisser dans la pièce et avancer
rapidement et sans bruit jusqu'à son lit. Là,
l'inconnu leva le bras, brandissant une arme
— un poignard d'argent sûrement — car elle
vit un trait de lumière scintiller, aussi rapide
qu'un éclair. L'homme, de toute sa force,

abaissa son poignard tandis que le verre
d'eau, s'échappant des mains tremblantes de
la jeune fille, s'écrasait avec fracas sur le sol.

L'intrus, d'un bond, avec une rapidité fou-
droyante, regagna la fenêtre, l'escalada et
disparut.

Camilla ouvrit à plusieurs reprises la bouche pour pousser un cri, mais en vain. C'était
comme si sa voix s'était étranglée dans sa
gorge.

CHAPITRE VII

Comme si elle avait été subitement changée en statue de pierre, Camilla demeurait clouée sur place, incapable d'appeler à l'aide. Terrorisée, d'un pas de somnambule elle gagna la porte de sa chambre, l'ouvrit toute grande et, avec un hurlement inarticulé, se précipita dans le couloir. Se dirigeant à tâtons et sans même savoir dans quelle direction, elle poussa la première porte qu'elle trouva devant ses mains tendues.

Eclairé par deux bougies brûlant dans un candélabre, Hugo Chevelry était assis devant un secrétaire, songeur, le menton posé sur son poing. Il avait simplement ôté sa veste d'uniforme, et son torse était moulé dans une chemise blanche largement échancrée sur le cou.

Il se retourna et, à la vue de sa visiteuse, bondit sur ses jambes en s'écriant :

— Camilla ! Mais que se passe-t-il ?

— Un... un homme... dans ma chambre...,
parvint-elle à balbutier.

Très vite, le jeune officier saisit un pistolet posé au chevet de son lit, prit dans l'autre main le candélabre et se dirigea vers le couloir en commandant :

— Ne bougez pas d'ici.

Son habituelle nonchalance avait disparu ; il était devenu un homme d'action, un homme qui savait affronter les dangers en gardant la tête froide.

— Non ! Non ! cria Camilla au désespoir, ne me laissez pas seule !

Mais il était déjà hors de la pièce et pénétrait dans la chambre voisine, dont la porte était restée grande ouverte. Terrorisée, Camilla courut derrière lui et le rejoignit.

Brandissant son bougeoir, Hugo tenait son pistolet braqué et inspectait les lieux avec attention. Mais il n'y avait personne.

— L'homme... s'est enfui, expliqua la jeune fille, par où il était venu... par la fenêtre... quand j'ai laissé tomber, effrayée, mon verre d'eau...

Du doigt, elle désignait les débris qui jonchaient le sol, Chevelry alla poser son candélabre sur la table de chevet.

Elle poussa un cri aigu.

— Regardez ! Là !

Il suivit la direction de son doigt. Au milieu du lit, il dégagea, de sous les couvertures, le traversin que Camilla y avait placé, au milieu duquel la dague avait été plantée jusqu'à la garde.

— On a voulu... m'assassiner !

Dans un sentiment d'effroi frisant l'hysté-
rie, ne sachant plus ce qu'elle faisait, Camilla
appuya sa tête contre la poitrine du jeune
homme qui, d'un geste protecteur, entoura de
son bras les épaules de la jeune fille. Il sentit
qu'elle tremblait de la tête aux pieds.

— Calmez-vous, le danger est passé.

— Mais ne comprenez-vous pas ? On a
voulu ma mort ! Pourquoi ? Qu'ai-je fait ?

— Il ne peut s'agir que d'une tragique
méprise. C'était sûrement quelqu'un d'autre
qui était visé, peut-être moi.

— Si je ne m'étais pas levée pour aller
boire un verre d'eau, cria-t-elle, encore folle
de terreur, je serais là, morte !... ou en train de
mourir...

Elle eut un sanglot convulsif et se blottit
plus près encore de son protecteur. Elle
éprouvait une sensation réconfortante de
sécurité en s'appuyant contre l'épaule
robuste de cet homme, sachant avec certitude
qu'il saurait la défendre si son meurtrier
s'avisait de revenir.

— Un peu de courage, vous êtes saine et
sauve, l'exhorta le jeune officier. Je vous
répète que vous avez été victime d'une erreur,
voilà tout.

Ces paroles apaisantes chassèrent peu à peu
la panique qui s'était emparée de Camilla.
Soudain, elle se rendit compte de la situation : elle était là, à moitié nue sous un
déshabillé diaphane, dans les bras d'un
homme ! D'un homme qui était Hugo Che-

velry, dont elle sentait, à travers sa chemise
de fine batiste, le cœur battre contre sa joue.
Oui, pour la première fois de sa vie, un
homme l'enlaçait, et c'était celui qui, depuis
si longtemps, avait hanté ses rêves.

— Oh ! excusez-moi, dit-elle dans **un** sursaut, tandis qu'il desserrait son étreinte.

Prestement, elle s'était emparée de la courtepointe brodée tombée au pied du lit et s'en
couvrit pendant que le capitaine, lui tournant
le dos, arrachait le poignard enfoncé dans le
traversin.

Ils l'examinèrent ensemble : un manche
bizarrement ornementé, une lame longue et
acérée, — une arme qui, assurément, ne
pouvait manquer sa victime. A cette vue, le
sentiment de terreur de Camilla se réveilla,
mais elle avait maintenant repris suffisamment le contrôle d'elle-même pour ne pas
s'abattre de nouveau contre son compagnon
dans un abandon dont elle rougissait de
honte.

Le capitaine, cependant, tournait et retournait la dague entre ses doigts, en examinant
les détails avec la plus grande attention.

— Curieux bibelot, dit-il. Il y a là des
inscriptions bizarres, mais je n'arrive pas à
les déchiffrer.

— Mon agresseur était un Chinois !

La révélation venait de frapper l'esprit de
la jeune fille, qui décela aussitôt chez Hugo
une soudaine tension.

— Pourquoi dites-vous... un Chinois ? murmura-t-il.

— Parce que j'ai bien distingué sa silhouette se découpant contre la fenêtre. Il avait une natte qui pendait au bas de sa nuque.

— En êtes-vous certaine ? demanda-t-il d'une voix pressante.

— Tout à fait. Pourquoi ?

Il parut sur le point de lui faire une confidence importante, mais y renonça, se détournant d'elle pour examiner encore le poignard.

— Non, non, rien de particulier, dit-il.

Tandis qu'il reposait le poignard sur le lit, Camilla comprit qu'il lui cachait la vérité.

— Je vais aller inspecter les environs, déclara Hugo, et essayer de retrouver les traces qu'a pu laisser cet homme.

— Non ! Je vous en prie, ne me laissez pas seule, surtout ici ! hurla-t-elle, de nouveau effrayée.

— Vous ne serez pas seule, répondit le jeune officier d'une voix qui se voulait apaisante. Je vais quérir votre cameriste. Venez avec moi, nous allons la réveiller. Je crois savoir où est sa chambre.

Il était déjà dans le couloir. Camilla le retint d'un geste.

— Attendez ! Croyez-vous que ce soit la bonne solution ?

— Que voulez-vous dire ?

— Si nous réveillons Rose et si vous informez l'aubergiste de ce qui s'est passé, songez à l'agitation que cette tentative de meurtre va créer, je peux même dire au scandale... à la veille de mon arrivée à Meldenstein.

— Oui, je n'y avais pas réfléchi, approuva Chevelry en revenant sur ses pas. Vous avez sans doute raison.

— L'individu a entendu le bruit du verre brisé, il a dû penser qu'il y avait quelqu'un d'autre dans la chambre et s'est enfui, persuadé d'avoir accompli sa mission.

— C'est possible... bien possible...

— Il venait tout juste de frapper. A-t-il eu le temps de comprendre que son arme n'avait transpercé qu'un traversin ? Il a disparu par la fenêtre à une vitesse incroyable !

Elle marqua une pause, puis :

— Et dans un tel silence ! C'est ce qu'il y avait de plus affreux. Il se déplaçait comme une sorte de spectre, sans faire le moindre bruit. C'est peut-être cela qui m'a confirmée dans mon impression qu'il s'agissait d'un Chinois. Seuls des Asiatiques, dans mon esprit, sont capables de... d'agir ainsi... de ramper en silence comme un fauve s'approchant de sa proie...

— Vous paraissez raisonner très intelligemment, dit Hugo après une brève méditation. Nous lancer dans une chasse à l'homme ne serait d'aucune utilité. L'assassin ne nous aura pas attendus : il sait que quelqu'un était dans la pièce et que ce quelqu'un l'a vu ! Comme vous le suggérez si justement, il peut très bien s'imaginer avoir réussi son coup. D'autre part, mettre toute l'auberge sens dessus dessous avec cette histoire serait, en effet, tout à fait inopportun.

— J'ignorais que je pouvais avoir des ennemis mortels, dit en soupirant Camilla avec une tristesse pathétique.

— Je vous répète que ce n'est sûrement pas vous qu'on cherchait à atteindre ! Que pouvons-nous savoir des intrigues et des rancœurs qui doivent exister dans toutes ces principautés rivales ? Il faudra que je me renseigne...

— N'en parlez surtout pas à la baronne ! Elle ferait de l'incident une véritable montagne !

— Oui, je m'en garderai bien, approuva le jeune officier. Mais si je pouvais tenir cette crapule entre mes mains...

— N'essayez pas de le retrouver. Si, comme vous m'en avez persuadée, il s'agit d'une erreur, espérons qu'il croit avoir accompli son forfait, espérons qu'il ne s'attaquera pas à une autre victime innocente.

Elle traversa la pièce et alla refermer la fenêtre.

— J'ai, sans doute, été fautive de laisser la croisée ouverte avec les rideaux tirés, dit-elle, cela lui a certainement facilité les choses. Mais j'ai toujours dormi ainsi et ne puis supporter une atmosphère renfermée.

— C'est la fille élevée à la campagne qui reparaît en vous !

Ils se regardèrent en souriant. Drapée dans sa courtepointe, ses jolis cheveux blonds défaits, son visage encore pâle et tremblant de peur, Camilla était peut-être encore plus belle et plus éclatante de jeunesse que dans ses plus élégants atours.

— Je... je vous admire plus que je ne saurais le dire... pour votre courage, affirma Hugo en butant sur les mots. Je connais tant de femmes qui se seraient évanouies !

— Oh ! je ne suis pas si courageuse que ça, je meurs encore de peur, protesta-t-elle, et à la seule idée qu'on ait voulu me tuer...

— Personne ne songerait une seconde à vous tuer, vous ! Je vous répète qu'il s'agit d'une méprise. Qui aurait intérêt à vous faire disparaître ?

— Ce pourrait être l'action d'un anarchiste. En ce cas, assurément, il frappera de nouveau... peut-être même à l'occasion des fêtes du mariage !

— N'allez pas vous mettre ces idées en tête, dit le capitaine en prenant entre ses mains les petits doigts encore glacés d'effroi. Aucun attentat de ce genre ne s'est jamais produit à Meldenstein. C'est un des Etats les plus tranquilles d'Europe et la famille princière y est aimée de toute la population.

— Mon père m'a souvent parlé des complots anarchistes, insista la jeune fille. Ces gens n'ont ni patrie ni loyauté. Ils tuent pour tuer, pour détruire, sans autre idéal que l'anéantissement !

— En admettant qu'il y ait des troubles de cette sorte, ce qui, encore une fois, est impensable, eh bien, vous les affronterez bravement en faisant honneur, comme vous venez de le prouver, à la grande nation à laquelle vous appartenez !

— Et si j'étais... prise de panique ?

— Vous sauriez la contrôler, j'en suis sûr.

— Je voudrais bien en être aussi sûre que vous, dit-elle.

Les paroles du jeune officier et le ton admiratif avec lequel il les avait prononcées avaient ramené un peu de couleurs aux joues de Camilla.

Comprenant que son assurance recouvrée était due à la force et au magnétisme que cet homme lui communiquait, Camilla leva les yeux vers lui. Il la regardait avec une sorte de tendresse qu'elle ne lui avait encore jamais vue jusque-là.

— Je serai à la hauteur de ce qu'on attend de moi, murmura-t-elle.

— Ce sera sans doute difficile parfois, mais je sais que vous n'y faillirez pas.

Ces mots l'aidèrent à reprendre conscience de ce qu'elle était. Lentement elle retira sa main de celles de Hugo qui l'emprisonnaient.

— Il faut que vous alliez vous reposer maintenant, conseilla le jeune officier. Une journée fatigante vous attend demain et je veux que vous soyez en pleine forme.

Elle fit un pas vers le lit, mais recula aussitôt.

— Non ! s'écria-t-elle. Quelle que soit la bonne opinion que vous avez de ma bravoure... jamais je ne pourrai coucher dans cette chambre cette nuit !

— Je vous approuve. Eh bien, venez dormir dans la mienne. Je reste ici, dans la vôtre, quitte à ne pas fermer l'œil de la nuit et à ne pas me séparer de mon pistolet. Je peux vous donner ma parole que vous ne courrez plus aucun danger. Je serai, à la porte de votre chambre, une sentinelle vigilante.

— Mais, vous aussi, vous avez besoin de sommeil...

— Au cours des campagnes d'Espagne, dit-il en souriant, j'ai connu bien des nuits de veille plus dures que celle-ci ! Et je vous assure que ce fauteuil-ci, dans lequel je vais m'installer, sera autrement plus confortable que la terre rocailleuse qui ne m'empêchait pas de dormir.

— J'ai quand même scrupule à vous imposer cela ! Ne serait-il pas préférable de réveiller Rose ? Je suis sûre que, si je le lui demande, elle gardera le secret sur tout ceci.

Camilla n'était pas tellement certaine de la discrétion de Rose : elle savait combien bavarde était sa soubrette. Résisterait-elle au plaisir d'ébruiter une si palpitante histoire ?

Comme s'il devinait sa pensée, Hugo hocha la tête.

— Non, dit-il, je serai plus tranquille si le secret demeure entre vous et moi. Pas plus Rose que la baronne ne doivent rien savoir. A l'aube, lorsque j'entendrai l'auberge s'éveiller, je viendrai frapper à la porte et vous regagnerez votre chambre. Entre-temps, dormez paisiblement. Je suis là !

— Je vous suis vraiment reconnaissante... de tout...

En passant devant son lit pour franchir le seuil de sa chambre, la future princesse ne put retenir un frisson. Le traversin enfoui sous les couvertures donnait toujours l'impression d'un corps allongé, et l'idée que ce corps aurait pu être le sien...

— Ne pensez plus à tout cela, dit Chevelry avec son habituel sens divinatoire. Plus vite vous oublierez tout, mieux cela vaudra.

— Je n'oublierai jamais, en tout cas, ce que vous avez fait pour moi cette nuit.

— Moi non plus... je n'oublierai pas cette nuit.

Il y avait dans sa voix des inflexions si troublantes que Camilla se retint de le regarder. Et plus que jamais elle eut conscience d'être là devant lui, presque nue, causant intimement avec un gentilhomme qu'elle ne connaissait pas trois jours plus tôt.

Gardant la tête baissée, elle gagna la chambre voisine, suivie de son protecteur qui tenait haut le candélabre. Il ferma les volets de la fenêtre, y mit le verrou, cala un fauteuil dans le chambranle de la porte, puis jetant un regard autour de lui :

— Vous voici en sécurité, dit-il. Dormez bien.

Après une légère hésitation, il ajouta d'un ton beaucoup plus confidentiel, et presque malgré lui :

— J'aurais voulu que Meldenstein voie combien vous êtes belle.

Avant qu'elle ait pu trouver quoi lui répondre, Chevelry avait disparu, tirant la porte derrière lui. Elle attendit de l'entendre s'installer dans son fauteuil puis se glissa entre les draps, posa sa tête sur l'oreiller et ferma les yeux.

Camilla eut du mal à s'endormir. Elle était consciente de la présence de Hugo derrière sa porte. Un seul moment, au cours de la nuit, elle l'entendit remuer un peu, puis il régna de nouveau un silence total. Cependant, la dormeuse n'en garda pas moins l'impression que son chevalier servant était, non pas à deux mètres, mais encore là, tout contre elle.

Camilla se répétait sans cesse les derniers mots qu'il avait prononcés. Ainsi il la trouvait belle ! Il lui avait déjà parlé avec dureté, la regardait presque toujours d'un œil cynique, et avait cette moue méprisante sur les lèvres, et pourtant... il la trouvait belle !

Elle s'endormit sur cette pensée.

Lorsqu'un léger grattement à sa porte la réveilla, un imperceptible rayon de soleil filtrait sous ses volets. Elle se leva prestement, s'enroula de nouveau dans sa courtepointe et ouvrit. Hugo, tout habillé, l'attendait, talons joints.

— Vous pouvez regagner votre chambre sans crainte de visite intempestive, dit-il. Les gens de l'auberge commencent à aller et venir. Tout va bien !

— Je vous remercie d'avoir veillé sur moi, ajouta-t-elle.

Il ne répondit rien, mais elle lut dans son regard une expression qui lui fit baisser les yeux et l'incita à rompre au plus vite l'entretien. Ce ne fut seulement que lorsque sa porte fut refermée qu'elle sentit son cœur battre plus fort et s'en voulut de sa vulnérabilité.

Pour éviter les commentaires des filles de service, Chevelry avait eu la bonne idée de faire disparaître le traversin que le poignard avait transpercé, ainsi que les plumes qui s'en étaient échappées. Aussi fut-ce sans aucune appréhension que la jeune fille se glissa dans ses draps, se rendormant presque aussitôt.

De sorte que le petit déjeuner des voyageuses fut servi avec du retard. Le convoi ne put s'ébranler qu'après l'heure prévue. La baronne Von Furstendruck, encore sous l'effet du laudanum, avait mis une fois pour toutes, semblait-il, un frein à son bavardage.

Avant de monter en voiture, Camilla avait cherché des yeux son chevalier d'honneur, mais il était probablement déjà parti en avant-garde. Son absence soulagea la jeune fille, car elle ne savait trop quelle attitude prendre à son égard. Elle se reprochait, dans sa panique nocturne, d'avoir manqué de sang-froid. S'être précipitée presque entièrement dévêtue dans la chambre d'un homme, quelle entorse aux convenances! Son geste pouvait paraître excusable en la circonstance, mais, depuis, le jeune officier avait dû y repenser et sans doute la juger sévèrement, elle.

— Je vous trouve bien pâlotte ce matin, dit la baronne après avoir observé sa compagne d'un œil un peu plus éveillé.

— Je n'ai pas très bien dormi cette nuit...

Après tout, n'était-ce pas une façon comme une autre de dire la vérité, au moins en partie?

— Et vous, baronne, vous êtes-vous bien reposée?

— Je n'ai rouvert l'œil que lorsque Abigaïl est venue me secouer. Nous avons eu de la chance de tomber sur une hostellerie aussi calme et aussi tranquille, ne trouvez-vous pas?

La fiancée princière goûta in petto l'ironie amère de la remarque et laissa sa dame d'honneur retomber dans sa somnolence. D'autant plus que son attention avait été subitement attirée ailleurs.

Contrairement à ses suppositions, son garde du corps n'avait point pris les devants ce matin-là. Camilla constata qu'il chevauchait parmi les cavaliers de l'escorte, prenant parfois des raccourcis à travers champs, mais restant toujours à proximité. Comprenant le motif de cette surveillance renforcée, elle lui en fut reconnaissante et se sentit heureuse d'être ainsi protégée.

Tandis que se poursuivait le voyage, Camilla admit, au terme de sa réflexion, que Hugo devait avoir raison de croire que le meurtrier s'était attaqué à elle par méprise. Toutefois, elle ne pouvait oublier l'expression étrange du capitaine lorsqu'elle lui avait précisé que l'agresseur était un Chinois.

Elle fut tentée de remettre le sujet sur le tapis et de lui poser franchement la question quand ils seraient seuls, mais l'occasion ne se présenta pas, même au cours de la halte pour le déjeuner. Celui-ci devait leur être servi dans le château d'un de ces princes médiatisés du Saint Empire, vaguement apparenté aux Meldenstein. Comme ce hobereau, âgé et perclus, ne pouvait quitter sa chambre, ce fut son épouse qui rendit les honneurs à la future princesse et à sa suite.

La dame était d'origine française, une de ces aristocrates émigrées lors de la Révolution. Elle avait gardé de cette époque et du Consulat une profonde amertume et, quand les voyageuses la complimentèrent de la beauté des fresques qui ornaient sa salle à manger, se répandit en lamentations.

— C'est la seule chose que les armées de « Buonaparte » n'ont pas emportée ! Meubles, objets d'art, portraits de famille, ils ont tout pillé, partout ! Heureusement, lors de leur ultime retraite précipitée devant les Alliés victorieux, ils n'ont pas eu le temps

d'entasser toutes leurs dépouilles... En Angleterre, vous avez eu bien de la chance de ne pas
connaître les horreurs de la guerre, alors que
la jeunesse française a été sacrifiée pour
satisfaire l'ambition d'un tyran !

Leur hôtesse ressassant sans arrêt ses rancœurs, le déjeuner, en dépit de l'excellence du
menu, ne pouvait guère être joyeux. Aussi les
trois voyageurs furent-ils soulagés de le voir
s'achever et se dirigèrent-ils sans regrets vers
les voitures.

— Je vous rappelle que, ce soir, nous faisons étape chez le margrave de Wonsterbalden, dit Hugo en conduisant Camilla jusqu'à
la portière de son carrosse.

— J'espère, soupira-t-elle, qu'il sera un
moins triste convive que cette pauvre princesse.

— Il y a de grandes chances qu'il en soit
autrement. J'ai eu l'occasion de visiter sa
province sitôt après Waterloo. Le margrave
n'avait pas subi les pillages et autres méfaits
de certains de ses voisins.

— Vous le connaissez donc ?

— Je l'ai rencontré, oui. C'est un de ces
opportunistes qui s'arrangent toujours pour
se trouver au bon endroit au moment propice.
Soyez assurée que la fête qu'il donne en votre
honneur ce soir n'a d'autre but que de se
pousser un peu plus dans les bonnes grâces de
votre future belle-famille.

Lorsque, vers la fin de l'après-midi, le carrosse franchit les grilles du château de Wonsterbalden, Camilla admira la somptuosité de la bâtisse entourée d'un parc imposant, où statues, rocailles et fontaines se succédaient sur les pelouses où des paons se promenaient avec une lente majesté.

Les salons ne le cédaient en rien en splendeur, quoique tellement surchargés de tableaux et de porcelaines précieuses qu'on se serait cru dans un musée.

Le margrave, quant à lui, était un homme gros et jovial et, avec sa face rougeaude, avait plus l'air d'un spéculateur enrichi par les guerres de l'Empire que d'un gentilhomme de l'ancien régime.

— Que Votre Grâce soit la bienvenue chez moi, s'exclama-t-il dans un anglais à peu près correct. C'est un honneur et un privilège pour Wonsterbalden de recevoir sous de si heureux auspices la noble fille de Son Excellence Mylord Lambourn. Je serai heureux de féliciter bientôt de vive voix mon ami le prince Hedwig de la perfection de son choix. Je suis certain que sa charmante épouse saura conquérir le cœur de ses sujets !

Un peu intimidée par ces phrases redondantes, Camilla, après un bref parcours des pièces de réception, se laissa conduire au premier étage à l'appartement d'honneur qui lui avait été réservé.

— Tout cela est très impressionnant, n'est-ce pas, Milady ? lui dit Rose un moment plus tard en l'aidant à changer de toilette pour le dîner. Pensez-vous que le château de Meldenstein sera encore plus vaste que celui-ci ?

— Je n'en ai aucune idée, mais serais aise qu'il soit plus modeste.

— Et que de serviteurs dans tous les coins ! Ils n'arrêtent pas de babiller dans leur langue à laquelle, hélas ! je ne comprends rien.

— Je suis sûre, Rose, que vous trouverez en Master Harpen un interprète prêt à se mettre à votre disposition !

La soubrette parlait toujours avec tant d'enthousiasme de ce Harpen que sa maîtresse prenait plaisir à la taquiner.

— Je ne pense pas que le valet de votre chevalier d'honneur frayera volontiers avec tous ces étrangers, Milady. Il trouve toujours des mots amusants pour les étiqueter : « grenouilles » pour les Français, « teutons » pour les Allemands et...

— Taisez-vous, Rose, coupa la jeune fille. On pourrait vous entendre et je ne veux pas que vous teniez des propos désobligeants sur des gens qui nous accueillent avec tant d'hospitalité.

— Ah ! C'est bien le moins, Votre Grâce ! répliqua l'autre d'un ton acide. Master Harpen dit que c'est nous, les Anglais, qui les avons sauvés de l'oppression grâce à notre victoire, et qu'ils doivent nous en être reconnaissants !

— Je finirai par vous interdire de voir ce garçon, gronda sa maîtresse. Ayez un peu de tact, Rose, et ne vous montrez pas impolie envers nos hôtes.

— Je ne suis pas impolie, mais tout de même ! Savez-vous ce qu'ils m'ont offert aux cuisines dès que je suis descendue de voiture ? Une sorte de liqueur effroyable qu'ils appellent « schnaps » !

— Je ne veux pas non plus que vous deveniez alcoolique, Rose, dit Camilla en riant.

— Oh ! je m'en garderai bien ! Je l'ai recrachée, leur horreur ! Et, avec de vraies manières de lady, eh bien, je leur ai dit que je préférerais une tasse de thé !

Après avoir pris un bain délicieusement parfumé aux lilas, la future princesse commença à se préparer pour la réception donnée en son honneur.

Sa camériste lui avait choisi une très jolie robe de bal : tunique de gaze rebrodée d'or de teinte turquoise avec une guirlande de roses ceinturant la poitrine, traîne à peine esquissée, — la toilette était ravissante et aussi d'une grande simplicité —. Camilla ne voulut pas la surcharger en portant la parure de rubis et diamants que lui avait envoyée son fiancé.

— Mais, Milady, protesta Rose, le prince ne sera sûrement pas content d'apprendre que vous ne portez pas son cadeau !

— Je préfère le réserver pour le jour où je paraîtrai en sa présence.

A vrai dire, elle ne voulait pas s'avouer qu'elle éprouvait une inexplicable réticence à mettre ces joyaux qu'elle avait vus pour la

dernière fois éparpillés aux pieds de Hugo
Chevelry l'accablant de sa fureur méprisante...

Camilla remplaça le diadème par un simple
ruban turquoise assorti à sa robe et retenu au
milieu de ses boucles blondes par une rose
empruntée à sa ceinture. Elle se contempla
dans la psyché, pensant que c'était la dernière
fois, peut-être, qu'elle aurait l'occasion de
s'habiller selon son goût personnel. Demain
elle serait à Meldenstein, et toute sa vie serait
changée... Pour commencer, son chevalier
d'honneur, ayant rempli sa mission, reparti-
rait pour l'Angleterre, et sans doute ne le
reverrait-elle jamais plus...

Elle se força à repousser cette pensée qui
pesait péniblement sur son cœur et, s'avisant
que l'heure approchait où elle devait paraître,
envoya Rose prévenir la baronne Von Furstendruck de vouloir bien se tenir prête pour
l'escorter au salon.

Tandis qu'elle descendait les premières
marches de l'escalier monumental, elle vit sa
délicate silhouette blonde reflétée par les
miroirs parallèles qui décoraient les paliers et
se demanda si Hugo lui murmurerait encore
qu'il la trouvait belle...

Comme pour répondre à son vœu secret, à
cette seconde précise, elle aperçut Chevelry
debout au pied de l'escalier. Cette fois-ci, il
n'avait point revêtu son uniforme d'officier,
mais portait un élégant habit gris perle sur
une culotte de satin blanc. Camilla se dit

qu'aucun dandy au monde, dont cet homme avait tous les raffinements, ne pouvait en même temps présenter un aspect aussi viril et aussi peu sophistiqué.

Ils échangèrent un sourire complice — peut-être un peu trop tendre — et la future princesse descendit les dernières marches qui les séparaient encore afin de profiter des quelques minutes d'avance qu'elle avait sur sa dame d'honneur pour échanger quelques mots avec le jeune homme avant d'être happée par la foule des invités et astreinte aux exigences du strict et sacro-saint protocole.

Ils n'étaient plus qu'à un pas l'un de l'autre, lorsqu'on entendit un remous de foule à la porte d'entrée qui s'ouvrit pour livrer passage à une jeune femme. L'arrivante, soulevant la voilette tombant de sa capote emplumée, avait un visage qui parut à Camilla d'une grande beauté.

Chevelry s'était également retourné et...

— Je vois que vous êtes surpris de me voir, Hugo, dit une voix suave à l'accent moscovite. J'espère que c'est une bonne surprise, au moins ?

Anastasia de Wiltshire — car c'était elle — s'avançait vers lui, les mains tendues.

— Qu'est-ce que cela signifie ? demanda-t-il, sidéré. Qu'est-ce qui vous amène ici ?

La comtesse eut un grand rire de gorge :

— Ah ! voilà ! Et dites-vous que je serais arrivée ici beaucoup plus tôt si mon imbécile de cocher ne s'était pas trompé de route...

— Mais... comment avez-vous pu vous arranger pour... ?

— Vous semblez oublier, mon cher, que mon mari est un cousin par alliance du prince de Meldenstein, cousin éloigné, certes, mais les liens du sang sont si forts dans nos familles... J'ai pensé que je ne pouvais me dispenser de lui présenter mes vœux de bonheur à l'occasion de son mariage. Ayant exprimé ce désir à la princesse mère, j'ai été honorée d'un carton d'invitation par le chambellan du palais... Une fois en route pour la principauté, vous pensez bien qu'être invitée à faire étape chez ce brave margrave n'était plus qu'un jeu d'enfant ! Et voilà ce qui me vaut le plaisir de vous retrouver ici ce soir.

Huit heures sonnaient à la grande horloge ornant le hall. Protocolairement exacte comme l'exigeait sa charge, Mme Von Furstendruck fit son entrée dans sa tenue de dame d'honneur toute noire surmontée d'une mantille, la poitrine barrée d'un grand cordon en sautoir. Elle plongea en une profonde révérence aux pieds de la future Altesse Sérénissime qui, aussitôt, avança de quelques pas vers elle, sans trop s'éloigner toutefois pour entendre les derniers mots qu'échangeait le couple dans son dos.

— Mais qui vous a communiqué notre itinéraire ? chuchotait Hugo. Je ne vous en avais rien dit...

Anastasia eut un nouvel éclat de rire avant

de lui dire à l'oreille mais à haute et intelligible voix cependant :

— Mon charmant et naïf petit Hugo, n'avez-vous pas encore appris que toutes les femmes dignes de ce nom n'hésitent jamais à jeter un petit coup d'œil sur les paperasses que les hommes laissent traîner ? Quelle idée aussi de vous promener avec toutes les instructions de la princesse mère dans la poche de votre gilet !

CHAPITRE VIII

Une demi-heure plus tard, la comtesse de Wiltshire pénétrait dans le salon d'apparat. Après avoir été présentée à la fiancée du prince de Meldenstein, elle lui répétait la phrase conventionnelle que celle-ci avait entendue déjà un nombre incalculable de fois :

— J'adresse mes félicitations à Votre Grâce à l'occasion de son prochain mariage.

Ce disant, Anastasia crut pouvoir se dispenser de la révérence dont les dames allemandes qui l'avaient précédée n'avaient pourtant pas été avares. Camilla se contenta de lui répondre par une inclination de tête et un léger sourire, en agitant avec grâce son éventail.

Elles s'étaient toutes deux dévisagées d'un regard pénétrant : Camilla avait été frappée par la beauté un peu exotique d'Anastasia, qui avait choisi une de ses plus somptueuses toilettes et s'était parée de tous ses bijoux. Mais, malgré le murmure d'admiration des hommes qui avaient salué son entrée, la belle

Slave était assez intuitive pour se rendre compte que, confrontée à l'exquise simplicité d'atours de l'invitée d'honneur de la soirée, son propre luxe paraissait un peu ostentatoire. Et naturellement, de cette faute de goût que sa vanité lui avait fait commettre, c'était à l'autre qu'elle en voulait.

On passa presque aussitôt à table, la future princesse occupant, comme il se devait, la place d'honneur, le maître de maison étant à sa droite. Elle constata que le margrave était bien l'homme que Hugo Chevelry lui avait dépeint : tout en comblant sa voisine de compliments dithyrambiques, il faisait constamment étalage de ce qui le touchait de près ou de loin ; ses richesses, ses liens de parenté, son influence politique.

Comme la plupart des invités devaient assister, quarante-huit heures plus tard, aux fêtes du mariage à Meldenstein, la principauté était le sujet principal des conversations.

— Son Altesse Sérénissime, votre futur époux, est un de mes amis intimes, n'hésita pas à déclarer le margrave, bouffi d'orgueil.

— Vraiment ? Alors parlez-moi de lui, répondit Camilla. Comme vous le savez, nous ne nous sommes pas encore rencontrés.

— Hedwig est un patricien du plus haut rang et j'ai la conviction que vous serez très heureuse en partageant son trône. Certes, son Etat est plus grand que le mien, mais je me flatte qu'unis comme nous le sommes, nous pouvons ensemble peser d'un certain poids dans les négociations du Congrès de Vienne qui est présentement en train de restructurer toute l'Europe.

— Le prince s'intéresse donc à la politique internationale ?

— Bien sûr, et nous nous y intéressons de concert.

— Quand l'avez-vous rencontré pour la dernière fois ?

Camilla eut brusquement le soupçon que le gros homme n'était pas aussi intimement lié avec son fiancé qu'il voulait bien le dire, car la question, sans nul doute, le mettait mal à l'aise.

— Vous n'êtes pas sans savoir, dit-il, cherchant visiblement un biais, que Son Altesse avait eu la malchance — ou peut-être l'heureuse fortune — d'effectuer un lointain voyage au moment de la rupture d'armistice de 1802. Il ne revint pas dans son pays pendant les années où Bonaparte se plut tant à ravager l'Europe. Hedwig eut la chance que sa mère, la princesse Elaine, se révélât une fine politique en prenant les rênes de l'Etat en son absence. Sans quoi, Dieu seul sait ce qu'il serait advenu de ce délicieux pays sur lequel vous allez bientôt régner !

— Mais n'avez-vous pas vu le prince depuis son retour ?

— En fait... non, il était toujours empêché, convint le margrave de plus en plus embarrassé, mais nous ne cessons pas d'échanger des messages. Nous avons récemment eu un léger différend pour une question de frontières communes ; nous l'avons réglé à l'amiable, sans aucune difficulté.

— C'est étrange, ne put s'empêcher de constater Camilla, combien peu de personnes semblent avoir eu des contacts avec le prince depuis son retour. Mon père ne l'avait connu qu'enfant lors de son séjour à Meldenstein, et le capitaine Chevelry, bien qu'apparenté à sa mère, m'a dit ne l'avoir aperçu que de loin lors d'un récent passage... Je me demandais si toutes ces années passées en Orient n'avaient pas plus ou moins, changé Son Altesse...

— Je ne le pense en aucune façon, Votre Grâce ! Et j'ai la certitude qu'Hedwig est en tous points le brillant souverain qu'il promettait de devenir. Nous gardons de très bons souvenirs communs de notre jeunesse et pour l'avenir, avec votre gracieuse présence à ses côtés, je ne souhaite rien tant que de renouer nos liens d'amitié en vous recevant tous deux très bientôt à Wonsterbalden.

La conversation prit ensuite un tour plus général, dérivant vers d'autres sujets ; mais Camilla continua à s'interroger sur la personnalité de son futur mari et sur les raisons qui semblaient le pousser à fuir les rencontres plutôt qu'à les susciter. Il y avait là un mystère. On ne lui parlait que du prince adolescent, mais quinze années passées à l'étranger peuvent transformer un homme...

Lui cachait-on quelque chose qu'elle ne
devait pas savoir ?

La jeune fille jeta un coup d'œil vers l'autre
extrémité de la table où son chevalier d'honneur — comme par hasard ! — avait été placé
auprès de cette comtesse de Wiltshire qui,
d'instinct, lui avait tant déplu. Visiblement,
Hugo et elle devaient entretenir des relations
intimes à en juger par leur manière d'échanger d'incessants apartés. L'altière beauté de
cette femme n'était peut-être pas pour rien
dans le cynisme dédaigneux qu'affichait le
jeune dandy à l'égard de Camilla. Et si, en
débarquant à Lambourn House, il avait paru
excédé de devoir accompagner jusqu'à Meldenstein une fiancée princière inconnue,
n'était-ce pas cette femme qui en était la
cause ? En même temps, peut-être, que l'explication du mépris qu'il éprouvait à l'égard
de celles que la vénalité poussait à contracter
des mariages d'argent ?

Lorsqu'on quitta la salle à manger, Camilla
vit le capitaine Chevelry se diriger vers elle,
mais il fut arrêté en chemin par la comtesse,
qui s'écria :

— Hugo, venez ici ! J'ai promis à ces dames
que vous leur raconteriez les derniers potins
de Londres. Elles brûlent d'avoir le compte
rendu des ultimes extravagances du Prince
régent, tiraillé entre Lady Hertford et Lady
Fitzherbert !

Le jeune homme n'avait pu échapper

ensuite au groupe caquetant qui l'avait encerclé.

Camilla alla s'asseoir sur un canapé au centre du salon. Une dame du plus haut rang vint protocolairement s'asseoir à ses côtés. C'était une duchesse d'origine autrichienne, déjà d'un certain âge, mais qui conservait, outre une allure et une distinction exceptionnelles, les restes d'une beauté qui avait dû être éblouissante.

Ayant surpris la direction du regard de sa jeune voisine, la douairière se pencha vers celle-ci pour lui murmurer, en s'abritant derrière son éventail :

— Ces femmes russes de petite naissance ont souvent trop de bijoux et pas assez de tact quand il leur arrive de s'égarer dans la bonne société.

Camilla rit de bon cœur à cette acide remarque, prononcée d'une voix suave.

— Le prince de Meldenstein a eu bon goût de vous choisir pour partager sa couronne, poursuivit la vieille dame. Etes-vous impatiente, si je puis me permettre de vous poser une question, de vous trouver à côté de lui sur le trône ?

— Oh ! certes pas ! Cette perspective me terrorise, au contraire ; je n'ai pas l'habitude des cours et crains de commettre mille bévues.

— Jolie comme vous l'êtes, Votre Grâce se tirera toujours d'affaire. Mais il est dommage que des raisons de santé, m'a-t-on dit, aient empêché vos parents, que j'ai bien connus, de vous accompagner pour guider vos premiers pas dans votre nouvelle position.

— En effet, je regrette beaucoup leur absence, dit Camilla en soupirant.

— A défaut de leurs talents diplomatiques incontestés, permettrez-vous à une très vieille dame de vous donner un conseil désintéressé et qui pourrait, peut-être vous être utile en maintes circonstances ?

— Mais... je vous en prie, madame.

— Ne vous laissez jamais marcher sur les pieds par qui que ce soit ! J'ai été jeune comme vous, petite Lady, et suis entrée à dix-huit ans, moi aussi dans une famille qui, si elle ne me surclassait pas par la naissance, n'en tenta pas moins de m'écraser de sa morgue. Inexpérimentée comme je l'étais, mon existence a été un véritable enfer jusqu'au jour où, enfin, j'ai osé relever la tête.

Etonnée du tour que prenait l'entretien, Camilla sourit à son interlocutrice pour laquelle elle éprouvait de plus en plus de sympathie.

— Moi également, reprit la vieille dame, je souris aujourd'hui au souvenir de ma petite victoire. Ma naïve timidité d'alors a failli avoir raison de moi au milieu de la foule d'intrigants et d'ambitieux qui gravitent toujours autour du pouvoir et de la fortune.

— Et comment avez-vous trouvé le courage nécessaire, madame, pour braver tout cela ?

— Je me demande s'il est sage de ma part
de vous le dire, hésita la duchesse après une
seconde de réflexion.

— Je vous en prie instamment. Qu'y a-t-il
de plus affreux, de plus dégradant que de se
sentir craintive, apeurée à l'idée de ce qu'il
faut faire ou ne pas faire ?

— Vous avez un esprit solide, et cela ne
m'étonne pas. J'ai toujours pensé que la race
anglaise possède une sorte de force intérieure
qui resurgit immanquablement dans les heures difficiles.

— Alors, je vous écoute, madame. Votre
recette ?

Un éclair de malice passa dans le regard
attendri et resté étonnamment jeune en dépit
des rides qui cernaient ses yeux.

— L'amour, tout simplement ! Oui, s'il faut
tout vous dire, je suis tombée amoureuse...
oh ! pas de mon mari ! Ç'eût été trop beau
dans un mariage arrangé. J'éprouvais du
respect pour lui, de la gratitude pour le rang
où il m'avait élevée et le bien-être que notre
union avait apporté aux miens... mais ce
n'était pas un homme qu'on puisse réellement aimer... L'autre, c'était une tout autre
affaire...

— Et comment était-il ?

— Ce n'est pas très « comme il faut » de
ma part, ajouta la vieille dame en accentuant
son délicieux sourire, de me laisser ainsi
arracher des confidences qui ne sont guère
pour jeunes filles... Essayez, vous, d'aimer

votre époux, ma chère enfant, c'est la manière la plus sage, et certainement la moins dangereuse, pour une femme, de mener sa vie.

— Oui, mais... si je n'y parvenais pas ?

— Avec votre beauté, tout doit être possible. Rappelez-vous seulement de relever toujours bien haut ce joli petit menton anglais ! Ne vous laissez opprimer sous aucun prétexte et ne croyez surtout pas à ce verset de la Bible qui proclame, bien à tort, que les faibles seront les élus !

Elle fut la première à rire de sa boutade, d'un rire communicatif que partagea sa jeune interlocutrice. Ce fut sans doute cette hilarité qui attira l'attention de Hugo, lequel, ayant pu échapper à son cercle de jeunes femmes curieuses, s'avança vers le canapé.

— Je vois que Votre Grâce est en bonne compagnie, dit-il en s'inclinant.

— Madame la Duchesse, dit Camilla, répondant à l'expression interrogative de celle-ci, permettez-moi de vous présenter le capitaine Hugo Chevelry, à qui a été confié le soin de m'escorter jusqu'à Meldenstein.

— C'est assurément une tâche qui ne doit rien avoir de désagréable en l'occurrence, fit malicieusement la douairière. Mais... Chevelry ? Il me semble avoir entendu prononcer ce nom-là lors de mes séjours en Angleterre.

— Je suis le cousin du duc d'Alveston... pour vous servir, madame.

— Ah ! Je me souviens à présent ! Je n'éprouve pas une sympathie particulière

pour ce duc, que je trouve assommant, parci-
monieux et pontifiant... Mais j'ai bien connu
votre père, jeune homme. Il était le plus
exquis des gentlemen, et vous lui faites
honneur.

— Je suis flatté de votre compliment,
madame, répondit Hugo non sans rougir un
peu. Mon père avait, entre autres qualités,
celle de fort apprécier les femmes jolies et
spirituelles, et je gage qu'il n'a pas dû manquer de vous faire une cour assidue.

— Vous auriez dû faire carrière dans la
diplomatie, capitaine, plutôt que dans l'armée, rétorqua la duchesse ravie au-delà de
toute expression. Mais puisque votre grade
vous a appelé à veiller sur cet adorable
fleuron de votre vaillante Angleterre, je n'ai
pas besoin de vous recommander d'y apporter tous vos soins.

— Je n'y manquerai pas, madame, encore
que mes fonctions prennent fin demain soir.

— Dommage pour vous !

La malicieuse grande dame eut un regard
vers la jeune fille comme pour ajouter : « Je
le regrette pour vous aussi » mais, — sans
doute pour se retenir de le dire —, choisit de
se lever et de prendre congé.

— Que cela ne vous empêche pas de suivre
mon conseil, murmura-t-elle à Camilla qui
s'était levée aussi. **Tâchez** d'aimer votre mari,
ponctua-t-elle en aparté en cachant son
visage derrière son éventail.

La femme qui était au soir de sa vie et celle

qui en était à son aurore esquissèrent une imperceptible révérence à l'adresse l'une de l'autre.

— Et si jamais il vous arrivait de vous ennuyer à Meldenstein, dit la duchesse pour conclure, prenez votre époux par le bras et venez me rendre visite. Je serai toujours heureuse de vous accueillir.

Et elle s'éloigna en s'appuyant sur sa canne d'ivoire.

— Si je ne suis pas trop indiscret, demanda Hugo à la jeune fille, que vous a-t-elle susurré à l'oreille ?

— Elle m'a donné un conseil... un bon conseil, d'une femme à une autre.

— Je l'ai entendu. Elle vous a dit d'aimer votre mari.

— Je disais bien : un bon, un très bon conseil, de femme à femme.

Chevelry parut hésiter, mais au moment de répondre, il fut brusquement interrompu. Comme un tourbillon, dégageant à chacun de ses pas les effluves de son parfum capiteux, Anastasia avait surgi derrière lui.

— Hugo ! dit-elle avec son accent guttural, je vous cherchais partout ! Ces dames se plaignent que vous les avez abandonnées et...

— Je me dois d'être au service de Sa Grâce, vous le savez bien, coupa le jeune officier d'un ton sans réplique.

Camilla, sentant que la comtesse allait insister, et l'emporter peut-être, préféra prendre les devants.

— C'est bien aimable à vous, capitaine, et je vous en remercie, dit-elle, mais je me sens un peu lasse et vais, je crois, me retirer. J'ai cru comprendre que, demain, l'étape risquait d'être harassante.

— En effet, mais il est encore très tôt. Ne préféreriez-vous pas que je... ?

— Voyons, Hugo, intervint Anastasia, ne contrariez pas Sa Grâce si elle tient à se coucher tôt pour être en beauté demain. N'est-ce pas normal qu'elle veuille être en possession de tous ses atouts pour faire la conquête de son Prince Charmant, qui doit l'attendre avec impatience ?

Sans s'attarder à deviner s'il y avait de la raillerie dans ce propos ou peut-être même une insinuation venimeuse, Camilla fit une légère inclination de tête et tourna les talons. Mais tout en allant prendre congé du margrave de Wonsterbalden, son hôte, elle ne pouvait s'empêcher de songer que cette comtesse slave se montrait étrangement possessive dans son comportement à l'égard du capitaine Hugo Chevelry ! Il n'y avait qu'une explication : il était amoureux d'elle...

Assise devant sa coiffeuse, Camilla se préparait pour la nuit. Rose lui brossait les cheveux tout en babillant comme à son ordinaire ; mais ce soir, elle en avait encore plus à dire que de coutume. Elle désirait faire part à sa maîtresse du point de vue de l'office sur la fête qui achevait de se dérouler.

— Cette dame de Londres, Milady, qui est arrivée à la dernière minute, elle a une femme de chambre qui s'appelle Andrews, une vraie rigolote, celle-là, tout le contraire de Miss Abigaïl ! Elle n'a pas arrêté de nous raconter des histoires croustillantes sur la comtesse !

— Vraiment ?

La fille des Lambourn se rappela à cet instant les remontrances de sa mère qui n'admettait pas qu'on prêtât l'oreille aux ragots de domestiques. Mais c'était plus fort qu'elle : il fallait que, ce soir, elle obtienne de Rose le plus de renseignements possible.

— Il paraît qu'elle est et capricieuse et dépensière ! poursuivit Rose, s'en donnant à plaisir. Et puis elle bat ses gens ! Seul son mari la fait marcher droit, surtout quand il lui fait des scènes en la menaçant de ne plus payer ses factures... Alors elle sait se montrer câline et enjôleuse, oui-dà !

Un double éclat de rire salua ce commentaire.

— Et qu'est-ce que cette Miss Andrews vous a raconté d'autre ?

— Elles sont parties de Londres comme des folles ! La comtesse s'est décidée en cinq minutes : « Faites mes malles, Andrews, nous partons sur-le-champ pour Meldenstein ! » La brave fille n'en revenait pas. On était en pleine « season » et elles avaient pris des engagements pour toute la quinzaine !

— Dans tous ces bavardages, cette camériste n'a-t-elle pas mentionné le capitaine Chevelry ? demanda Camilla à contrecœur.

— Oh ! si, Milady ! Et elle connaît très bien Master Harpen. C'est lui qui m'a confié que Miss Abigaïl, la cameriste, lui remettait souvent des lettres et des messages de la comtesse pour son maître. A mon avis, ils sont du dernier bien !

— Aïe, Rose, faites donc attention ! Vous me tirez les cheveux !

— Oh ! pardon, Milady !

Mais Milady sentait la mauvaise humeur la gagner et elle congédia rapidement la soubrette.

Ainsi, songeait-elle, entre Hugo et cette Anastasia, existait une liaison officielle, semblable à celles qui défrayaient les chroniques du « beau monde » londonien. Ce beau monde qui avait tant déplu à Camilla au cours de la brève incursion qu'elle y avait faite. La jeune « débutante » avait été horrifiée par ces clabaudages qui rabaissaient l'amour en quelque chose de vil et d'obscène ! Son rêve était tout le contraire : un sentiment partagé de manière profonde, durable, qui lui apporterait, ainsi qu'à l'objet de sa tendresse, un bonheur illuminant leurs deux existences, le plus loin possible de cette société futile et médisante !

Rapprochant ce que lui avait dit la duchesse touchant à la modeste origine de Lady Wiltshire des ragots d'office faisant état de son luxe et de ses dépenses, Camilla y trouva la confirmation de ce qu'elle avait déjà soupçonné : l'irritation à fleur de peau de Hugo Chevelry dès qu'il était question de richesse, ses diatribes véhémentes concernant la vénalité de *toutes* les femmes, son mépris à son égard lorsqu'il l'avait vue prendre possession des bijoux qu'elle lui avait jetés aux pieds, sa colère quand elle avait repoussé sa suggestion de faire faire demi-tour au yacht, tout s'expliquait à présent par la passion qu'il éprouvait pour la belle Russe !

« Comme il doit l'aimer ! », se dit-elle avec tristesse.

Dans l'obscurité de sa chambre, Camilla se sentit affreusement seule et perdue. Quelque chose de dur et de glacé lui broyait le cœur et elle comprit qu'il lui était impossible de se dissimuler plus longtemps la vérité : elle aimait cet homme, elle l'aimait depuis toujours, elle l'aimait de toute son âme...

Le sentiment profond qu'elle éprouvait n'était en rien comparable à l'attirance exercée sur la fillette par l'apparition d'un beau cavalier passant devant elle. *Elle l'aimait !*

Désespérée par cette certitude, elle enfouit la tête dans son oreiller et fut secouée de sanglots.

Camilla se serait sans doute moins désolée si elle avait pu assister à l'entretien, tournant à la dispute, qui, au même moment, mettait aux prises Hugo et Anastasia.

Celle-ci avait entraîné le jeune officier vers un des petits salons où des invités se pressaient autour de tables de jeu, avec, devant eux, leurs piles de pièces d'or s'étageant sur les tapis verts.

— Venez, très cher, allons jouer au pharaon, proposa-t-elle.

— Vous savez bien que mes moyens ne me permettent pas ce genre de distractions, répliqua-t-il, bougon.

— Bah ! Nous nous associerons, et je vous commandite !

— Non, merci, cela n'est pas de mon goût.

— Allons, Hugo, ne faites pas cette tête-là ! Vous me feriez croire que vous regrettez que je ne vous aie pas laissé continuer à jouer les nourrices sèches auprès de cette petite poupée de porcelaine !

La comtesse avait lancé sa boutade à haute voix, la ponctuant de son habituel rire de gorge.

— Pas si fort, Anastasia ! répliqua-t-il, maîtrisant mal sa colère. N'oubliez pas que nous sommes à l'étranger, il serait malséant de choquer par nos propos les gens qui nous entourent.

Anastasia eut un haussement d'épaules méprisant.

— Pfft ! Je suis étrangère moi-même et je me moque de ce que peuvent penser tous ces gros lourdauds ! Venez, cher, si vous n'avez pas envie de jouer, retirons-nous dans un endroit plus discret.

— Certainement pas.

— Et pourquoi, je vous prie ? s'étonna-t-elle.

— Parce que ce serait incorrect.

— Est-ce votre réputation ou la mienne que vous voulez sauvegarder ? ricana Anastasia. Dites-vous bien qu'en tout cas ces gens doivent faire mille suppositions en ce qui nous concerne.

— Eh bien, j'entends que cela cesse. Vous êtes mariée à un gentilhomme anglais, madame, et il me déplaît de rendre ridicule aux yeux de tous un de mes compatriotes.

— Voilà un scrupule nouveau ! Quelle mouche vous pique soudain ?

— Je ne tiens pas, pour être plus clair, que l'on dise de vous que vous vous rendez à Meldenstein, non pas pour assister aux fêtes du mariage, mais pour courir après votre amant !

— Vous m'insultez, Hugo !

Le beau visage, de type un peu kalmouk, avait pris une expression venimeuse, mais s'éclaira presque aussitôt d'un sourire douce-reux.

— Mais... vous avez touché juste. C'est la stricte vérité !

— Je ne vous le fais pas dire ! Seulement, mettez-vous bien en tête, Anastasia, qu'ici je suis en service commandé et que je me dois à moi-même, dans mon comportement, de faire honneur au pays que je représente.

— En public, peut-être, concéda la comtesse, se faisant enjôleuse, mais si vous veniez me rejoindre dans ma chambre, par exemple, nul n'en saurait rien...

— Etes-vous assez naïve pour le croire ? Dans ces cours allemandes où le moindre fait est aussitôt colporté de bouche en bouche ?

— Vous allez me faire regretter d'avoir entrepris ce voyage, fit-elle d'un ton maussade.

— C'est certainement une des plus irréfléchies de vos toquades, aggravée par l'inexcusable malhonnêteté que vous vous êtes permise en fouillant dans mes poches !

Anastasia crut habile d'égrener de nouveau les perles de son rire.

— Vous êtes un grand sot de ne pas vous en amuser, mon cher ! Dites-vous bien que votre code d'honneur n'est pas le mien, je ne suis qu'une Russe sauvage et sans manières...

— Pas si sauvage que vous le prétendez. Et pour ce qui est des manières, je vous conseille vivement de civiliser les vôtres, au moins durant votre séjour à Meldenstein.

La comtesse s'essaya à faire de l'ironie.

— Voulez-vous que je joue les quakeresses, mon cher ? dit-elle en entrouvrant ses lèvres d'une façon provocante. Soit ! Par quoi dois-je commencer ?

— En premier lieu, mettre fin à ce trop long aparté qui, j'en suis sûr, n'a déjà fait que trop jaser. Ensuite, aller vous asseoir à une de ces tables de jeu, si cela vous fait plaisir, ou bien vous joindre à d'autres groupes d'invités.

— D'ici un quart d'heure, je me retirerai en tout cas, fit-elle à mi-voix en se rapprochant de lui avec un regard qui ne laissait aucun doute sur ses intentions.

— Non, Anastasia.

Le refus était net et cinglant. Mais la belle Slave était décidée à ne pas l'accepter ; c'était trop blessant pour sa dignité de femme.

— Et pourquoi non ? insista-t-elle. Nous sommes au même étage, ma caumériste a déjà déniché où est votre chambre. Venez me rejoindre dès...

— J'ai dit non ! coupa-t-il, les dents serrées.

— Ce n'est pas la première fois, Hugo chéri, minauda-t-elle. Vous savez bien que cela fait partie de notre jeu, et le rend plus excitant, de dire non pour finir par dire oui... Souviens-toi...

— Tout cela, c'était le passé ! trancha Chevelry, heurté par ce tutoiement qui, soudain, lui était insupportable. Si j'ai bonne mémoire, je vous ai déjà dit, je crois, qu'on ne pouvait indéfiniment renverser le sablier du temps.

Du coup, la comtesse comprit qu'il y avait réellement quelque chose de changé dans leurs rapports, et elle se régimba avec toute la violence dont elle était capable.

— Mais, enfin, qu'est-ce qui vous arrive ? s'écria-t-elle, rageuse. C'est vrai, vous n'êtes plus le même homme ! Je me suis d'abord refusée à le croire et vos histoires de réputation à sauvegarder en pays étranger et d'égards pour l'honneur de mon mari, dont pourtant vous vous moquiez bien jusqu'ici, ne me semblaient rien de plus que des amusettes ! Mais je vois maintenant que c'est sérieux... Quelque chose s'est passé depuis votre départ de Londres. Il vous arrivait de me résister, mais ce n'en était que meilleur ensuite de nous abandonner à la passion qui nous dévorait, car elle vous dévorait tout comme moi, ne le niez pas ! Mais tel que je vous vois là !... ce visage buté, presque haineux...

Elle le dévisageait avec un regard de fauve, et, soudain, une lueur se fit en son esprit.

— Serait-ce possible que... ? dit-elle lentement.

Elle s'interrompit et eut un nouvel éclat d'hilarité.

— Non, ce serait trop grotesque ! Et pourtant... Vous n'allez pas me dire que vous vous êtes amouraché de cette petite rien du tout, insipide, soudain catapultée, Dieu seul sait pourquoi ! dans le lit princier de Meldenstein ? Ce serait trop drôle ! Mais c'est bien cela, c'est l'incroyable vérité, avouez-le ! Allons, Hugo, dites-moi tout... Vous êtes amoureux de cette fille ?

A son tour, il masqua son désarroi par un rire.

— Bien sûr que non. Qu'allez-vous chercher ?

Mais même à ses propres oreilles, cette protestation sonnait faux.

CHAPITRE IX

Camilla entendit gratter à sa porte et releva la tête de sur son oreiller. Une seconde, elle se demanda si elle ne se trouvait pas encore à l'auberge où l'on avait dormi la veille, ou si c'était déjà l'heure de s'apprêter pour le départ. Pourtant, il faisait nuit noire encore...

Le grattement se renouvela, discret comme si la personne derrière la porte ne tenait pas à être entendue. La dormeuse sauta de son lit et alla jusqu'à la porte.

— Qui est là ? interrogea-t-elle tout bas.

— C'est moi... Hugo Chevelry.

Elle tira le verrou et passa le nez dans l'entrebâillement.

— Mais... je dormais...

— Il faut que je vous parle, reprit-il d'un ton pressant. Habillez-vous aussi vite que possible.

Elle ne songea même pas à discuter. Repoussant le battant, Camilla alluma la bougie à son chevet, constata avec stupéfaction qu'il était à peine une heure et demie du matin, mais n'en obéit pas moins à l'ordre. Sa

robe du dîner était étendue sur une chaise,
prête à être empaquetée le lendemain matin ;
elle la revêtit et coiffa ses cheveux de son
mieux, les recouvrant d'une écharpe de mousseline, rapidement nouée autour de son cou.

Camilla s'attendait à trouver le corridor
dans l'obscurité, mais un reste de chandelle
brûlait encore dans les appliques d'argent qui
décoraient les murs. Elle ne vit pas tout de
suite le jeune officier et pensa que celui-ci
peut-être avait renoncé à l'entretien si incon-
gru qu'il avait sollicité, mais le capitaine
s'était dissimulé dans un recoin et revint vers
elle en lui faisant signe de le suivre.

Dans les yeux du capitaine, Camilla vit une
expression si nouvelle qu'elle sentit son cœur
battre plus fort. Le souvenir des heures tristes
qu'elle venait de vivre en sanglotant dans son
oreiller s'effaça comme par enchantement.

— Venez, murmura Hugo en la prenant
par la main. Il ne faut pas qu'on nous voie...

Il l'entraînait le long du couloir, à une telle
vitesse qu'elle avait du mal à le suivre. Ils
gagnèrent un escalier dérobé que son guide
lui fit descendre précautionneusement.

Ils se trouvaient à présent au bas de la
façade arrière du château et Camilla comprit
qu'il la conduisait vers les jardins. Une porte
vitrée les en séparait, mais Chevelry l'ouvrit
avec une clef tirée de sa poche. Tous deux
sentirent la tiédeur de la nuit d'été embaumer
de son parfum de fleurs l'air qu'ils respi-
raient.

— Où m'emmenez-vous ? demanda-t-elle.

— Dans un endroit tranquille. J'ai besoin de vous parler.

Ils se glissèrent, la lune éclairant leurs pas, dans le détour des allées jusqu'à un bâtiment de verre, une serre, pensa Camilla. C'était un jardin d'hiver. Là, à l'abri de plantes exotiques qui les dérobaient à d'éventuels regards indiscrets, Hugo fit asseoir sa compagne sur un banc circulaire entourant une fontaine baroque surchargée d'anges et d'amours en stuc du plus pur style rococo. A travers les feuillages, un rayon de lune vint se refléter sur leurs visages.

— Que se passe-t-il donc ? demanda-t-elle d'une voix inquiète.

— Rien d'alarmant, rassurez-vous. Vous n'avez pas à avoir peur...

— Je n'ai pas peur, affirma-t-elle sans en être tout à fait convaincue. Mais je pense que quelque chose a dû survenir qu'il vous fallait me relater d'urgence...

— Non, il n'y a pas de Chinois, ni d'anarchiste, ni de poignard à vous signaler, dit-il avec un sourire triste. Seulement mon ardent désir de vous voir seule... pour vous dire... pour vous dire au revoir.

— Au revoir ? s'étonna-t-elle. Mais ne serez-vous pas encore avec moi demain et après-demain ?

— Certes, je serai là. Mais je doute que vous ayez l'occasion d'échanger le moindre mot avec une personne aussi peu haut placée

que moi. Vous serez escortée jusqu'aux frontières du margrave par un détachement de ses
cavaliers et, une fois là, accueillie par le
Premier ministre de Meldenstein entouré des
principaux dignitaires de la cour. Et vous
achèverez votre voyage jusqu'à la capitale au
milieu d'une foule qui vous jettera des fleurs.

Le ton était presque véhément, mais passionné en même temps, et la jeune fille
craignit de revoir sur son visage l'expression
hostile qu'elle redoutait tant. Mais il n'en fut
rien : il avait seulement l'air mélancolique et
très troublé.

Ne sachant que dire, elle eut cette question
enfantine :

— Cela doit-il vraiment se passer ainsi ?

— Vous attendiez-vous à autre chose ?

Cette fois, le déchirement qu'elle devinait
en lui la gagna et elle détourna le visage pour
qu'il ne vît point des larmes luire dans ses
yeux. Mais Hugo ne fut pas dupe et posant
délicatement la main sur le menton qui se
dérobait, la ramena à lui avec une douceur
infinie.

— Mais je vois que vous avez pleuré...
Pourquoi ?

Le ton était presque accusateur et il accen-
tua la pression de ses doigts, la retenant
captive.

— Pourquoi ? répéta-t-il.

— J'avais... enfin j'ai... la nostalgie de l'Angleterre...

— Est-ce tout ?

Ses lèvres tremblantes refusèrent d'en dire davantage. Au bout d'une seconde, Hugo se décida à relâcher sa proie, et, se levant, fit un pas vers la fontaine.

— Tout cela est dément! éclata-t-il soudain. Je n'aurais jamais dû vous entraîner jusqu'ici, mais je ne pouvais supporter l'idée que nous nous quitterions demain comme deux étrangers sans même une parole... d'amitié.

Comme Camilla se taisait, il poursuivit :

— J'ai cru déceler... un peu de tristesse en vous quand nous nous sommes quittés au salon... et de penser que vous étiez peut-être... malheureuse...

— Et si demain, je l'étais encore... malheureuse, je n'aurais plus le... la moindre chance de vous le dire ?

C'était un cri du cœur, mais qui n'osait s'exprimer qu'en un souffle à peine audible.

— C'est vous qui l'aurez choisi! trancha le jeune officier.

Son ton était redevenu cassant et son expression, celle d'un écorché vif. Mais aussitôt il se reprit et, dans un élan, se rasseyant à ses côtés...

— Ah! Pourquoi? s'écria-t-il, déchiré, pourquoi a-t-il fallu que vous fassiez cela... mon cher amour ?

Camilla fut saisie d'un vertige, elle crut que son cœur allait éclater... mais elle se demanda si elle avait bien entendu.

— Comment... m'avez-vous appelée ?

— Eh ! oui, au diable les bienséances, et le fossé qui nous sépare ! s'exclama-t-il avec violence. Je vous aime, vous savez bien que je vous aime, et tout ce que je peux faire, c'est disparaître le plus vite possible de votre vie ! Je m'en irai sitôt après la cérémonie nuptiale, je l'aurais même fait avant, mais cela provoquerait trop de commentaires. Vous ne me reverrez plus jamais.

— Pourquoi me dire cela ?

Cette fois-ci, c'était un vrai cri, le cri d'une détresse non moins vraie.

La saisissant par les épaules, Hugo la dévorait des yeux avec une ardeur passionnée que la jeune fille n'avait encore jamais lue dans le regard d'aucun homme. La lune, à présent, éclairait en plein l'adorable visage, les boucles d'or émergeant de sous la mousseline, les larmes qui perlaient encore de ses cils, et ses jolies lèvres roses voluptueusement entrouvertes...

— Dieu ! Que vous êtes belle ! murmura-t-il presque pour lui-même. Jamais je n'avais imaginé qu'une femme puisse être belle et désirable à ce point ! Et dire que je vous ai amenée jusqu'ici pour vous livrer à un autre ! à un homme que vous n'avez jamais vu, un homme qui, selon toutes conjectures...

Il s'arrêta net et Camilla le vit se presser les doigts si fort qu'on en entendit craquer les articulations.

— Comment avez-vous pu accepter... ?

conclut-il, brisé. Toutes les autres, oui, mais pas vous !

Elle le regarda longuement et comprit que, cette fois-ci, quelles qu'en fussent les conséquences, la vérité devait éclater.

— J'ai accepté... dit-elle avec une lenteur impressionnante, parce que la demande en mariage du prince de Mendelstein sauvait mes parents, ma famille d'une misère d'autant plus effroyable que le respect de soi exigeait de la tenir cachée. Sans cela, ma mère serait sans doute morte, faute de soins et mon père déshonoré et emprisonné pour dettes.

L'expression du visage de Hugo passa brusquement de la stupéfaction à l'incrédulité.

— Ce n'est pas vrai, vous essayez de m'en faire accroire ! Tout est dément de ce que vous dites. J'ai vu votre château, le luxe dans lequel vous vivez...

— Vous avez vu une demeure dont le délabrement venait d'être camouflé, grâce à l'argent des caisses de Mendelstein ! Vous avez vu des paysans de notre village déguisés en laquais avec de vieilles livrées qui moisissaient dans nos greniers, les meubles étaient loués, les mets venaient de chez un traiteur, toujours grâce aux largesses de la principauté ! Cette performance fut montée de toutes pièces pour sauver la dignité de mon père, qui avait soigneusement caché à l'envoyé du prince notre détresse financière, afin que celui-ci ne méprise point la jeune fille dont il venait demander la main...

Elle marqua un temps, puis ajouta avec un sanglot dans la voix :

— ... comme vous-même m'avez méprisée...

— Ai-je été fou de ne pas comprendre ! murmura Hugo en se prenant la tête entre les mains. Je vous demande humblement pardon.

— Je n'ai rien à vous pardonner. Vous ne pouviez pas deviner... Tout était fait justement, pour que *vous* ne deviniez rien, ne puissiez rien révéler à la famille princière qui vous déléguait auprès de nous. Peut-être aurais-je dû continuer à me taire...

Il releva la tête d'un geste indigné pour s'écrier :

— Pouvez-vous imaginer une seule minute que je sois capable de vous faire le moindre mal ?

Dans les yeux du capitaine, Camilla lut le désespoir, tandis qu'il ajoutait :

— Il y a une chose encore que je veux savoir... Si vous n'aviez pas connu la pauvreté qui tenait votre famille à la gorge, si le départ pour Meldenstein s'était effectué sans contrainte, de votre plein gré... auriez-vous accepté ma suggestion d'ordonner au commandant du yacht de faire demi-tour ? Répondez-moi, répondez-moi en toute sincérité...

Camilla le regarda de telle façon qu'il

connaissait déjà sa réponse avant qu'elle ne l'ait donnée.

— Vous savez bien que je vous aurais supplié de le faire...

Cet aveu, dans sa simplicité, confirmait la droiture morale de Camilla. Jointe à la beauté physique, qui le fascinait, le jeune officier eut comme un éblouissement. Il détourna son regard.

— Je crois que j'ai commencé à vous aimer, dit-il après avoir surmonté son émotion, dès la seconde où je vous ai vue pénétrer dans votre salon à Lambourn House. Le soleil couchant entourait vos cheveux d'une auréole de lumière. Vous étiez si exquisement délicate et jolie, que j'ai cru voir une apparition venue d'un autre monde. Je ne voulais pas croire qu'une créature telle que vous puisse se vendre pour de l'argent, comme des femmes que je connais le font d'une manière ou d'une autre. J'ai alors essayé de m'immuniser contre cet amour naissant en vous haïssant, en reportant sur vous le mépris que m'avait inspiré le sexe auquel vous appartenez. Mais j'ai échoué, Camilla ! Vous aviez capturé mon cœur, je n'en étais plus le maître et il m'était déjà impossible de vous résister.

— Moi... je vous ai aimé depuis bien plus longtemps que cela...

Sa voix douce était comme un chant. Durant quelques secondes, tout resta entre eux comme suspendu dans l'air.

— ... depuis le jour où je vous avais vu sur

Apollon... Je pensais à vous, je rêvais de vous... c'était comme si je pressentais qu'un jour... je vous retrouverais...

— Vous m'aimez !... Ah ! mon cher amour...

Hugo était tombé aux genoux de Camilla, raidissant son bras contre le banc de pierre comme pour s'arc-bouter afin de ne pas se laisser aller à un geste irréfléchi.

— Je vous adore et je vous vénère — c'était comme un torrent qui, à présent, s'échappait de ses lèvres — mais je n'ose pas vous approcher... Comprenez, ma bien-aimée, que si je laissais seulement le bout de mes doigts vous effleurer, je serais trop tenté de vous garder pour toujours ! Quelles qu'en soient les conséquences, je vous emporterais dans mes bras, je les refermerais sur vous, et jamais plus vous ne pourriez m'échapper !

Camilla tremblait d'émotion. Leurs yeux étaient comme rivés l'un à l'autre, mais elle avait l'impression que leurs bouches aussi s'étaient prises avec une telle intensité que leurs âmes n'en formaient plus qu'une...

Dans un effort de volonté, Hugo se releva et recula d'un pas.

— Je ne veux pas succomber, Camilla, dit-il d'une voix rauque, car, après tout, je ne suis qu'un homme, et je vous aime plus que ma vie. Si j'avais le droit de vous embrasser et de mourir aussitôt après, je le ferais avec une joie immense !

Elle eut un cri.

— Non ! Non, il ne faut pas dire cela !

Puis, voulant se montrer aussi courageuse que lui, elle se força à parler plus posément.

— Peut-être, un jour viendra... où nous nous retrouverons. Qui peut savoir... ce que l'avenir tient en réserve pour chacun ?

— Et vous vous contenteriez de cet espoir pour continuer à vivre ? dit-il avec douceur et passion à la fois. Moi, je vous veux maintenant, je vous veux pour femme ! La seule pensée qu'un autre homme va porter la main sur vous me rend fou, d'autant plus que cet homme et vous ne vous êtes jamais vus...

— Ah ! taisez-vous, le supplia-t-elle. J'étais déjà pleine d'effroi et d'appréhension avant d'entreprendre ce voyage, mais maintenant... après vous avoir retrouvé... après avoir compris que...

— Dites-le, murmura-t-il comme elle s'interrompait, dites-le-moi, que je l'entende une fois encore de votre bouche... Comprenez que c'est tout ce qui me restera dans les années à venir... le souvenir de l'expression qui est la vôtre ce soir en prononçant ces mots !

— Après avoir compris que je vous aime..., acheva-t-elle. J'ignorais que l'amour pouvait être cela... et j'ignore comment je pourrai supporter le poids de mon existence... quand vous serez reparti loin de moi.

Hugo continuait à se tenir à distance respectueuse de Camilla. Il ne put taire la passion qui bouillonnait en lui.

— Lorsque vous m'avez appelé au secours la nuit dernière, je vous ai sentie tremblante de peur contre mon épaule. Vous m'aviez donné toute votre confiance et vous me suppliiez de vous secourir. Je me suis alors juré de vous défendre toujours, même contre le monde entier... mais je pressentais déjà que le plus difficile serait de vous protéger... contre moi-même.

Il retint sa respiration et, une fois encore, refit le geste de lui caresser le menton pour relever doucement son visage.

— Laissez-moi graver en moi l'image de ce que vous êtes en ce moment, afin de la garder toujours dans mon cœur lorsque je serai loin de vous... Je vous aime, Camilla. C'est dans cet immense amour que je puise la force de vous laisser partir, sans vous toucher, intacte, vers un autre homme.

Elle avait envie de lui crier que rien n'existait en dehors d'elle et de lui, de le supplier de la prendre dans ses bras, afin qu'elle entende de nouveau contre sa joue les battements de son cœur d'homme, lui avouer enfin qu'il avait eu seul le pouvoir d'éveiller ses sens à elle en une sorte d'extase merveilleux !

Mais devant cet homme muré dans son renoncement, elle restait devant lui, muette, bras ballants, consciente qu'elle ne trouverait jamais les mots capables de lui exprimer son amour et sa détresse quand elle songeait à la longue vie **qui** l'attendait sans lui.

— Je vais vous ramener chez vous, dit-il avec fermeté. Si quelqu'un nous voit, on pensera que nous nous sommes attardés dans les salons de jeu, où les tables de pharaon retiennent encore leurs habitués.

— Faut-il nous séparer dès maintenant ? Restons ensemble quelques instants encore...

— Ma bien-aimée, c'était déjà une grande imprudence de ma part de vous entraîner ici. Si je l'ai fait, c'est à cause de votre regard malheureux quand nous nous sommes quittés au salon.

— J'étais... jalouse, avoua Camilla en toute simplicité.

— D'Anastasia ? s'étonna-t-il. Vous n'avez vraiment pas lieu de l'être. Je ne nierai pas que je l'ai aimée, mais cela remonte avant mon départ pour la guerre d'Espagne. Je lui avais même demandé de m'épouser. Mais elle ne songeait qu'à l'argent. Son attitude d'alors m'a confirmé dans la conviction que toutes les femmes n'agissent que par intérêt et sont vénales.'

— Moi comprise ?

— Vous comprise, oui, convint Hugo. Et cette pensée me faisait mal, d'où le mépris et le dédain que je me forçais à vous montrer.

— Je crois pourtant que Lady Wiltshire vous aime toujours...

— Petit ange adorable et naïf, murmura-t-il avec tendresse, ce n'est pas de l'amour, mais seulement une attraction physique qui n'a aucun rapport avec le sentiment que j'éprouve pour vous... Je voudrais encore vous poser une question : si c'était possible sans que vos parents en subissent les conséquences, accepteriez-vous de vous enfuir avec moi dans la minute qui suit ? Accepteriez-vous de braver le scandale qui en découlerait et d'être rejetée pour le restant de votre vie de la société à laquelle nous appartenons ? Ou bien serait-ce trop vous demander ?

La jeune fille n'hésita pas une seconde.

— Je serais prête à le faire à l'instant même ! Pensez-vous que tenir mon rang dans cette société dont vous parlez entrerait en balance une seconde en face de notre amour ? Quant à l'argent, vivre avec vous dans le plus humble des cottages, vous servir, travailler pour vous seraient tout mon bonheur ! Qu'est-ce que le monde extérieur pourrait nous apporter de plus ?

Le jeune officier ferma les yeux.

— Ce serait un beau rêve, dit-il d'une voix brisée, mais il n'est pas pour nous.

— Bien sûr, dit-elle en baissant la tête. Moi, je suis habituée à la pauvreté, mais pour vous...

— Quoi ? coupa-t-il. Redescendez sur terre, mon ange. Vous imaginez-vous que j'aie été élevé dans l'opulence ? Dès l'enfance, j'ai eu une vie difficile. Et ensuite, l'armée ! Croyez-moi, la vie d'un régiment en campagne vous fait parfois atteindre le fond de la misère humaine ! La guerre terminée, il ne me reste que ma maigre solde pour vivre... et des dettes... Ah ! Si j'avais pu vous promettre d'aplanir les difficultés de vos parents, je vous aurais déjà enlevée et nous galoperions

ensemble vers le bonheur! Mais je ne puis le
faire, je vous l'ai dit. La seule perspective
d'avenir que je puisse désormais envisager,
c'est de rentrer dans l'armée. Avec l'espoir
que de nouvelles batailles viennent interrom-
pre très vite la vie sans but que va être la
mienne!...

— Non! Ne dites pas cela! s'écria-t-elle. Je
crois que si une telle chose survenait, moi
aussi je ne songerais qu'à mourir... Tant que
vous serez sur cette terre, voyez-vous, et bien
que séparés l'un de l'autre, chacun de nous
saura dans son cœur que l'autre existe quelque part, ailleurs... et pourra continuer à
espérer en je ne sais quel miracle qui, un jour,
nous réunirait...

— Mon amour, quand je vous entends
parler ainsi, je souhaiterais pouvoir soulever
la terre plutôt que vous laisser marcher vers
ce sacrifice atroce et inhumain auquel vous
êtes livrée! Mais que puis-je faire? Quel
recours implorer? Il y a quelque temps, alors
que mon père était gravement malade, à bout
de ressources, j'ai été solliciter l'aide de mon
cousin le duc, espérant qu'avec son immense
fortune il s'empresserait d'adoucir les derniers jours de son frère...

— Et il a refusé?

— En me disant qu'il détestait être impor-
tuné par des parents pauvres... et il m'a mis à
la porte comme un mendiant.

— Quel homme abominable!

— Comme je savais qu'il traitait avec

dureté ses fermiers et ses domestiques, n'hési-
tant pas à les jeter à la rue quand ils devenaient trop vieux pour travailler, je lui ai crié
au visage ce que je pensais de son avarice et
de son manque de cœur! Aussi me suis-je
fermé sa porte à jamais.

— Et comment vous en êtes-vous sorti?

— Des amis de mon père ont bien voulu me
consentir des avances qui m'ont permis d'assurer à ce dernier un minimum de confort.
Mais j'ai contracté là une dette d'honneur que
j'ai eu à cœur d'acquitter avant toute autre,
par des paiements échelonnés. Si je vous
raconte tout cela, ma bien-aimée, c'est pour
que vous compreniez bien que je n'ai rien,
absolument rien à vous offrir.

— Pour moi-même, je m'en contenterais
avec bonheur, de ce rien! Mais je dois songer
à ma famille, j'ai le même problème que vous
pour votre pauvre père. Toutes les sommes
qui me seront octroyées en ma qualité de
princesse de Meldenstein serviront à alléger
les souffrances de ma mère et, j'espère, à
prolonger sa vie.

— Nul mieux que moi ne peut vous comprendre, dit Hugo avec un soupir. Mais pour
ce qui est de nous deux, vous le voyez...

— Oui, il ne nous reste plus qu'à nous dire
adieu...

Camilla lui tendit la main et, comme il
restait immobile, ce fut elle qui s'empara de
la sienne. Elle le sentit frissonner à ce contact,

puis le vit se pencher pour déposer sur sa paume un long baiser.

— Un jour, quelque part... nous nous retrouverons peut-être... sur nos mers enchantées, murmura-t-elle avec des larmes qui, lentement, coulèrent le long de ses joues.

— Cet espoir est la seule chose qui pourra désormais m'aider à vivre, dit le jeune officier en se redressant.

Sans rien ajouter d'autre, il ouvrit devant elle la porte du jardin d'hiver et, traversant les pelouses à pas lents, tous deux regagnèrent l'entrée dérobée du château.

— Je vous laisse remonter seule, dit-il encore lorsqu'ils furent au pied des marches.

Ils s'immobilisèrent une seconde, face à face. Camilla était d'une pâleur de marbre, les traits tirés, les yeux agrandis par la douleur.

— Adieu... je vous aime, dit Hugo avec une gravité pathétique. Vous êtes la seule femme à l'âme grande et généreuse que j'aie jamais rencontrée sur terre.

— Adieu... je vous aime, répéta Camilla en écho. Je vous aimerai... toujours...

Elle commença de monter les marches, sachant qu'il la suivait des yeux et que si elle se retournait, aucune force au monde ne pourrait les empêcher de se jeter dans les bras l'un de l'autre.

Parvenue dans sa chambre, Camilla se jeta sur son lit non pas pour pleurer, comme elle l'avait fait une heure plus tôt, par déception et jalousie, mais pour laisser couler des larmes plus douces qu'amères, à la pensée que l'homme de ses rêves l'aimait, une révélation merveilleuse, même s'ils ne devaient plus jamais se revoir...

Hugo était resté un long moment au pied de l'escalier, après que la mince silhouette de Camilla se fut effacée dans l'ombre. Il se sentit soudain exténué, tant avait été violent l'effort qu'il avait dû faire sur lui-même pour maîtriser son désir.

Il se sentait la gorge sèche et songea, un moment, à retourner dans les salons pour se désaltérer. Mais l'idée de se retrouver au milieu de toute cette coterie futile qui ne songeait qu'à rire en jetant son or sur le tapis vert lui fit brusquement horreur.

L'argent! seul l'argent menait le monde, seul l'argent le séparait aujourd'hui de la vraie femme de sa vie! L'argent, déjà, avait corrompu ses rapports avec Anastasia que son cœur encore adolescent avait cru aimer. Et c'était encore l'argent qui avait poussé l'intrigante à rejeter son amour pour se vendre à un vieil homme riche!

Se reprochant sa vulnérabilité d'alors, Chevelry s'empressa d'écarter le souvenir déplaisant de la belle Slave. Toutes ses pensées désormais, et jusqu'à la fin de ses jours, seraient pour Camilla, la bien-aimée, l'élue entre toutes...

Lorsqu'il entra un instant plus tard dans sa

chambre, Chevelry eut la surprise d'y déceler les effluves d'un parfum qu'il ne reconnaissait que trop. Il n'avait fait qu'entrouvrir la porte, mais vit tout de suite que plusieurs candélabres brûlaient dans la pièce, bien qu'il eût donné l'ordre à son valet de ne point l'attendre.

Mais le jeune Capitaine avait vite compris que ce n'était pas son brave Harpen qui l'attendait. Il découvrit une forme blanche étendue sur son lit, avec une somptueuse chevelure noire épandue sur l'oreiller... Anastasia, en dépit de son refus, était venue le rejoindre mais, les heures s'écoulant, s'était endormie.

En silence, Hugo referma sa porte et s'éloigna sur la pointe des pieds. Comme il avait repéré, au bout du couloir, une chambre inoccupée où il s'était réfugié, pendant que Camilla s'habillait, il décida d'y passer la nuit.

Incapable de trouver le sommeil, longtemps il fit les cent pas dans la pièce froide et inhabitée. Il alla jusqu'à la fenêtre, en ouvrit tout grand les rideaux et se mit à contempler la douce nuit en se remémorant le visage bouleversant de Camilla quand elle lui avait dit : « Je vous aime. »

Il ignorait qu'à ce même moment, trois fenêtres plus loin, elle aussi, le front contre la vitre, se laissait griser par la même pâle clarté de la lune sur les jardins, et que c'était la même phrase que, comme un leitmotiv, elle entendait chanter dans son cœur.

Camilla, quelques instants plus tard, regagna son lit et s'y endormit d'un sommeil si lourd que Rose, le lendemain matin, eut de la peine à l'en tirer.

— Il faut nous dépêcher, Milady, pressa la soubrette. Le régiment de cavaliers qui doit vous escorter jusqu'à la frontière est déjà aux grilles du château. Vous vous rendez compte ! Vous allez imiter la reine Charlotte lorsqu'elle se rend en procession jusqu'à Westminster !

Camilla se leva et, s'approchant de la table de toilette, commença à s'asperger le visage à l'eau fraîche pour achever de se réveiller.

— Toute cette cavalerie autour du carrosse va **soulever** une telle poussière, soupira-t-elle, que mes vêtements de voyage seront noirs comme ceux d'une charbonnière quand j'arriverai !

— Vous pensez bien qu'ils auront garde d'éviter cela ! la rassura la cameriste. D'autant que j'ai reçu instructions de vous faire revêtir non pas vos vêtements de voyage, mais votre robe officielle de satin blanc, avec le manteau de cour...

— Comment ? Déjà ?

— Oh ! oui, oui, Votre Grâce... et il faut que vous portiez le beau diadème et la parure de brillants que le prince vous a envoyés.

— Certainement pas ! s'écria la future princesse sans réfléchir. Je ne peux pas mettre cela.

Le visage de Rose exprima une stupéfaction extrême.

— Mais le prince viendra sûrement au-devant de vous, s'écria-t-elle, et sera très désappointé si vous ne portez pas son somptueux cadeau ! Son Altesse Sérénissime pensera qu'il ne vous a pas plu.

— Je voulais dire..., corrigea sa maîtresse, que je ne m'en parerai qu'à la frontière, en présence des notabilités officielles. Que l'on place l'écrin dans mon carrosse !

Camilla s'approcha de la fenêtre, embrassant du regard les pelouses tout ensoleillées. Etait-il croyable que, à peine quelques heures plus tôt, dans cet enclos vitré qu'elle voyait miroiter sous les rayons du soleil, Hugo Chevelry ait été là, lui murmurant qu'il l'aimait et baisant avec ardeur la paume de sa main ? N'était-ce qu'un rêve, un rêve de plus où il lui serait apparu ?

Mais la soubrette interrompit sa méditation.

— Milady, je vous en supplie, il faut nous presser. Aujourd'hui nous sommes obligées de respecter l'horaire. Si on arrivait en retard à Meldenstein, rendez-vous compte !

— Oui, oui, apprêtons-nous...

« Qu'importe maintenant ce qui peut m'arriver ? » songeait Camilla. Elle avait perdu pour toujours l'homme qu'elle aimait, jamais plus ils ne pourraient échanger un mot seule à seul. Elle se laissa habiller docilement, sans même jeter un coup d'œil à son miroir.

A peine fut-elle prête que l'on frappa à la porte. Rose alla ouvrir, pensant voir la baronne Von Furstendruck, mais c'était la fille aînée du margrave qui, depuis la veille, assumait au château les fonctions de maîtresse de maison.

— Mon père m'a priée de voir si vous étiez prête, dit la dame en ployant le genou. Il attend Votre Grâce pour l'accompagner à sa voiture.

— Je me préparais à descendre...

— Permettez-moi de complimenter Votre Grâce de l'extrême élégance de sa toilette. A Wonsterbalden, hélas! on serait bien incapable de confectionner une robe telle que celle-ci.

— Ne suis-je pas un peu trop parée? Il me semble que...

— Certainement pas, Votre Grâce. Songez que vous allez être le point de mire de tous vos sujets, il ne faut pas les décevoir! Le passage d'une reine ou d'une princesse met toujours en liesse les populations.

— Encore faut-il, je pense, que la reine ou la princesse ne détourne pas l'attention, qui doit se concentrer sur le souverain dont elles ne sont que les compagnes.

— Ne craignez rien, le prince Hedwig est, je pense, très populaire et, à travers vous, c'est lui qu'on acclamera. Lorsque vous le verrez en grand uniforme et avec toutes ses décorations, je suis sûre qu'il fera sur vous grande impression.

Camilla se contenta d'acquiescer par un sourire, songeant que son futur époux devait certainement être un personnage pompeux et plein de dignité. Lord Lambourn avait eu beau affirmer à sa fille qu'à Meldenstein l'étiquette de cour n'était pas écrasante, la fiancée princière se rendait compte qu'à partir de la minute présente la porte de la cage dorée dans laquelle elle n'avait accepté d'entrer qu'à regret allait se refermer sur elle pour toujours, et qu'elle ne pouvait plus désormais échapper à son destin.

Elle pensa aux jours heureux de son adolescence, lorsqu'elle galopait dans la campagne aux alentours de Lambourn House, ou allait se baigner dans l'étang avec son frère Jarvis, bravant les interdictions paternelles, ou enfin, quand elle échappait à la surveillance de sa gouvernante pour grimper aux arbres ou se cacher dans les bois. Tout ce passé était une page à jamais tournée ! Désormais, elle ne serait plus qu'un personnage officiel sans cesse escorté, surveillé, chaperonné, pour tout dire, une prisonnière !

Ses souvenirs s'estompèrent d'un coup quand elle entendit Rose s'écrier admirativement avec son inimitable accent cockney :

— Oh ! Vous avez l'air d'une vraie princesse, Milady ! Vous ne voulez vraiment pas mettre votre diadème ?

— J'ai bien le temps d'être écrasée par cet étau! laissa échapper la jeune fille.

Ce n'est qu'en voyant l'expression choquée et désapprobatrice de la fille du margrave que Camilla se rendit compte de sa gaffe et se sentit toute confuse.

— Je disais cela par plaisanterie, s'excusa-t-elle.

— Je vais prévenir mon père que vous êtes prête pour le départ, répondit son hôtesse d'un ton nettement moins aimable qu'à son arrivée.

Elle n'en fit pas moins sa révérence proto-colaire avant de se retirer de la pièce. Camilla se raidit et, prenant une attitude altière, la suivit lentement.

Mais elle se sentait un peu comme Marie-Antoinette montant à la guillotine.

CHAPITRE X

Celle qui, pour vingt-quatre heures, n'était encore que Lady Camilla Lambourn avait fait quelques pas à peine dans le couloir lorsqu'elle vit s'avancer vers elle la baronne Von Furstendruck, en tenue officielle elle aussi mais, contrairement à sa rigidité habituelle, donnant les signes d'une grande agitation.

— Votre Grâce, il faut que je vous entretienne quelques instants en particulier, dit-elle d'une voix bouleversée.

— Je vous écoute, baronne, mais je crois qu'il est l'heure de...

— Nous avons encore quelques minutes, insista l'autre, et si nous les outrepassons, pour une fois, tant pis ! C'est très important.

Elle avait entraîné la future princesse vers le boudoir qui, à l'angle du palier, avait été mis à la disposition de cette dernière et, après l'y avoir fait entrer, referma soigneusement la porte.

— Vous me voyez profondément affligée, Lady Camilla, débita avec précipitation la vieille dame. Le chambellan du margrave vient de m'informer, il y a quelques minutes à peine, que celui-ci avait été fort désagréablement surpris d'apprendre qu'hier en fin de soirée, vous aviez été vue vous promenant dans les jardins seule avec le capitaine Chevelry !

Bien qu'elle ne s'attendît pas à ce coup, Camilla sut garder son sang-froid et chercha à gagner du temps pour trouver une explication valable.

— En effet, admit-elle. Mais quel mal y a-t-il à cela ?

— Je n'insinue pas qu'il y en ait, mais Votre Grâce aurait dû penser, étant donné la haute position qu'elle occupe et à la veille de notre arrivée à Meldenstein, qu'elle commettait là une grave imprudence ! Certes, je suis la première coupable car je n'aurais pas dû vous quitter d'une semelle, comme mes fonctions me le commandent, mais je vous avoue que je me sentais encore fatiguée. En vous voyant monter vers vos appartements, j'ai présumé que vous vous retiriez pour la nuit.

— C'est bien ce que j'ai fait, baronne, et vous n'étiez pas en faute. Mais ensuite... j'ai eu un peu mal à la tête et suis ressortie en quête d'un flacon d'eau de lavande.

La pauvre dame d'honneur se mit encore à battre sa coulpe.

— Ah ! J'aurais dû être là ! Je ne me le pardonne pas...

— Nul ne saurait vous blâmer de votre

absence. Ma migraine un peu dissipée, j'ai
pensé que le grand air me ferait du bien — la
soirée était particulièrement tiède et agréable
— et le capitaine Chevelry a eu l'obligeance
de m'escorter pour faire quelques pas dans les
jardins. Je ne vois pas en quoi cela est
répréhensible.

— Moi non plus, certes, mais vous pensez
bien que le margrave en a aussitôt été
informé. Il a si mauvais esprit et aime tant les
intrigues qu'il se fera un plaisir de commen-
ter la chose avec la princesse votre belle-
mère. Et je risque de perdre toutes mes
charges à la cour !

A cette perspective, la baronne pleurnichait
déjà, se tamponnant le nez avec son mouchoir.

— Calmez-vous, l'exhorta Camilla, je ne
manquerai pas de dire à la princesse combien
j'ai été satisfaite de vos services. Je pense
qu'elle m'écoutera plutôt que d'ajouter foi
aux racontars du margrave.

— Ce n'est pas sûr. Vous ne connaissez pas
l'atmosphère cancanière de ces principautés.
A Meldenstein, on ménage d'autant plus le
margrave qu'on le sait jaloux, intrigant et
médisant !

— De là à faire une affaire d'Etat à propos
d'une simple promenade en compagnie d'un
officier que la princesse elle-même a chargé
de m'escorter...

— Votre Grâce ne se rend-elle pas compte
que sa très haute position, sa beauté et aussi

le fait qu'elle est anglaise, font d'elle la cible de toutes les envies, de toutes les jalousies...

— Eh bien, si je suis importante à ce point-là, coupa la jeune fille, je me charge de démêler cet écheveau qu'on cherche à embrouiller à plaisir. Faites immédiatement appeler le capitaine Chevelry !

— Vous n'y songez pas, s'exclama la baronne, effarée. Que je le convoque ici devant tout le monde, pour vous parler en particulier !

La future princesse releva fièrement son menton.

— De deux choses l'une, madame, dit-elle avec autorité : ou je suis une personnalité de haut rang ou je ne le suis pas ! Si je le suis, je donne les ordres qu'il me plaît et quand il me plaît, et le margrave, que je sache, n'a rien à y objecter !

— Mon Dieu ! Réfléchissez un peu, Votre Grâce, avant de braver encore une fois les usages. De plus, il se fait tard...

— Je veux régler cette affaire sur l'heure et empêcher qu'elle ne prenne une ampleur regrettable. Si vous ne faites pas ce que je vous demande, j'aurai recours à un des huissiers.

— Mais ce serait contraire à toute étiquette ! Cela ferait encore plus jaser !

— Que l'on jase ! Je suis anglaise, vous venez de le rappeler, et n'ai pas encore à m'incliner devant les règles de Meldenstein, et, encore moins, celles de Wonsterbalden.

Voulez-vous faire mander le capitaine, oui ou non ?

La vieille dame eut un geste de désarroi et partit en levant les bras au ciel.

Demeurée seule, Camilla se regarda dans le miroir surmontant la cheminée. Elle n'était pas mécontente d'elle-même : elle suivait le conseil amical de la duchesse : on ne lui marcherait pas sur les pieds !

Mais elle avait aussi une raison plus personnelle de se réjouir : le destin lui donnait l'occasion de revoir encore une fois celui qu'elle aimait, oh ! à peine un instant, mais ils pourraient échanger quelques mots. A cette pensée, son cœur se mit à battre plus fort.

En attendant l'arrivée de Hugo, Camilla fit quelques pas de long en large à travers le boudoir, puis un sourire malicieux vint éclairer son visage. Il s'agissait d'agir avec diplomatie ; elle n'était pas pour rien la fille de Mylord Lambourn ! Elle se remémora certaines intrigues de chancelleries que son père, ancien ambassadeur, s'était amusé à raconter devant elle, et comment, avec habileté, il avait su les dénouer. Eh bien, elle en ferait autant ! A cette minute, elle comprit que la petite oie blanche, timide et effacée, qu'elle était quelques mois plus tôt dans les salons de Londres devait cesser immédiatement d'exister. Elle serait désormais une femme de tête, se battrait avec bec et ongles.

Quand Chevelry se présenta dans la pièce, elle avait déjà son plan.

— Quelque chose de grave ? interrogea-t-il avec un air inquiet. Cet entretien privé est contraire au protocole, vous le savez.

— En effet, je le sais, Mme Von Fursten-druck a pris la peine de m'en prévenir. Mais je me moque de ce que tous ces gens peuvent penser ou dire de moi.

Devant l'air étonné du jeune officier, elle poursuivit :

— Nous avons été vus hier soir. Le mar-grave a fait tancer ma pauvre dame d'hon-neur et comme il menace, semble-t-il, de tout répéter en haut lieu, elle craint d'être démise de ses fonctions.

— Ainsi cet intrigant trouve encore moyen de faire des siennes ! Je me reproche de vous avoir entraînée dans cette aventure... qui va vous causer les pires ennuis !...

— Pas le moins du monde ! Vous allez tout de suite demander un entretien à cet homme. Non pas en mon nom, mais au vôtre. Person-nellement, je me moque de ses médisances, mais qu'il cherche à nuire à cette pitoyable baronne, c'est une chose que nous ne pouvons pas admettre.

— Nous ? demanda-t-il, étonné.

Camilla eut un sourire amusé.

— Rassurez-vous, je ne parle pas encore comme les personnes royales ! Non, par nous j'entends vous et moi, qui avons mis Mme Von Furstendruck dans le pétrin.

— Vous n'avez aucune part dans le blâme. C'est moi seul...

— Mettons que j'étais une complice tout à fait consentante.

Comme la veille, leurs regards étaient rivés l'un à l'autre, exprimant une infinie tendresse.

Hugo fut le premier à se ressaisir.

— Que souhaitez-vous que je fasse ? demanda-t-il.

— Vous allez dire au margrave combien vous êtes surpris et mécontent qu'il n'ait pas songé, hier soir, à me faire escorter par une des dames de sa cour. Il savait que la baronne avait été très souffrante et qu'à son âge elle n'était pas en état de me suivre à toute heure dans mes déplacements. C'était à lui de choisir une suppléante pour me chaperonner.

Une lueur d'admiration, un peu éberluée, passa dans les yeux du jeune officier.

— D'autant plus, poursuivit Camilla de plus en plus lancée, qu'il aurait dû penser qu'à la veille de son mariage une jeune fille pouvait se sentir nerveuse, surtout à l'idée d'affronter des cérémonies en grande pompe auxquelles elle n'est pas habituée. Vous vous plaindrez même que, sans votre intervention, on aurait pu me voir errer toute seule dans les jardins !

— Quand avez-vous combiné ce plan astucieux ? questionna Hugo.

— A l'instant. N'oubliez pas d'ajouter que, par égard pour lui, vous pourriez éventuellement renoncer à vous plaindre à Meldenstein

des lacunes de son hospitalité. Ça lui clouera
le bec, je pense.

— Camilla, dit le jeune homme, troublé, je
vous disais déjà hier soir, dans un tout autre
état d'esprit, qu'il n'y avait personne au
monde comme vous. Je vous le répète...

Elle sentit qu'ils allaient succomber à leur
même émotion de la veille, et décida d'y
couper court.

— Ne nous attendrissons pas de nouveau,
mon amour, murmura-t-elle. Quelque chose
me dit que nous nous sommes peut-être trop
hâtés d'accepter l'idée que tout était à jamais
perdu pour nous. C'est absurde, je le sais,
illogique, mais, ce matin, j'ai plus confiance
en notre avenir...

— Confiance... vraiment ?

— J'ai le pressentiment que si le destin a
permis que nous nous retrouvions...

— Ah ! ma bien-aimée, si je pouvais seulement le croire... et garder quelque espoir...

De nouveau, ils faillirent se jeter dans les
bras l'un de l'autre. Cette fois-ci, Camilla
songea qu'elle devait prendre sur elle de
montrer de la fermeté. Une fermeté qui empê-
cherait cet homme de céder à la tentation de
son désir. Avec un soupir, elle se dirigea vers
la porte qu'elle ouvrit.

— Baronne, voulez-vous venir un instant ?

La vieille dame était maintenant comme
domptée et ne sut que bredouiller :

— Votre Grâce, il est si tard... le cortège
vous attend...

— Nous avons, en effet, dix minutes de retard, dit Hugo en recouvrant sa présence d'esprit. Je vais aller m'en excuser auprès du margrave en même temps que je lui ferai part de ce que vous m'avez chargé de lui dire, Lady Camilla. Je vous demanderai de vouloir bien attendre ici toutes deux cinq minutes encore.

— Je l'entends bien ainsi, déclara la jeune fille. En attendant, je vous prie, demandez qu'on nous monte un peu de cet excellent vin du pays. Je présume que cela nous fera le plus grand bien à la baronne et à moi-même avant de nous mettre en route.

Pour la forme, Mme Von Furstendruck protesta en disant qu'elle était incapable de boire du vin de si grand matin, mais quand on apporta la bouteille, elle y fit honneur sans plus de façons. Camilla, entre-temps, l'avait rassurée en lui faisant part du subterfuge qu'elle avait imaginé.

— Finalement, conclut la future princesse, je crois que je ne serai pas aussi terrorisée que je le craignais à la cour où je vais vivre.

— Tout ira pour vous à merveille, renchérit la baronne, tant que vous n'enfreindrez pas les règles en usage.

— C'est peut-être trop me demander, dit Camilla.

Un instant plus tard, Camilla et la baronne apparurent en haut du grand escalier tandis que résonnaient les trompettes du régiment de cavalerie rendant les honneurs.

Les uhlans, tout emplumés, la lance au poing, avaient grande allure dans leurs uniformes à brandebourgs dorés. La future princesse vit que la voiture dans laquelle elle avait voyagé depuis son débarquement était toute décorée de guirlandes et de brassées de fleurs et serait tirée, non par quatre chevaux mais par six. Laquais et cochers étaient, eux aussi, chamarrés et emplumés.

Le protocole prévoyait que, jusqu'à la frontière, le margrave prendrait place dans le carrosse princier auprès de Lady Camilla, avec son aide de camp lui faisant face, en compagnie de la dame d'honneur. Camilla vit Hugo se préparer pour monter à cheval, aperçut aussi Lady Wiltshire qui attendait la future princesse sur le perron parmi les autres dames. Elle fut la seule d'ailleurs à ne pas faire une révérence sur son passage.

La comtesse ne borna pas là son audace. S'approchant de la voyageuse devant qui on déroulait le marchepied de la voiture, elle l'apostropha :

— Si vous aviez tardé davantage, Lady Camilla, on aurait pu insinuer que vous n'étiez guère pressée de rencontrer votre fiancé !

Il y avait tant d'acidité dans la remarque de l'impertinente, son regard était si arrogant et hostile que Camilla se demanda si, avant l'intervention de Chevelry, le margrave

n'avait pas échangé avec cette venimeuse
personne des propos malveillants sur son
compte.

— Je suis désolée, comtesse, répondit-elle
sèchement, si mon retard a pu vous déranger.

A présent que l'invitée d'honneur était là,
les chambellans s'empressaient de diriger les
personnes de la suite vers les autres voitures
mais, semblant ignorer l'appel qu'on lui
adressait, Anastasia s'attardait sur la dernière marche du perron. Soudain, elle s'approcha tout près de Camilla pour lui glisser à
l'oreille :

— Laissez-*le* tranquille, *mademoiselle*
Lambourn, sinon vous pourriez le regretter !

Un instant saisie, déconcertée même,
Camilla se ressaisit vite et, souriante, se
tournant vers le margrave :

— Altesse, lui dit-elle à haute voix de
manière à être entendue de tous, Lady Wiltshire se plaignait à moi d'avoir à continuer
son voyage seule dans sa voiture. Ne voulez-
vous pas donner des instructions pour qu'elle
monte dans un de vos carrosses en compagnie
des autres dames ?

— Mais... certainement, répondit le margrave qui s'empressa de faire le nécessaire.

Anastasia, aussitôt accompagnée par un
chambellan, dut s'éloigner, visiblement
furieuse ; elle fit même un détour pour adresser quelques mots rageurs à Hugo lequel, déjà
à cheval, parut à peine l'entendre.

Sans doute, songea Camilla, les fêtes du

mariage terminées, cette femme réussirait,
avec le temps, à exercer de nouveau son
emprise sur le jeune Chevelry, mais, en attendant, la jeune fille n'était pas mécontente du
tour qu'elle lui avait joué : pendant la dernière étape du voyage, au moins, la Slave
laisserait Hugo en paix !

Elle posa la main sur le bras que lui offrait
le margrave, monta en voiture et répondit
aux ovations de l'assistance par un sourire et
un gracieux salut. Puis, les six superbes chevaux s'ébranlèrent. Chassant toute autre pensée de son esprit, Camilla comprit qu'elle
était, dès ce moment, irrémédiablement
entrée dans sa nouvelle vie, sans aucune
échappatoire possible.

L'équipage menait bon train. La cavalerie
venait en tête, puis le carrosse princier suivi
des voitures d'escorte et enfin les fourgons à
bagages, imposant carrousel d'apparât s'éti-
rant sous le soleil de juin.

Le margrave, fier de parader devant ses
sujets, n'arrêtait pas de parler de tout et de
rien : ses bons rapports de voisinage avec la
principauté et ses gouvernants, son admiration pour l'Angleterre, ses vues politiques
pour l'avenir, etc. Un discours débité d'un ton
si monotone que Camilla vit bientôt, sur la
banquette en face, la baronne lutter contre le
sommeil, quant à l'aide de camp, qui avait
probablement entendu cent fois la même

harangue, il pensait visiblement à autre chose.

Camilla avait cessé, elle aussi, d'y prêter attention et, songeuse, revivait par la pensée les moments enchantés de la nuit précédente, dans le jardin d'hiver, lorsque Hugo et elle s'étaient avoué leur amour. Ah ! pourquoi le sens de l'honneur avait-il empêché l'homme de ses rêves de la prendre dans ses bras ? S'ils avaient connu la griserie d'un baiser échangé, d'un seul ! Quel souvenir pour illuminer le reste de leur vie...

Camilla se laissait bercer par les roulements du carrosse. Il faisait de plus en plus chaud dans la voiture car le margrave, incommodé par la poussière que soulevaient les chevaux des uhlans, avait ordonné à son aide de camp d'en remonter les vitres.

— Nous voici arrivés à la frontière, Votre Grâce, annonça-t-il tandis que l'équipage atteignait les tours médiévales d'un pont franchissant une rivière. Je vais vous remettre officiellement entre les mains du Premier ministre de votre nouvelle patrie.

A l'extrémité du pont, il y avait tout un déploiement de foule. La fiancée princière, en descendant du carrosse, eut l'impression qu'elle connaissait depuis toujours le comte Ludovic Von Helm : il était tel que son père le lui avait décrit. L'homme d'Etat était entouré de notabilités de la cour qu'il présenta à leur future souveraine, non sans s'être lancé auparavant dans un long discours de bienvenue qui, Dieu merci, fut prononcé en anglais.

Camilla exprima ses remerciements, embrassa une petite fille qui était venue lui présenter un bouquet puis, sortant de la tente où elle avait été accueillie, se dirigea, au bras du Premier ministre, vers l'hôtel de ville de la localité, où devait avoir lieu le banquet officiel. La foule qui se pressait tout au long du parcours ne lui ménagea pas ses ovations, ce qui l'émut beaucoup.

Avant le repas, la future princesse de Meldenstein fut conduite dans une pièce privée qui lui avait été réservée, et où, pour la première fois de la journée, elle se retrouva seule avec la baronne Von Furstendruck.

— Ah ! Votre Altesse, s'écria celle-ci en lui baisant la main, car sur votre territoire vous avez déjà droit à ce titre, je ne vous remercierai jamais assez de ce que vous avez fait pour moi.

— Je suis heureuse d'avoir pu dissiper vos appréhensions, lui répondit Camilla. J'aurais été navrée que mon règne à Meldenstein commence, à cause d'une vétille, par la disgrâce de la première amie que je me suis faite dans ce pays.

— Suis-je vraiment une amie pour vous, Altesse ? demanda la dame d'honneur visiblement émue.

— Assurément, chère Baronne. Laissez-moi vous remercier à mon tour de toutes les attentions que vous m'avez marquées jusqu'ici, et dites-vous bien que je vous considérerai désormais comme mon meilleur appui.

Sur ces mots, elle embrassa tendrement la vieille dame tremblante d'émotion, puis elles passèrent dans la pièce voisine où, dans une agitation de mousselines, les dames de l'escorte se préparaient pour le déjeuner. Dans cette atmosphère surchauffée de volière, Camilla aperçut la comtesse de Wiltshire occupée à se contempler dans une glace en consolidant l'édifice de sa coiffure. Craignant qu'Anastasia, en l'apercevant, ne se lance dans une nouvelle algarade, Camilla se dirigea directement vers la salle de banquet, tandis que la baronne priait ces dames de se presser afin de combler le retard qui avait été pris.

— A qui la faute ? entendit-elle clamer dans son dos.

Mais Camilla se garda bien de se retourner, ne sachant que trop d'où venait la critique. Elle était pressée de revoir, au surplus, — ne serait-ce que de loin, — l'homme qui était devenu le maître de son cœur.

Ainsi qu'elle s'y attendait, elle aperçut Chevelry dans l'antichambre, debout, prenant une boisson en compagnie des autres gentilshommes. Elle fut frappée une fois de plus par son allure et sa prestance. Dans n'importe quelle assemblée masculine, Hugo ne pouvait qu'être remarqué. Ici, au milieu de tous ces Allemands un peu lourds et trapus, sa beauté

mâle et élancée n'en était que plus saisis-
sante.

On ne tarda pas à prendre place pour le
déjeuner que présidait la fiancée princière
avec, à son côté, le Premier ministre, qui,
aussitôt, porta un toast à sa santé.

En trempant les lèvres dans sa coupe, la
jeune fille se dit que la journée allait sûrement être fastidieuse jusqu'à son arrivée au
palais, car elle vit Von Helm consultant fébri-
lement des notes. Elle comprit qu'il allait de
nouveau prononcer un discours.

Elle ne se trompait point. Ce discours-ci fut
suivi de plusieurs autres ; et comme, cette
fois, on s'exprimait en allemand, Camilla ne
put s'empêcher de trouver le temps long,
surtout après le repas interminable où on
avait présenté un grand nombre de plats,
inconnus d'elle pour la plupart et qu'elle
jugea peu digestibles.

Enfin les agapes s'achevèrent. Se retirant
une nouvelle fois avec sa dame d'honneur, on
rappela à Camilla qu'à présent elle devait se
parer de son diadème et de ses bijoux. Elle
s'exécuta et, en réapparaissant, eut la plus
agréable des surprises : l'ordre du cortège
avait été modifié ; elle allait faire son entrée
dans la capitale en voiture découverte, —
toute fleurie comme il se doit —, avec à ses
côtés le Premier ministre, la baronne et... son
chevalier d'honneur !

Tout au long du parcours, et bien que toute
conversation leur fut interdite, la jeune fille

se sentit le cœur rempli de joie par la présence de son bien-aimé. Elle échangeait des remarques pleines d'esprit et de gaieté avec le Premier ministre et trouvait même plaisir à répondre aux vivats des populations, consciente qu'en face d'elle Hugo la couvait d'un regard admiratif.

Le jeune officier gardait une attitude pleine de réserve mais, rien qu'à le sentir là, Camilla trouvait merveilleux le paysage qui défilait sous ses yeux.

Meldenstein, assurément, était une jolie contrée, verte et boisée, peu habitée, semblait-il, car les ravissants chalets de caractère tyrolien, aux fenêtres garnies de fleurs, étaient assez clairsemés. En tout cas, la végétation en était autrement plus riante que celle du plat pays qu'elle avait parcouru depuis Anvers.

Von Helm se taisait, estimant sans doute qu'avec ses harangues et son monologue de la matinée, il en avait assez fait comme cela ; la baronne digérait le plantureux déjeuner dans un silence qui annonçait une proche torpeur. Alors Camilla en profitait pour échanger avec Hugo des regards significatifs qui les rapprochaient plus encore l'un de l'autre.

Les populations, des deux côtés de la route, devenaient de plus en plus denses. Bientôt des édifices indiquèrent aux voyageurs qu'ils pénétraient dans la capitale.

Celle-ci était toute pavoisée de drapeaux et de fleurs ; de place en place, des arcs de

triomphe avaient été dressés portant dans un
écusson les initiales entrelacées des fiancés.
La plupart des femmes, au premier rang de la
foule, arboraient leurs costumes nationaux.
Camilla admira au passage leurs larges jupes
aux volants bariolés, leurs corselets de
velours lacés sur des blouses d'organdi aux
manches bouffantes, et surtout leurs coiffes
de dentelle, très élaborées, avec des fleurs
piquées dans le haut. De coquets tabliers, en
dentelle également, complétaient leur pittoresque habillement.

Les vivats de la foule devenaient de plus en
plus bruyants. La jeune fillle commençait à
avoir mal au bras à force de saluer lorsque le
ministre, se penchant vers elle, lui annonça :

— Nous arrivons au palais princier.

Un imposant édifice de style baroque avec,
en façade, une colonnade de marbre rose se
dressait devant eux. Après avoir passé des
grilles à la ferronnerie délicatement ouvra-
gée, la voiture parcourut une longue allée où
s'alignaient des statues ; plus en retrait, des
fontaines faisaient jaillir des panaches d'eau
qui semblaient monter jusqu'au ciel.

Au centre des colonnes, on aperçut bientôt
l'entrée principale du palais, un portail surmonté des armoiries princières auquel on
accédait par un escalier d'une douzaine de
marches couvertes d'un tapis rouge. De part
et d'autre, une nombreuse assemblée se pressait : les uniformes d'apparat, les toilettes
officielles, les bijoux, les plaques des décora-

tions, ainsi que les épées brandies par la garde d'honneur, tout cela miroitant au soleil, se reflétait également dans l'enfilade des fenêtres aux parois vitrées. Toute la cour de Meldenstein se trouvait réunie pour accueillir sa future souveraine.

Celle-ci, pendant quelques instants, se sentit submergée par ce déploiement de faste. Les immenses poteaux dorés, qui se dressaient partout surmontés de drapeaux aux couleurs de l'Angleterre mêlés à ceux de la principauté et reliés entre eux par plusieurs rangs de guirlandes, avaient quelque chose d'oppressant ; Camilla se sentait intimidée par tant de grandeur au point de perdre toute son assurance. Mais un regard échangé avec Hugo lui rendit sa maîtrise. Ne lui avait-il pas dit qu'il la jugeait de taille à se montrer à la hauteur en toutes circonstances ? C'était le moment de lui prouver qu'il ne l'avait pas surestimée !

Pour répondre à son sourire d'encouragement, elle se pencha vers lui et, sans se soucier de ce qu'en penserait le Premier ministre, lui prit la main en lui déclarant :

— Je tiens à vous remercier, capitaine Chevelry, de la manière parfaite dont vous avez organisé mon voyage jusqu'ici. Je vous suis très reconnaissante, ainsi qu'à vous, baronne, des attentions que vous avez eues pour moi.

— Ce fut un privilège pour moi, madame,

d'être aux ordres de Votre Grâce, répondit le
jeune homme du même ton protocolaire.

Elle aurait donné tout au monde pour
pouvoir, à cet instant, se jeter dans ses bras en
le suppliant de ne plus jamais la quitter. Mais
les chevaux arrivaient au bout de leur course
et s'immobilisaient devant le perron.

Camilla sentit ses lèvres devenir sèches
d'angoisse. « C'est maintenant, songea-t-elle,
que je vais *le* voir pour la première fois, que je
vais voir l'homme qui sera mon époux et,
désormais, partagera ma vie. »

Comme s'il devinait ses pensées, Hugo
pressa fortement de ses doigts la petite main
qui achevait de serrer la sienne.

On ouvrit la portière du landau, on déploya
le marchepied. Le capitaine descendit le premier, se mettant au garde-à-vous. Un laquais
retira prestement la couverture que la voyageuse avait laissé glisser de ses genoux. Elle
mit pied à terre, et avançant sur le tapis
rouge, commença à gravir les marches.

La jeune fille se rendait compte que des
centaines d'yeux étaient fixés sur elle ; elle
baissa les siens, de crainte que sa timidité ne
la fasse trébucher sur un des degrés de ce long
escalier.

Parvenue en haut, elle osa enfin relever la
tête. Une dame altière aux cheveux gris surmontés d'une couronne, dans un élan, lui
tendait les bras. Camilla reconnut d'instinct
son adorable marraine qu'elle n'avait pas
revue depuis sa petite enfance mais qui

l'avait toujours tant gâtée. Comme elle s'inclinait devant elle en une profonde révérence, la princesse Elaine s'empressa de la relever et, l'embrassant chaleureusement sur les deux joues, proclama bien haut :

— Soyez la bienvenue à Meldenstein, vous qui allez devenir ma très chère belle-fille. Je suis heureuse d'accueillir l'enfant de mes grands amis Lord et Lady Lambourn, pour lesquels j'ai toujours nourri la plus grande affection.

Camilla, d'une voix que l'émotion enrouait, eut à peine le temps d'esquisser une phrase de remerciement, la princesse, la saisissant par le bras, lui fit monter une nouvelle marche en lui disant :

— Et maintenant, ma chère petite, voici mon fils, votre futur époux, le prince Hedwig de Meldenstein.

Tremblante d'émoi, la jeune fille éleva son regard jusqu'au personnage qui se tenait debout à proximité, entouré des plus hauts dignitaires de l'Etat.

Elle ne vit d'abord qu'un uniforme blanc et or constellé de décorations, puis un visage. Elle eut un sursaut et craignit une seconde, que l'entourage du prince se fût aperçu de sa réaction, si légère qu'elle ait été.

Le prince Hedwig ne correspondait pas du tout à ce qu'elle avait pu imaginer. Il paraissait non seulement plus âgé que sa proche quarantaine, mais il donnait aussi l'impression d'être malade, gravement malade.

CHAPITRE XI

Dans la salle du trône, les gens continuaient à défiler et Camilla avait le sentiment que ce cérémonial de présentations ne s'arrêterait jamais. Tandis que la voix de stentor du chambellan de service clamait les noms aux consonances tudesques, elle s'identifiait de plus en plus à un automate tendant la main, saluant, souriant, et répondant par la même phrase de remerciement aux mêmes congratulations.

— Comte et comtesse de Mauberding... Prince et princesse de Kahrsewitz... Baron et baronne Von Lüchzemberg...

Les titres et les patronymes se succédaient dans la tête de la jeune fille en même temps que l'image fugace des gros, des maigres, des jeunes, des vieux, des petits et des grands qui passaient devant ses yeux avec un trait caractéristique commun : le regard inquisiteur avec lequel on examine une bête curieuse dans un jardin zoologique !

Les premières dix minutes avaient suffi à la fiancée princière pour s'habituer aux militai-

res claquements de talons des hommes et aux
révérences plongeantes des dames; elle
n'avait même plus envie de se moquer intérieurement des postures ridicules de certaines — les plus vieilles et les plus corpulen-
tes —, qui n'avaient point, pour exécuter ces
génuflexions, toute la grâce requise.

Le rythme du défilé se ralentit soudain un
peu. Camilla en comprit la cause en voyant
un très vieux monsieur qui marchait difficilement en s'appuyant sur deux cannes. Elle en
profita pour murmurer au prince Hedwig figé
à son côté :

— Y a-t-il encore beaucoup d'invités ? Je
commence à avoir mal à la main. Pas vous ?

Le regard que lui lança son futur mari lui
parut dépourvu d'aménité tandis que, d'un
ton glacial, il lui répondait :

— Le « shake-hand » est une coutume
anglaise que j'ai toujours jugée détestable.
Avoir à toucher quelqu'un qui ne vous est rien
a quelque chose de répugnant !

La remarque était si discourtoise que
Camilla, stupéfaite, voulut répondre à son
fiancé sur le même ton. Elle n'eut point le
temps, car le flot des arrivants se poursuivait.

— Le duc et la duchesse de Bigdenstein...
Le comte Psaroff...

Quand les présentations furent terminées,
la princesse Elaine prit par le bras sa future
belle-fille afin de faire avec elle le tour des
salons, s'arrêtant devant les hôtes de marque
préalablement sélectionnés pour leur adres-

ser une phrase de bienvenue dont la longueur était proportionnée à l'importance de leur rang.

Le prince les suivait, ne faisant, en revanche, pas le moindre frais de politesse à qui que ce soit. Camilla se demanda si c'était là son comportement habituel, ou bien s'il était particulièrement mal disposé ce jour-là. En ce cas, sa mauvaise humeur ne pouvait être causée que par un sentiment d'antipathie à l'égard de sa future épouse.

Camilla se répétait que, normalement, ç'eût été à Hedwig plutôt qu'à sa mère de lui prendre la main pour la guider vers les uns et les autres. Mais il devenait de plus en plus évident que, dans cette famille, la princesse Elaine devait et avait toujours tenu le rôle dominant. En ses lourds atours d'apparat qui ne semblaient aucunement la gêner, elle évoluait avec une grâce souriante conservée et entretenue sans doute depuis sa jeunesse. Et Camilla, qui était appelée à lui succéder, ne put s'empêcher de penser que, dans trente ans, elle-même serait à son tour figée dans le même emploi. Cette pensée l'accabla.

Le trio princier abordait à présent une longue galerie où plus de personnes encore se pressaient. Mais là, l'ancienne régente atténua son sourire affable et passa plus vite devant elles en murmurant à Camilla :

— Ce ne sont que des gens du peuple. Inutile de s'arrêter ni de parler à qui que ce soit...

A les regarder, Camilla pensa que la plupart de ces invités de seconde catégorie paraissaient plus intéressants et plus vivants que les personnages un peu momifiés avec lesquels ils s'étaient entretenus jusqu'alors, mais elle se garda bien d'en faire la remarque. Lorsque les lourdes doubles portes des salons de réception furent refermées derrière la famille princière, celle-ci ne fut plus entourée que par les personnes de son service d'honneur, lesquelles demeurèrent près de l'entrée, à distance respectueuse.

— A présent que la cérémonie est terminée, dit la princesse en se tournant vers son fils, je vous propose, Hedwig, de nous retirer tous trois dans mon salon intime où votre fiancée, en vraie Anglaise, appréciera, j'en suis sûre, une bonne tasse de thé.

— Je regrette, ma mère, mais je ne pourrai m'attarder davantage en votre compagnie, rétorqua le prince d'une voix blanche qui donnait l'impression déplaisante qu'il ne faisait plus tout à fait partie du monde des vivants.

Sa mère parut contrariée.

— C'était pourtant ce dont nous étions convenus, dit-elle d'un ton où l'on décelait une insistance agacée.

— Tous mes regrets, cela m'est impossible. Mais je vais vous mener jusque-là.

Se mordant les lèvres, la Princesse mère .prit les devants, visiblement contrariée. Un laquais ouvrit toutes grandes les portes d'une sorte de boudoir dont les fenêtres donnaient sur les jardins et dont les proportions semblaient démentir le caractère d'intimité qu'on lui avait attribué.

— C'est mon petit recoin favori, insista encore la douairière, où j'ai plaisir à entasser le trésor de mes souvenirs.

La pièce, en effet, était surchargée de bibelots, de miniatures, de portraits garnissant de nombreux guéridons et vitrines, même le dessus de piano et les rayons des bibliothèques.

Une table était dressée devant la cheminée sur laquelle reluisait un service d'argenterie typiquement anglais. Le samovar, le minuscule pot à lait, la boîte de thé en cristal et les scones tenus au chaud sous leur couvercle de dentelle donnèrent à Camilla la nostalgie de son home, au temps de la splendeur des Lambourn.

Décidément, toute souveraine germanique qu'elle fût devenue, une Anglaise, constata la jeune fille, restait toujours une Anglaise dans ses goûts et ses affections ; et cette constatation, la rapprocha de celle qui avait été sa marraine mais dont la morgue et les idées rigoristes, affichées un moment plus tôt, lui avaient déplu.

— Je trouve ce salon tout à fait charmant, dit-elle, remerciée par un sourire ravi.

— Allons, Hedwig, n'allez-vous point changer d'idée ? enchaîna la princesse. Restez avec nous, ne serait-ce qu'un moment...

— Je vous ai déjà dit, ma mère, que j'avais des affaires importantes qui m'appelaient.

— J'aurais aimé que vous bavardiez un peu avec votre future femme...

— Je la verrai demain, dit le fiancé sur un ton d'indifférence, en s'adressant à sa mère comme si celle dont il parlait n'avait pas été là.

Camilla l'observa avec curiosité : cet homme paraissait plus que son âge, c'était certain, mais il avait dû être beau vers ses vingt ans, de cette beauté germanique qu'on retrouvait dans les portraits d'ancêtres accrochés aux murs. Hedwig de Meldenstein avait assurément leur blondeur, tournant à présent sur le gris, leur forme de tête carrée, et aussi la froideur de leur regard d'acier.

Mais bizarrement, ce regard — ou était-ce simplement les pupilles ? — était en même temps très noir : l'iris devait en être exagérément dilaté, songea-t-elle, mais c'était une impression difficile à contrôler car, sous ses sourcils blonds, le prince, tout en parlant à sa mère, gardait les paupières à demi baissées, comme si la lumière le blessait.

Mais c'était surtout la teinte de sa peau qui attirait le regard ; elle était blême au point de ressembler à un vieux parchemin jauni. Camilla se demanda si cet homme n'avait pas contracté, au cours de ses voyages en Orient, quelque fièvre maléfique qui, altérant son teint, avait ainsi vieilli le prince avant l'âge.

Elle ne voulut pas trop sembler l'examiner

et se mit à retirer ses gants tandis que, claquant les talons, Hedwig prenait congé de sa mère et d'elle.

— Nous nous reverrons demain, dit-il en s'inclinant en un cérémonieux baisemain.

La jeune fille trouva si froid le contact de ses doigts qu'elle eut du mal à retenir un frisson : elle avait eu la sensation de toucher un cadavre !

Une fois que, de son pas raide, il eut quitté la pièce, Camilla se tourna vers la princesse mais, sans lui laisser le temps de placer un mot, celle-ci lui dit sur un ton qu'elle s'efforçait à rendre réconfortant :

— Allons, ma chère petite, venez vous asseoir à côté de moi. Il faut excuser Hedwig, mais il est vraiment surmené en ce moment. Il a eu beaucoup de soucis de gouvernement, sans parler de tous les préparatifs afférents à votre mariage...

Camilla prit une grande aspiration pour se donner du courage, puis...

— Pardonnez-moi une question, Altesse, dit-elle, mais êtes-vous sûre que votre fils ait réellement envie de m'épouser ?

La vieille souveraine entoura sa filleule de son bras et l'obligea à prendre place à côté.

— Mon enfant, je ne sais que trop ce que vous devez penser, plaida-t-elle, et moi-même suis souvent près de perdre patience avec Hedwig. Mais il est si timide ! Il éprouve les plus grandes difficultés à s'exprimer en public. Dans l'intimité, vous verrez, c'est une tout autre personne.

— En ce cas, je pense que nous aurons tout de même une conversation un peu intime avant demain... Comment pourrions-nous envisager d'être mariés l'un à l'autre sans même avoir échangé un mot d'entretien ?

— C'est très bien ainsi, croyez-moi ! Cet usage des cours a du bon et moi-même, arrivant d'Angleterre comme vous, je n'ai rencontré mon mari que devant l'autel. Nous n'en avons pas moins formé le plus heureux des ménages.

— C'est bien, mais... en ce qui concerne ce mariage-ci, insista Camilla, Votre Altesse est-elle bien certaine que son fils le souhaite ?

La princesse parut s'absorber dans la préparation du thé, soupesant chaque pincée qu'elle mettait dans la petite cuiller avant de verser l'eau bouillante.

— Mon fils, déclara-t-elle enfin, m'a affirmé expressément non seulement son ardent désir de se marier, mais tout particulièrement celui de se marier avec vous.

Refermant d'un claquement sec le couvercle de la boîte à thé, elle ajouta :

— Vous pensez bien qu'un grand choix de partis possibles s'offrait à lui, mais dès qu'il a entendu parler de votre charme et de votre beauté, il n'a songé qu'à vous.

— Mais qui peut donc lui avoir parlé de moi ? s'étonna la jeune fille.

— Je vois, répondit l'autre avec jovialité,

que vous êtes à la fois intelligente et directe, ce qui, n'en doutez pas, vous fera tout de suite aimer de vos sujets... Comment prendrez-vous votre thé ? Avec du lait ou une rondelle de citron ?

— Du citron, s'il vous plaît, répondit Camilla, décidée à ne pas se laisser détourner du sujet important qu'elle avait abordé. Mais Votre Altesse ne m'a toujours pas donné le nom de la personne qui vous a si favorablement informée à mon sujet.

La princesse comprit que son cérémonial du thé ne lui fournirait pas une nouvelle échappatoire et prit le parti d'en rire.

— Votre insistance sera récompensée, lâcha-t-elle enfin. Sachez que j'ai beaucoup de parents et d'amis en Angleterre et qu'en plus, après Waterloo, nous avons vu refluer ici un grand nombre d'officiers supérieurs de l'armée britannique. Tous étaient unanimes à dire que vous étiez la plus ravissante jeune fille du Royaume-Uni. Et je constate à présent qu'ils ont dit la vérité.

Camilla remua le sucre dans sa tasse de thé : son interlocutrice parlait de « vérité », mais elle mentait de façon flagrante : aucun officier anglais ne connaissait la fille de Lord Lambourn ni n'aurait pu parler d'elle. Mais il était difficile d'infliger un démenti à une Altesse Sérénissime !

Comme si elle avait deviné ces pensées, cette dernière, pour noyer le poisson, se mit à parler de ce qui pouvait concerner la principauté et énuméra le programme des festivités qui devaient se dérouler le lendemain.

— Après la cérémonie religieuse à la cathédrale, nous aurons le lunch où sont conviés deux cents invités, — uniquement la famille et les représentants des dynasties régnantes des Etats voisins. Après, Hedwig et vous parcourrez les principales avenues de la capitale en carrosse découvert. Je ne vous dirai rien des surprises que les échevins vous ont préparées à chacun des arrêts, mais vous verrez, ma chère petite, vous serez touchée par les marques d'affection que vous donnera notre peuple. Il se réjouit grandement de ce mariage et vous partagerez très vite la popularité traditionnelle de tous les princes régnants de Meldenstein !

In-petto, Camilla songea qu'avec son aspect cassant et sa façon d'être, la popularité du prince lui paraissait fort restreinte, mais une fois encore se garda bien d'exprimer sa pensée.

Sa future belle-mère s'interrompit de boire son thé pour lui montrer quelques-uns des « trésors » qui l'entouraient : une miniature de Hedwig enfant, une mèche de ses cheveux conservée dans un médaillon, puis des portraits du prince adolescent. Sur tous, celui-ci paraissait non seulement beau mais plein de charme ; cependant il était difficile de reconnaître dans ces images de sa jeunesse le visage blafard et fermé avec lequel il avait accueilli sa fiancée de façon si glaciale.

Camilla en était encore frappée au point qu'elle se demandait si elle n'aurait pas le courage de suggérer à la princesse Elaine de retarder la date du mariage pour que les époux fassent plus ample connaissance ; mais celle-ci brusquement se leva.

— Ma chère enfant, dit-elle, je pense que vous devez être fatiguée après cette harassante journée. Celle de demain sera plus exténuante encore et je crois qu'il serait bon que vous vous reposiez un peu jusqu'au dîner. Il aura lieu à sept heures et demie. Ce sera un repas intime avec seulement nos parents les plus proches. Mon fils n'y assistera pas car, selon la tradition, il doit enterrer, avec les autres officiers de son régiment, sa vie de garçon. On va vous conduire à vos appartements.

L'ancienne régente agita une sonnette d'argent et une dame du palais parut presque aussitôt, précédée de deux laquais.

— Comtesse Treitzen, veuillez faire escorter Sa Grâce jusqu'à la chambre nuptiale, s'il vous plaît.

— Aux ordres de Votre Altesse Sérénissime.

La Comtesse fit une révérence jusqu'à terre et Camilla se dit que, ses noces n'étant pas encore célébrées, il sierait qu'elle en fît autant, mais la princesse la releva aussitôt et, posant un baiser sur son front :

— Ma chère enfant, déclara-t-elle, j'ai la certitude que vous connaîtrez avec mon fils le

plus parfait bonheur. Je vais prier pour qu'il
en soit ainsi.

Et, après un gracieux geste de la main, elle
s'éloigna vers son oratoire.

Camilla avait été conduite en une sorte de
procession jusqu'à l'aile du château qui,
désormais, allait être la sienne, les deux
laquais ouvrant la marche, flambeaux à la
main et la comtesse Treitzen l'escortant, elle-
même suivie de deux autres dames. Son
appartement comprenait une immense chambre à coucher, un vaste salon, un boudoir plus
intime, une pièce oblongue toute en armoires
destinées à contenir sa garde-robe et une
luxueuse salle de bains aux parois de marbre.
Il avait le même caractère somptueux que le
reste du palais. L'alcôve où se dressait un
grand lit était surmontée d'un fronton fait de
cupidons enlacés tout dorés sur tranche,
motif qu'on retrouvait aussi sur les courtines,
au pied des énormes torchères, et jusque sur
les superbes consoles décorant chacun des
panneaux. Tout le reste du mobilier était
également doré et se détachait sur le fond
entièrement tendu de faille moirée couleur
bois de rose, avec les rideaux assortis.

L'ensemble, du plus pur style xviiie, évoquait délicieusement le cadre amoureux de ce
siècle galant ; mais en songeant à l'homme
qui était appelé à l'y rejoindre dans quelques
heures à peine, la future mariée voyait s'en
évanouir le charme.

Dames d'honneur et laquais s'étant retirés, l'humeur de Camilla s'éclaira à la vue d'une Rose tout affairée émergeant du cabinet de toilette où elle achevait de ranger le trousseau nuptial.

— Oh! Votre Grâce, tout ceci est tellement somptueux! babilla la soubrette. Vous avez vu? Il y a même une salle de bains entourée de miroirs et une baignoire encastrée! C'est autre chose que les baquets qu'on devait sans cesse coltiner à Lambourn House!

— En effet, tout cela est très joli, Rose, et je pense que vous allez être heureuse d'être entourée de cette atmosphère de faste.

— Oh! oui, Milady...

Mais l'acquiescement de la camériste, était mitigé dans le ton. Sa maîtresse se demanda si la perspective d'être bientôt séparée de son cher Master Harpen n'assombrissait l'enthousiasme de Rose.

Mais le souci de celle-ci avait une autre cause.

— Milady, lui dit-elle un instant plus tard, en dégrafant la lourde robe de brocart, vous ne devinerez jamais ce que j'ai vu dans les couloirs où circulent les domestiques!

— Je ne vois pas... Qu'avez-vous donc vu?

— Je vous le donne en mille, Votre Grâce... Eh bien, deux Chinois!, lança-t-elle après une pause pour mieux ménager son effet.

— Deux... Chinois?

— Oui, oui, oui... Avouez que c'est bizarre!

De vrais Chinois avec des vestes en soie noire
et une natte dans le dos !

Camilla se refusa à épiloguer davantage sur
le fait. Une fois dévêtue, elle s'étendit sur une
chaise longue pour jouir d'un court repos
assurément bien gagné.

Vers sept heures, comme elles en étaient
convenues, Rose vint la réveiller. Pour assister au dîner intime, Camilla choisit une robe
indienne toute simple aux teintes jaune
paille mêlées de lilas, qu'accompagnait une
mentonnière de tulle de même couleur, retenue sur la nuque dans les boucles du chignon
et retombant derrière en deux doubles pans
dont l'un se raccrochait gracieusement à la
taille.

La princesse ne l'avait pas induite en
erreur : seule la famille la plus proche y
assistait. Huit personnes en tout, très âgées.
Camilla se demanda comment elles pourraient, le lendemain, rester debout, immobi-
les, pendant les longues heures que dure-
raient les cérémonies. Tantes, oncles et cou-
sins Meldenstein mangeaient avec une lenteur désespérante et, entre chaque bouchée,
lançaient avec des voix stridentes des apho-
rismes sentencieux que Camilla ne comprenait pas le moindre mot puisque prononcés
en allemand.

Chaque fois que le propos lui paraissait le
mériter, la princesse se penchait vers sa
future belle-fille pour le lui traduire, mais il
était visible que toute cette parentèle germa-

nique l'ennuyait également. Elle ne se gênait pas pour leur couper la parole et pour se lancer dans des apartés avec la fiancée de son fils, lui vantant les charmes de la principauté ou les hauts faits d'armes de feu son époux.

Un vieil oncle, toutefois, parlait un peu l'anglais et, avec des grâces surannées, se mit à accabler sa jeune voisine de madrigaux pleins de galanterie mais aussi de sous-entendus.

— Je gage que Votre Grâce, lui lança-t-il vers le dessert, souhaiterait déjà être plus vieille d'un jour... et se trouver en tête à tête avec son séduisant époux...

Camilla rougit, se demandant si le personnage était complètement sénile ou s'il cherchait à faire de l'ironie. Elle préféra répondre à côté de la question.

— Mon fiancé enterre ce soir sa vie de garçon. C'est aussi un usage courant en Angleterre, et je n'ai pas à regretter son absence.

— Ah ? Je vois que Votre Grâce est mal informée, répliqua son voisin d'un air malicieux. Ce cher Hedwig, au grand regret de tous, a décliné l'invitation de son régiment en alléguant que ces vieilles traditions n'étaient plus de mise.

La voix pointue de l'Altesse cacochyme avait atteint les oreilles de la princesse Elaine qui, franchement contrariée, trancha d'un ton acide :

— Mon cher Rupert, mon fils est certainement d'âge à savoir comment régler l'emploi de son temps en toutes circonstances.

Peine perdue ! L'autre s'obstinait à ergoter :

— Qu'Hedwig traite par-dessus la jambe ce traditionnel banquet de célibataires, soit ! Mais je regrette qu'alors il nous prive tous, et surtout sa charmante fiancée, de sa présence ici !

La princesse se leva de table non sans marquer sa nervosité.

— Si vous le voulez bien, nous allons passer au salon de musique, dit-elle. Ma chère Camilla, si vous souhaitez vous retirer, je le comprendrai parfaitement.

— Nous le comprenons tous ! s'exclama le vieil oncle, égrillard. Il faut absolument que notre jolie mariée soit en forme pour... ce qui l'attend demain !

La jeune fille prit congé avec un sourire reconnaissant à l'adresse de sa future belle-mère et s'éloigna en poussant un soupir de soulagement.

Une fois dans son appartement, Camilla avait retrouvé sa cameriste qui l'attendait pour la déshabiller, mais l'avait priée de revenir une demi-heure plus tard, car elle avait l'intention, avant de se mettre au lit, d'écrire une longue lettre à sa mère.

— Je n'en aurai certainement plus le temps demain ni les jours suivants, soupira-t-elle.

— Assurément. Votre Grâce trouvera tout
ce qu'il faut pour écrire dans ce secrétaire.
— Merci.

Comme la soubrette refermait la porte, sa
maîtresse la rappela.

— Dites-moi, Rose... n'avez-vous pas revu
ces deux Chinois que vous aviez rencontrés ?

— Non, Milady, répondit l'autre avec une
rapidité un peu fébrile. Je pense que j'ai dû
me tromper... le couloir était si obscur !

Quelque chose dans le son de sa voix, dans
la façon brusque dont elle se détourna,
comme pour dissimuler son visage, donna à
penser à la jeune fille que Rose devait mentir.

Et puis, à quoi bon tenter d'élucider la
question ? Dans cet immense palais aux nombreux domestiques, y avait-il lieu de s'éton-
ner d'y voir, entre autres, deux serviteurs
chinois ramenés, sans doute, par le prince de
ses lointains voyages ?

Le plus inquiétant, songea-t-elle, n'était-ce
pas plutôt les étranges prémices de son existence future : un cérémonial pénible et astrei-
gnant de tous les instants, une famille de
vieillards ennuyeux et malveillants et surtout, pour couronner l'ensemble, un époux
glacial et à peine courtois ! Camilla frisson-
nait rien qu'au souvenir de son visage blême
aux yeux éteints, du contact de ses doigts
moites sur les siens, et de son ton hostile pour
lui adresser la parole.

« Il a dû avoir une grave maladie, se dit-
elle, mais pourquoi sa mère n'a-t-elle pas

l'honnêteté de l'avouer ? Elle doit me considérer comme une petite oie naïve si elle s'imagine me duper en prétendant qu'il est adoré
de son peuple et que seule la timidité l'empêche de se montrer sous son vrai jour. »

Non, Camilla se refusait à croire à ce soi-
disant Prince Charmant que la vieille dame
s'était évertuée à lui dépeindre. Mais à quoi la
menait cette lucidité ? Son destin n'en était
pas moins inéluctable, elle ne pouvait s'y
dérober et n'avait personne vers qui se tourner ! Elle commença à tracer les premières
lignes de sa lettre pour sa mère en sachant
qu'elle devait se garder, par-dessus tout,
d'alarmer ses parents.

Il n'y avait au monde qu'un être, un seul,
auquel elle aurait désiré se raccrocher :
Hugo, son bien-aimé, son cher amour... un
amour, hélas ! qu'elle était obligée d'enfouir à
jamais dans le fond de son cœur ! Rien que de
penser à lui était dangereux. Toute la journée,
elle s'était efforcée de rejeter de son esprit le
trop troublant souvenir des moments ineffa-
bles connus ensemble, des mots tendres
échangés... Cette velléité n'avait servi à rien :
Hugo Chevelry était toujours là, présent dans
son âme, et chaque souffle d'air qu'elle aspi-
rait la ramenait vers lui...

« Ah ! si j'avais pu écrire à mon beau
capitaine ! » soupira-t-elle devant sa feuille
blanche. Les phrases les plus passionnées
s'inscrivaient devant ses yeux... « Mon cher

cœur, comment vais-je faire pour vivre sans vous ? »

A la place, elle traça lentement : « Ma chère maman... » et se mit à raconter, avec une conventionnelle banalité, la fin de son voyage et les festivités qui avaient salué son arrivée.

Soudain, il lui sembla qu'on avait heurté discrètement à sa porte. Camilla sentit son cœur bondir dans sa poitrine. Ce grattement léger... Etait-il possible que, contre toute vraisemblance, l'objet de son amour soit accouru à son appel muet ? Etait-il croyable qu'il ait pu échapper à toute surveillance pour venir la retrouver ?

On frappa un peu plus fort, et Camilla se força à prendre un ton indifférent pour répondre :

— Entrez !

Le battant s'entrouvrit à peine. Une ombre se glissa dans la pièce. Celle-ci se trouvait presque dans l'obscurité, Rose ayant soufflé les candélabres en se retirant. Seul le bougeoir posé près de l'écritoire éclairait faiblement. Assise devant son secrétaire, la jeune fille crut être la proie d'une hallucination. L'ombre qui s'avançait se révéla celle d'une vieille femme courbée, toute menue, et trottinant au milieu des plis d'une robe brodée qui dissimulait mal sa maigreur de spectre. La visiteuse était une Chinoise, et sa coiffure étagée en hauteur, où brillaient de grands peignes de nacre, indiquait selon toute probabilité une personne de haut rang.

Un court instant, la fiancée princière se demanda s'il ne s'agissait pas d'une personnalité étrangère invitée aux cérémonies du lendemain qui se serait trompée de chambre, mais le comportement de la vieille asiatique démentait une telle hypothèse. L'intruse s'était campée devant elle et la dévisageait de la tête aux pieds avec une absence totale d'expression. Il n'en émanait pas moins de sa personne quelque chose d'à la fois insolent et maléfique.

— Vous désirez me voir ? balbutia enfin Camilla en parvenant à dompter sa frayeur.

Les yeux bridés atténuèrent leur acuité inquisitrice et une petite voix chantante aux consonances nasillardes se fit entendre.

— Son Altesse Sérénissime prince Hedwig désire voir vous. Venez !

— Maintenant !

— Vous venir. Tout de suite !

Impressionnée par cette femme qui s'exprimait en un mauvais anglais à peine intelligible, Camilla posa sa plume d'oie et se leva. Devait-elle vraiment obtempérer à l'étrange invite de cette créature. Elle était prête à parier que la princesse mère n'était pas au courant d'une démarche aussi inopinée.

— Allons... vous venir... venir vite !

La Chinoise s'était emparée de sa main et cherchait à l'entraîner. Pour la première fois, Camilla regretta de ne pas être entourée de dames d'honneur et de chambellans qu'elle aurait pu consulter ; mais, si peu qu'elle eût envie d'y céder, il lui parut difficile d'opposer un refus à l'injonction qui lui était faite. Sans doute son fiancé avait-il changé d'idée et estimé qu'après tout un entretien entre eux avant qu'il lui passât l'anneau au doigt s'imposait. Il n'était plus un enfant, loin de là ! et ne jugeait donc pas utile, pour ce faire, de solliciter la permission maternelle !

Suivant son guide à travers une longue suite de couloirs, Camilla en déduisit que le prince devait loger dans une aile tout à fait écartée du palais. Parvenue devant une porte monumentale gardée par deux sentinelles curieusement figées, aux visages sans regard, la Chinoise, de son ongle démesurément long, donna une chiquenaude sur la porte qui s'ouvrit aussitôt à deux battants.

Le serviteur qui se tenait sur le seuil était, lui aussi, asiatique et la jeune Anglaise ne put maîtriser un frisson en constatant que la décoration de la pièce évoquait l'Extrême-Orient dans ce qu'il pouvait avoir de plus impressionnant : murs tout noirs sur le fond desquels se détachaient de terrifiants dragons d'or, un immense gong qu'un autre serviteur frappa avec force à son entrée tandis que, dans l'obscurité presque totale, se dégageaient des vapeurs d'encens dont la saveur âcre saisissait à la gorge.

Une sorte de paravent découpé de flammes rouges s'écarta devant les arrivantes. Se retournant pour la première fois, la vieille Chinoise contempla une fois encore d'un œil dur celle qui l'avait suivie, puis lui donna un nouvel ordre, non plus mezza-voce comme elle l'avait fait précédemment, mais dans une sorte de hurlement qui rendait plus horrible encore sa voix de cacatoès.

— Vous maintenant voir le Maître !

Camilla fut, cette fois, décidée à fuir, mais il était trop tard : toutes les portes s'étaient refermées derrière son passage. Elle ne pouvait plus qu'avancer et, à travers un rideau transparent qui séparait en deux cette salle à l'aspect de temple bouddhique, elle distingua, grâce à l'éclairage de deux énormes cierges rouges, une sorte de trône surélevé surmonté d'un dais dont les pans bariolés se répandaient jusque sur des marches. Là, au milieu de coussins, un personnage était assis dans une pose hiératique, drapé dans une robe de mandarin et le chef orné d'une tiare.

Dans les semi-ténèbres, le gong résonna encore et, s'habituant peu à peu à la pénombre que l'épaisse fumée des cassolettes obscurcissait de plus en plus, la jeune Anglaise, stupéfaite, reconnut l'homme qui se trouvait là : son futur mari, le prince Hedwig de Meldenstein !

— Vous m'avez fait demander ? réussit-elle à dire en cherchant à s'affermir la voix qui s'étranglait dans sa gorge.

Camilla croyait vivre un cauchemar ; des formes se mouvaient dans l'ombre de part et d'autre du dais, et elle distingua les silhouettes de plusieurs autres Chinois accroupis, dont les yeux bridés ne la quittaient pas du regard. Elle se dit avec horreur que l'un d'eux était sûrement l'homme qui avait tenté de l'assassiner à l'auberge et fut prise de panique.

Aussitôt, Camilla pensa à l'homme qui, alors, avait su la protéger : Hugo, son cher Hugo ! Rien que de l'évoquer lui redonna courage. Elle dissimulerait la peur qui l'étreignait et ne se laisserait pas intimider par le prince ni les Chinois qui l'entouraient.

D'un pas ferme et décidé, elle avança de quelques pas sur un épais tapis qui étouffait tous les bruits. Mais comme elle se rapprochait, le faux mandarin s'était dressé de son siège et, d'une voix non plus sourde mais rugissante, se mit à hurler :

— Chienne ! Comment osez-vous approcher de mon trône sans que je vous y aie autorisée ?

D'instinct, la jeune fille s'arrêta, suffoquée. Ses yeux commençaient à s'habituer à la pénombre enfumée et, Hedwig, du haut des marches, lui paraissait presque un géant. Dans ses pupilles dilatées luisait un éclair satanique, un véritable regard de fou !

La jeune Anglaise vit aussi que le prince n'était pas seul sous son dais de potentat royal : une autre femme chinoise, jeune celle-là, était accroupie à son côté et s'activait à manipuler une sorte de longue pipe tandis que, sur un minuscule fourneau, on ne savait trop quelle substance, dégageant une odeur douceâtre, était portée à incandescence.

La voix mauvaise, qui se répercutait en écho à travers la vaste pièce, s'éleva, plus tonitruante encore.

— Je suis ton Seigneur et ton Maître! clama Hedwig. Et je t'interdis de bouger avant que je te l'ordonne. Agenouille-toi au pied de mon trône, vile créature!

D'un doigt impérieux, il lui désignait le sol.

Loin de lui obéir, Camilla entreprit de le raisonner, comme on parle à quelqu'un dont l'esprit s'égare.

— Je ne suis pas une vile créature, pro-testa-t-elle en affectant une sérénité qu'elle était loin d'éprouver. Je suis Camilla, votre future femme. Ne me reconnaissez-vous pas?

— Tu es *une* femme et rien de plus. Tu me dois obéissance comme tous ceux qui sont ici! Prosterne-toi aux pieds de ton Maître!

Il semblait être la proie d'un délire insensé et psalmodiait ses mots comme un dangereux malade en état de transe.

— Tout cela est ridicule, dit la jeune fille en reprenant de l'assurance. Je n'ai pas à m'agenouiller ni à vos pieds ni à ceux de qui que ce soit! S'il est exact que vous désirez me parler, je suis prête à vous écouter. Sinon, je me retirerai.

— Tu m'obéiras, chienne!

La voix ne s'égosillait plus, elle était cinglante de rage et l'injure qu'elle proférait avait soudain l'impact d'un immonde crachat.

Hedwig émit un sec claquement de doigts et, à la grande horreur de celle qui lui tenait tête, deux Chinois émergèrent de l'ombre et, la saisissant par les épaules, l'obligèrent à se prosterner. Dans sa surprise, la jeune Anglaise n'avait même pas songé à entamer une lutte, qui se serait d'ailleurs avérée inutile. Les deux hommes s'immobilisèrent à ses côtés continuant à la maîtriser du poids implacable de leurs poings refermés.

— Comment osez-vous me faire traiter ainsi ? s'exclama-t-elle, furieuse d'être maintenue dans cette position humiliante. Comment osez-vous permettre à ces hommes de porter la main sur moi ?

— Le front dans la poussière ! commanda le prince d'une voix stridente.

Tandis que ses tortionnaires lui maintenaient la tête baissée, Camilla comprit avec horreur qu'elle avait bel et bien affaire à un fou ! Seul un fou, sous l'emprise de Dieu seul savait quelle drogue maléfique, pouvait avoir soudain des yeux aussi terrifiants, prononcer des paroles aussi démentes, se croire un tyran asiatique d'une autre ère, et se comporter comme tel !

— Non ! Non ! criait la jeune fille en essayant de se débattre.

Elle avait réussi à relever un peu la tête et vit que le visage d'Hedwig, tordu par la fureur démoniaque qui s'était emparée de lui, ressemblait au mufle d'une bête et n'avait plus rien d'humain.

Presque aussitôt après, elle devait perdre la notion exacte de ce qui se passait, non sans avoir d'abord entrevu vaguement que la jeune Chinoise accroupie près du trône s'était relevée et tendait au forcené un long objet bizarre que Camilla n'avait pu identifier. Sur un ordre bref, l'un des deux serviteurs qui la terrassaient toujours déchira d'un geste brutal le haut de sa robe, et ses épaules maintenant dénudées éprouvèrent soudain une souffrance atroce tandis que le sifflement d'un fouet se répercutait dans ses oreilles.

Aux hurlements de la malheureuse répondit un rire sardonique. Le fouet s'abattit à nouveau sur son dos. Voyant ses deux gardiens se prosterner à terre, elle comprit que ce n'était plus leur poigne qui la maintenait mais celle d'Hedwig dont la force semblait décuplée.

Il l'avait obligée à se relever et, lui pétrissant le bras d'une main de fer, continuait à lui fouetter aveuglément les jambes, les hanches, avec une fureur telle que l'infortunée crut sa dernière heure venue. L'insensé riait toujours en vomissant des injures, mais une autre voix, soudain, couvrit la sienne.

— Cela suffit... pour cette fois ! avait crié la femme chinoise.

Le prince lâcha sa victime, qui s'écroula à terre comme une marionnette dont on a coupé les fils. Et c'est à ce moment-là que, dans un paroxysme d'horreur et de désespoir, elle perdit connaissance.

Quand Camilla reprit ses esprits, elle était toujours couchée sur le sol, au centre du faux temple chinois, mais ni Hedwig ni la mystérieuse compagne qui semblait le dominer ne se trouvaient plus sur le trône.

Les lèvres tremblantes des sanglots qui la secouaient encore, la jeune fille se releva péniblement. La tête complètement vide, elle se sentait prise de vertiges. Elle savait que les serviteurs asiatiques étaient toujours là, tapis dans l'ombre, l'épiant. Mais aucun d'eux ne bougea tandis que, titubante, elle s'acheminait vers la sortie en ramenant sur sa poitrine les lambeaux de sa robe déchirée.

La première porte s'ouvrit devant elle sans qu'elle eût à la toucher, puis la deuxième. Elle eut alors l'impression de sortir de la plus affreuse des geôles.

Sitôt qu'elle s'était retrouvée dans le grand couloir de marbre, Camilla s'était mise à courir, encore hoquetante de sanglots. Elle finit par atteindre sa chambre sans avoir rencontré âme qui vive.

Quand elle eut poussé la porte et découvert Rose l'attendant auprès de la coiffeuse, elle se laissa tomber sur le sol, consciente qu'elle ne pourrait faire un pas de plus.

— Mon Dieu ! s'écria la soubrette, affolée. Que vous est-il arrivé, Milady ? Que vous a-t-on fait ?

Plusieurs secondes s'écoulèrent avant que sa maîtresse pût articuler un mot.

— Allez... le chercher, balbutia-t-elle à travers ses larmes. Amenez-le-moi ici... auprès de moi... quoi qu'on puisse vous objecter... même si on essaye... de vous arrêter...

— Vous voulez dire... le capitaine Chevelry, Milady ? Mais je ne puis vous laisser dans cet état !

— Allez vite, Rose ! Dites-lui qu'il faut qu'il vienne... tout de suite !

— Mais laissez-moi vous soigner d'abord, plaida la camériste.

— Non ! Allez... allez vite !

Demeurée seule, Camilla parvint à se relever et se laissa tomber sur un siège. Elle se sentait dans un tel état de faiblesse qu'elle était incapable de faire un mouvement. Elle ne pouvait que rester là, tête baissée, le corps à tel point endolori qu'elle se crut près d'avoir la nausée.

Camilla commençait seulement à reprendre son souffle lorsqu'elle entendit un léger bruit provenant d'une des fenêtres. Un nouveau danger allait-il encore la menacer ? Mais les rideaux s'écartèrent devant Hugo qui, aussitôt, s'élança vers elle.

— Ce que vous me faites faire là est pure folie ! s'écria-t-il, mais j'ai compris qu'il se passait quelque chose de grave...

Il s'interrompit, car elle avait relevé la tête et il vit d'un seul coup sa pâleur de cire, ses épaules tuméfiées et sa robe lacérée.

Dans un effort, elle s'était soulevée et, se pendant à son cou, se remit à sangloter en donnant libre cours à son désespoir.

— Emmenez-moi d'ici, supplia-t-elle. Je veux rentrer auprès de mes parents. Cet homme est fou... fou furieux ! Jamais je ne l'épouserai ! Emmenez-moi avant qu'il me tue !

— Calmez-vous, mon amour, dit Hugo, bouleversé, en resserrant l'étreinte de son bras autour de sa taille. Dites-moi ce qui s'est passé, je vous en conjure !

Camilla laissa tomber sa tête contre la poitrine du jeune homme qui, atterré, vit les marques qu'avait laissées le fouet sur le dos et sur la nuque de la jeune fille. Du coup, son sang ne fit qu'un tour.

— Par le diable ! s'exclama-t-il, qui a pu vous martyriser de la sorte ? Je le tuerai !

— Non, non, supplia-t-elle en pleurant. Tout ce que je vous demande, c'est de m'emmener hors d'ici ! Je ne veux pas y rester une minute de plus. Cet homme est un monstre !

Soulevant la jeune fille dans ses bras, Hugo la porta jusqu'au lit, la déposant précautionneusement sur les coussins.

— Maintenant, ma bien-aimée, dit-il en s'asseyant à son chevet, racontez-moi en détail ce qui s'est passé.

D'une voix brisée, et butant sur chaque mot tant elle était encore sous le coup du choc qu'elle avait subi, Camilla lui raconta les tourments atroces qu'elle venait de vivre, s'accrochant, par moments, au collet de son habit avec des tremblements d'effroi.

— Vous le voyez, aucune femme au monde ne pourrait épouser un homme pareil, conclut-elle enfin. C'est un fou... un fou dangereux !

— C'est surtout un malade, un drogué que l'usage de l'opium a réduit à cet état lamentable. J'aurais dû m'écouter et vous empêcher de subir cette épreuve abominable en vous délivrant de lui dès que j'ai appris la chose...

— Ainsi... vous saviez ?

— Je ne savais pas que son état avait atteint un tel degré, non. Mais au cours de cette journée à Meldenstein, on a fait allusion plusieurs fois devant moi aux dangereuses habitudes que le prince avait contractées en Extrême-Orient, à ces serviteurs chinois qu'il en avait ramenés...

— Je suis sûre que c'est l'un d'eux qui a cherché à me tuer l'autre soir à l'auberge !

— Oui, j'en ai acquis la certitude, et je comprends maintenant d'où est parti le coup. Cette femme chinoise que vous avez vue auprès de lui, est, de longue date, la maîtresse du prince. N'ayant pu se débarrasser de vous, elle s'est résignée à vous admettre, mais seulement comme une esclave de plus dans le harem de son amant, dont elle est la pourvoyeuse !

— Et Hedwig se laisse ainsi mener par cette créature, lui qui se proclame orgueilleusement Maître et Seigneur de tout et de tous ?

— Folie de mégalomane ! Quand il est sous l'empire de l'opium qui en a fait un vieillard avant l'âge et le détruit chaque jour davantage, il n'est plus qu'un fantoche entre les mains de cette dangereuse aventurière. Elle peut tout obtenir de lui dans ces moments.

— Oh ! je vous en prie, emmenez-moi ! Arrachez-moi à toutes ces horreurs ! supplia la jeune fille en se tordant les mains.

— Oui, c'est ce que je dois faire, dit-il d'un air résolu. Mais vous rendez-vous compte des risques ? Ce n'est pas à moi que je pense, mon amour, car je suis prêt à mourir pour vous. Mais si l'on nous rattrapait, pour vous... ce serait pire que la mort !

— Non, car je me tuerais ! Tout, plutôt que de vivre dans un tel enfer !

— Nous devons agir avec la plus grande prudence... Si jamais nous étions découverts, nous serions perdus !

— C'est tout de suite, n'est-ce pas, que nous allons nous enfuir ? demanda-t-elle, angoissée.

Il la serra plus fort encore dans ses bras, et leurs deux âmes scellèrent leur entente d'un baiser... ce baiser que leurs lèvres appelaient désespérément depuis tant de jours et tant de nuits, et qui les laissait à présent comme ivres de bonheur. Camilla eut la sensation qu'une flamme s'était mise à la brûler tout entière et, se blottissant dans les bras de son bien-aimé, elle se dit que rien ne comptait plus au monde du moment qu'ils s'aimaient !

— Vous sentez-vous la force d'affronter les périls d'un enlèvement en pleine nuit ? demanda Hugo d'une voix grave. Ah ! si, par ma faute, il devait vous arriver malheur...

— Rien de mal ne peut m'arriver si je suis avec vous ! Tout mon cœur est plein de cette certitude !

— Puisse-t-il avoir raison ! dit-il en se levant pour gagner la porte qu'il entrouvrit avec précaution.

Rose se tenait sur le seuil, faisant le guet.

— Mais comment avez-vous réussi à venir jusqu'à moi ? interrogea Camilla tandis qu'il faisait entrer la cameriste.

— Par le balcon. Je ne pouvais risquer qu'on me voie. Depuis Wonsterbalden, nous sommes payés pour savoir que, dans un palais princier, rien ne passe inaperçu.

— Mais... mon balcon n'est relié à aucun autre...

Chevelry eut un sourire malicieux.

— J'ai sauté, avoua-t-il. Mes années de collège à Oxford m'ont habitué à ce genre d'exercices.

— Vous auriez pu vous tuer !

— Comme vous le voyez, je ne me suis pas tué.

Quittant le ton badin, le jeune officier attira Rose jusqu'à lui pour lui donner ses instructions.

— Ecoutez-moi bien. Allez vite trouver Harpen, mon valet, et dites-lui qu'il me faut absolument deux très bons chevaux. Qu'il s'arrange pour les faire seller sur l'heure, de manière qu'ils soient prêts dès que nous gagnerons les écuries. En traversant les couloirs, vérifiez s'ils sont déserts et si votre maîtresse courrait le risque de rencontrer quelqu'un en prenant l'escalier de service.

— Pas de danger, mon capitaine, affirma la soubrette. Il n'y a personne aux alentours, car tous les domestiques font bombance dans les communs. Comme le personnel du palais sera très occupé demain, on lui permet de festoyer ce soir en l'honneur des futurs mariés.

— En ce cas, le Ciel est avec nous ! Allez vite, Rose, et, en revenant, vous escorterez votre maîtresse jusqu'au bas du petit escalier que vous trouverez tout de suite sur la droite. Je l'ai pris par hasard tout à l'heure et j'ai constaté qu'il débouchait à une assez faible distance des écuries. Je vous y attendrai. Compris ?

Rose acquiesça de la tête et disparut.

— Quant à vous, ma chérie, dit Hugo en revenant vers Camilla, je pense que vous avez une tenue de cheval ?

— Oui, oui, Rose a dû la ranger par là...

— Etes-vous capable de vous habiller seule ?

— J'ai fait cela toute ma vie ! fit-elle en s'esclaffant.

Elle se sentait heureuse soudain et gaie au-delà de toute expression. C'était le rêve de son adolescence qui se réalisait, celui que font toutes les jeunes filles : être enlevée par l'homme aimé! Camilla avait le doux pressentiment qu'au bout de la périlleuse aventure un immense bonheur l'attendait!

— Par chance, poursuivit le capitaine, tout en réfléchissant à son plan d'organisation, j'ai suffisamment d'argent, la princesse m'ayant remis une bourse substantielle en récompense de l'accomplissement de ma mission.

— J'ai, moi, trouvé une aumonière remplie de pièces d'or destinées à être jetées à la foule demain en sortant de la cathédrale. Je les nouerai dans un mouchoir que je cacherai sous ma ceinture.

— En de pareilles circonstances, rien n'est jamais de trop! approuva le jeune officier.

Il avait repris sa bien-aimée dans ses bras, mais se retenait de l'embrasser encore, se contentant de la dévorer d'un regard brûlant de passion.

— Je vous adore, murmura-t-il. Dites-moi que vous n'avez pas peur de partir avec moi dans cette aventure...

— Une seule chose pourrait me faire peur, c'est de rester ici!

Après avoir posé un bref baiser sur ses boucles blondes, Hugo trouva la force de se détacher d'elle et se dirigea vers la fenêtre.

— Prenez garde, mon amour, prenez bien garde à vous! supplia-t-elle.

Sur un sourire rassurant, il disparut et, durant un moment, son amoureuse demeura sur place, incapable de faire un mouvement, dans la crainte affreuse d'entendre une plainte ou un gémissement lui annoncer qu'il avait fait une chute dans le vide...

Mais rien ne vint rompre le silence de la nuit. Alors, fouillant dans sa garde-robe, Camilla eut tôt fait d'y trouver son costume d'équitation qu'elle revêtit en hâte. De l'élégante amazone qui faisait partie de son trousseau princier, elle s'empressa de supprimer la jupe et, rejetant également le haut-de-forme de velours entouré d'un long voile, enfouit ses cheveux d'or dans un béret très simple pour ne pas attirer les regards, d'autant qu'elle en avait retiré la plume qui l'ornait. Ainsi habillée, culottée et bottée, on pouvait facilement la prendre pour un jeune cavalier.

Rose elle-même faillit s'y tromper lorsqu'elle entra dans la chambre.

— Avez-vous pu joindre Harpen ? interrogea sa maîtresse.

— Oui, Milady, et avec quelle joie il s'est mis en branle ! Lui aussi avait entendu les pires rumeurs concernant le prince Hedwig.

— Vraiment ? Pourvu que ce fou ne se livre pas à des représailles ! Ecoutez, ma petite Rose, je suis navrée de vous laisser ici derrière moi. Mais prenez quelques-unes de ces pièces d'or, et demandez à Master Harpen de vous ramener en Angleterre dès que possible !

— Ne vous faites pas de souci pour moi, Milady. C'est déjà tout combiné pour demain ! Dépêchez-vous maintenant, les couloirs sont déserts, tous les valets sont en train de se saouler et de rouler sous les tables en braillant en chœur !

Priant intérieurement pour que tout se passe bien, Camilla s'engagea dans l'escalier dérobé puis, guidée par la lointaine lueur d'une lanterne, ne fut pas longue à arriver aux écuries. Soudain, une silhouette jaillit de l'ombre et elle étouffa un cri de frayeur, qui se changea en allégresse dès qu'elle eut reconnu Hugo et constaté que celui-ci avait revêtu une livrée de piqueur.

— Les chevaux nous attendent par là, dit-il à voix basse. Harpen a fait croire aux garçons d'écurie qu'un des pages du margrave s'était trouvé mal et qu'on m'avait chargé, moi, de le ramener à Wonsterbalden.

— Mensonge astucieux ! admira la jeune fille.

— Espérons qu'ils y croient assez long-temps pour nous permettre de prendre de la distance !

Elle prit congé de Rose en l'embrassant affectueusement et, après que servante et maîtresse se furent mutuellement souhaité bonne chance, les deux fugitifs se glissèrent à l'intérieur de l'écurie. Des chevaux se trou-vaient là dans leurs stalles mais, se dissimu-lant derrière les carrosses qu'on avait alignés le couple parvint à une sorte de courette où deux bêtes sellées, tenues en bride par un jeune lad et un serviteur plus âgé, semblaient attendre.

Dans sa joie, Camilla faillit se précipiter vers sa monture.

— Attention, lui dit son compagnon, calmez-vous, n'oubliez pas que vous êtes malade.

— C'est vrai... je n'y pensais plus...

Elle s'appuya sur son bras et s'avança d'un pas chancelant, sans parler, de crainte que les autres s'aperçoivent qu'ils ne parlaient pas allemand.

Le faux piqueur aida le faux page à se mettre en selle et donna une pièce à chacun des valets, qui, peu curieux ou déjà trop éméchés, se hâtèrent de retourner faire ripaille sans demander leur reste.

La voie était libre et Chevelry dirigea les deux bêtes vers la grille séparant les écuries des avenues extérieures.

— N'allons pas trop vite, conseilla-t-il. Il ne faut surtout pas éveiller l'attention. A la vue de deux cavaliers passant au galop, une sentinelle pourrait s'aviser de faire du zèle en nous tirant dessus !

Camilla songea qu'il était providentiel que son bien-aimé eût déjà résidé à Meldenstein. Il semblait très bien savoir se diriger dans la capitale et, fuyant les artères principales où des badauds s'attardaient à contempler les décorations échelonnées sur le trajet du cortège nuptial, eut tôt fait, par des rues de traverse, d'atteindre la périphérie.

— Sitôt sortis de cette banlieue, annonça-t-il, nous pourrons piquer à travers champs et prendre de la vitesse.

Sa compagne se grisait de joie en aspirant à pleins poumons l'air du soir. La chaleur de la journée avait été chassée par une brise légère et, dans le clair de lune qui guidait leurs pas, de saines odeurs de campagne charriaient leur délicieuse fraîcheur.

— Nous sommes sauvés ! exulta la jeune cavalière en lâchant la bride à son coursier.

— Pas encore, dit son compagnon. Il y a encore du chemin d'ici à l'Angleterre !

Tandis qu'ils galopaient côte à côte, tous deux étourdis par la vitesse, Hugo se mit littéralement à hurler, car ces mots-là, il tenait à ce que sa bien-aimée les entendît :

— Je t'aime, Camilla ! Et par Dieu, tu avais raison ! C'est le destin qui nous a réunis !

CHAPITRE XII

Les fugitifs atteignirent la rivière qui sépare Meldenstein de Wonsterbalden deux heures plus tard. Tandis qu'ils tiraient sur les rênes de leurs montures à bout de souffle, Camilla désigna à son compagnon des lumières vacillantes.

— Le pont est par là, je distingue la poterne.

— Oui, mais il vaut mieux l'éviter, objecta Hugo. Nous allons franchir la rivière un peu plus en amont.

— Vous craignez donc qu'on ait déjà découvert notre fuite ? demanda-t-elle inquiète.

— Ce ne serait pas impossible. Je ne vous ai pas dit que tout à l'heure, lorsque Harpen est venu me trouver en me parlant d'un message urgent qu'il avait à me transmettre, j'étais en conversation avec notre ami le margrave, dont la curiosité a aussitôt été mise en éveil. Je ne suis pas certain que, ne me voyant pas revenir, il ne se soit pas enquis des motifs de ma disparition. Et après ce qui s'est passé dans son propre château, il a dû soupçonner que je vous avais rejointe.

— Et vous croyez qu'on se serait déjà lancé à notre poursuite ?

Il vit qu'elle s'était remise à trembler.

— C'est plus que probable, mon cher amour. Venez, il ne faut pas nous attarder ici.

Faisant faire volte-face à son cheval, il le dirigea vers la rivière, Camilla lui emboîtant le pas. Ils devaient s'arrêter une centaine de mètres plus loin, devant une sorte de gué.

— Nous allons tenter de traverser ici, dit le jeune officier. Les eaux doivent probablement être plus profondes vers le milieu de la rivière, et nos bêtes devront nager. Mais il nous faut à tout prix sortir de la principauté ! Accrochez-vous au pommeau de votre selle et, surtout, tâchez de ne pas lâcher prise. Le courant pourrait vous entraîner.

Camilla n'avait jamais encore traversé de rivière à cheval mais elle était assez bonne cavalière pour faire face à la situation. Les chevaux devaient être rompus à ce genre d'exercice, car ils atteignirent l'autre rive sans trop de difficultés.

Le couple mit pied à terre pendant quelques instants, pour un bref repos.

— Il nous faut repartir, conseilla Hugo, et faire encore deux heures de chevauchée. En aurez-vous la force ?

— Bien sûr ! dit fièrement la fugitive.

En dépit de son dos douloureux, elle ne

voulait pas que son sauveteur la prît pour une mauviette !

L'eau froide avait rafraîchi les coursiers, qui repartirent à fond de train. Par bonheur, la pleine lune éclairait le chemin devant les deux cavaliers qui parvinrent à maintenir ce rythme le temps qu'ils s'étaient prescrit.

Enfin, Chevelry se décida à faire une courte halte à l'orée d'un bois. Lorsqu'il aida sa compagne à quitter sa selle, il sentit le corps frêle de la cavalière s'appesantir dans ses bras. Elle n'avait pu se défendre d'un moment de faiblesse, mais reprit vite des forces après qu'il l'eut étendue au pied d'un arbre.

— Allons-nous rester ici longtemps ? demanda-t-elle en voyant Hugo ôter la selle des chevaux.

— Je viens d'avoir une idée, lui expliqua-t-il, pour nous procurer des montures fraîches. J'ai remarqué hier, quand nous avons traversé le bourg voisin, qu'il y avait un relais de poste. De nombreux invités se rendant à Meldenstein ont dû forcément changer de chevaux à l'auberge.

— Mais ne serait-ce pas dangereux de vous y montrer en demandant à relayer à cette heure tardive ?

— A cette heure tardive, justement, les chevaux doivent paître dans le pré, répondit Hugo avec un sourire en coin. On m'a toujours appris qu'un échange loyal n'avait rien de malhonnête en soi.

— En effet, deux bêtes fatiguées contre

deux autres bien reposées... dit-elle, souriant
à son tour. Mais si on vous surprenait en
pleine opération ?

— C'est un risque qu'il faut courir !

Il s'assit un moment à son côté et, enlevant
ses bottes, les vida des ruisselets d'eau qu'elles contenaient encore.

— Je crois qu'il serait bon que j'allume du
feu, suggéra-t-il. Vous profiterez de mon
absence pour retirer vos vêtements et les faire
sécher. Je n'aimerais pas que vous attrapiez
une bronchite...

— Bah ! J'ai déjà été trempée bien des fois
dans ma vie !

— Savez-vous que vous êtes merveilleuse ?
s'exclama-t-il avec une tendresse admirative.
Il y a en vous un tel mélange de féminité et de
courage ! Vous paraissez si frêle, et, pourtant,
vous avez plus d'endurance que bien des
hommes...

— Je soutiendrai mon effort jusqu'au bout,
je vous le promets.

Hugo se pencha sur sa main pour y déposer
un baiser passionné et elle se sentit frissonner
à ce doux contact. Mais, reprenant conscience
de leur situation, elle se ressaisit.

— Nous sommes encore en grand danger
ici, n'est-ce pas ? demanda-t-elle, sachant que
son sauveteur avait trop de droiture pour lui
cacher la vérité.

— Si l'on nous rattrapait, répondit-il d'une
voix grave, vous seriez ramenée là-bas. Et

c'est une perspective que je ne veux même pas envisager.

— Et vous, mon bien-aimé ? Que ferait-on de vous ?

— Oh ! moi, en ma qualité de sujet britannique, théoriquement on ne pourrait rien me faire. Mais je serais certainement la victime toute désignée d'un « accident » fatal...

Tremblante, elle se blottit contre lui.

— Non, ils ne nous captureront pas ! s'écria-t-elle, farouche. Où serons-nous vraiment en sécurité ?

— Je ne vois aucun asile réellement sûr pour nous avant l'ambassade d'Angleterre, à Anvers. Une bien longue route encore, mon ange...

— Elle ne sera pas longue puisque nous sommes ensemble...

De nouveau il lui baisa la main avec ferveur, attardant ses lèvres sur chacun de ses doigts, puis sur son poignet délicat où il pouvait sentir, sous la peau satinée, les battements de son pouls.

— A Anvers..., murmura-t-elle, nous nous marierons, n'est-ce pas ? Vous le voulez bien ?

— Je le désire plus que tout au monde ! Mais songez, mon amour chéri, que nous allons au-devant d'une vie difficile, sans parler du problème de votre famille. Je n'ai rien à vous offrir...

— Mes parents comprendront, j'en ai la conviction. Ils ont été trompés par ce Von Helm, qui leur a caché que Hedwig n'était qu'un fou dangereux. Jamais mon père ne m'aurait livrée à ce monstre s'il avait su la vérité.

— Ce malheureux est-il vraiment un monstre ? Je suis certain que sa mère n'imaginait pas, une seconde, qu'il fût capable des cruautés auxquelles il s'est livré ce soir. A la vérité, cet homme a toujours été un faible, dominé d'abord par son père, et puis par l'autorité maternelle, souvent oppressante. Echappant à cette tutelle, il est tombé dans les pièges de l'Orient, et cette maîtresse chinoise qu'il a ramenée de là-bas l'a initié à ce poison qu'est l'opium. Il en est, hélas ! devenu l'esclave et, sous l'empire de la drogue, peut en arriver aux sévices les plus épouvantables dont vous avez été victime...

— Au point d'avoir cherché à me faire assassiner par un de ses abominables Chinois !

— A mon avis, la tentative criminelle de l'auberge serait plutôt l'œuvre de cette vipère, son mauvais génie. Votre arrivée à Meldenstein risquait de ruiner sa position, elle aurait tout fait pour la défendre ! Après son premier échec, elle a pris le parti de réveiller, en l'intoxicant avec des doses de plus en plus fortes les bas instincts du prince, ainsi que son mépris pour les femmes de race blanche, publiquement affiché, paraît-il, depuis son retour. D'où cette scène atroce et son acharnement à vous humilier !

Rien qu'à ce souvenir, il la vit frissonner.

— Ne pensons plus à cela, mon ange adoré, l'adjura le jeune officier en se relevant. Je vais vous allumer ce feu, et puis je m'occuperai des chevaux.

Les flammes ne tardèrent pas à s'élever du brasier improvisé.

— Soyez prudent, mon bien-aimé, cria Camilla en voyant son compagnon s'éloigner en entraînant les bêtes. Je vais être follement inquiète jusqu'à votre retour...

— Je ne serai pas long, je vous le promets !

Une fois seule, la fugitive quitta sa tenue d'équitation qu'elle mit à sécher. La nuit était tiède et, dans ses sous-vêtements qui, eux, n'étaient qu'à peine humides, elle n'eut pas à souffrir du froid et éprouva même une sensation de bien-être qui, en quelques secondes, la fit sombrer dans un profond sommeil. Tous les événements dramatiques des derniers jours, les émotions, et, enfin, les quatre heures de chevauchée avaient eu raison de sa résistance.

La jeune fille dormait encore lorsque Chevelry fut de retour. Il s'arrêta pour la contempler à la lueur des tisons qui rougeoyaient encore : avec ses bras croisés sur sa poitrine, son visage encadré de boucles blondes en désordre, elle gardait encore la fraîcheur et l'innocence d'un enfant. Une admiration mêlée de tendresse pouvait se lire sur les traits de cet homme qui, à cette seconde, n'était certes plus le dandy blasé que toutes les dames de Londres s'arrachaient.

Il s'agenouilla auprès de sa bien-aimée et lui effleura délicatement les lèvres d'un baiser, qu'elle rendit, dans une demi-conscience, avant même de s'être réveillée... Ouvrant les yeux, elle se reblottit dans ses bras en murmurant tout bas :

— Vous êtes revenu...

— Oui, mon amour, mais nous devons repartir maintenant avant même le lever du jour...

Avec des gestes pleins de prévenance, il l'aida à se relever.

— Dépêchez-vous de remettre vos vêtements, ils sont secs...

— Oh! mon Dieu! s'écria-t-elle dans un sursaut de pudeur, rougissant d'être à demi nue devant lui.

— Je me retourne, je ne vous regarde pas, dit-il avec un sourire charmeur. Je vais seller les chevaux pendant que vous vous préparez.

Quelques instant plus tard, elle l'avait rejoint, dans son vêtement de jeune page.

— Je ne vous ai pas trop fait attendre ? demanda-t-elle, coquette.

— Non, vous êtes la ponctualité même! A défaut d'autres, ajouta-t-il d'un ton taquin, j'apprécierai au moins cette qualité chez mon épouse !

Elle rit tandis qu'il la remettait en selle. Et ils repartirent.

Leurs nouvelles montures étaient pleines

de vivacité et de fougue. Celle de Camilla était un superbe pur-sang de race arabe. Tout attendrie, elle ne pouvait s'empêcher de le comparer au prestigieux Apollon. Il semblait aussi parfaitement dressé que l'autre et répondait avec vigueur à la cravache autant qu'aux éperons.

La clarté lunaire s'atténuait de plus en plus tandis qu'à l'horizon on distinguait déjà les premières lueurs de l'aube. Une belle journée s'annonçait, et Camilla ne put s'empêcher de penser qu'à Meldenstein la foule devait déjà commencer à s'attrouper pour assister au défilé du cortège princier. Elle imaginait la consternation au palais, la déception du peuple lorsqu'on lui annoncerait, contre toute vraisemblance, que les fêtes nuptiales n'étaient que retardées !

Camilla songea à sa chère Rose. Pourvu qu'avec le dévoué Harpen elle ait pu s'échapper elle aussi sans être remarquée !

Ils galopaient déjà depuis trois heures lorsque Hugo arrêta sa monture pour désigner à sa compagne une ferme isolée au milieu des arbres.

— Que penseriez-vous d'un petit déjeuner champêtre, mon ange ? suggéra-t-il.

— Au risque de vous paraître bassement matérialiste, je vous avouerai que je meurs de faim.

— Et moi donc ! Courage ! Allons-y, prenons le risque. Comme dit un proverbe français : « Ventre affamé n'a pas d'oreilles. » Je ne pense pas que, même si toute la cavalerie de Meldenstein s'est lancée à nos trousses, l'on nous débusque ici !

Quelques mètres à peine les séparaient de la chaumière où ils où ils trouvèrent une accorte paysanne à qui Hugo n'eut pas trop de mal à expliquer par gestes qu'ils désiraient se restaurer. La fermière leur fit les honneurs d'une vaste cuisine reluisante de propreté, qui paraissait sortir d'un tableau de la Renaissance flamande, avec tous ses étains et ses cuivres amoureusement astiqués.

Les voyageurs apprécièrent les œufs frais, le jambon fumé, le fromage de chèvre et le pain bis qui leur furent servis avec un bol de lait fumant, comme si ç'avait été un festin de rois. Bien que leur hôtesse fût visiblement ravie des pièces d'or qu'elle reçut en échange, les deux amoureux convinrent que la joie et la détente que cette brave femme leur avait procurées par l'amabilité de son accueil étaient appréciables.

Ils repartirent de nouveau à vive allure et ne s'arrêtèrent que lorsque le soleil fut à son zénith.

Pour cette seconde halte, ils furent moins heureux que lors de la précédente. Non seulement la chère fut médiocre, mais le fermier se montra d'humeur maussade et porté par un penchant curieux à leur poser des questions. A coup sûr, il n'aimait pas les étrangers. Ayant eu vraisemblablement à pâtir des exactions des armées napoléoniennes, contre

toute logique, il détestait aussi leurs vainqueurs, les Anglais.

— Déplaisant bonhomme, conclut Chevelry après en avoir pris congé.

Il expliqua à Camilla, qui n'avait pas compris grand-chose à leur dialogue en mauvais
allemand, que les populations, subissant les
conséquences des guerres incessantes,
avaient pris en grippe tout ce qui, de près ou
de loin, leur rappelait le militarisme. Cette
constatation mettait le jeune officier hors de
lui.

— Vous aimez donc à tel point la vie
militaire ? demanda la jeune fille en soupirant. J'avais espéré que vous ne resteriez pas
dans l'armée...

— L'aurais-je voulu que je n'en aurai plus
les moyens, ma chérie, répondit-il, lorsque
j'aurai une élégante épouse à entretenir !

— Oh ! Je ne suis pas dépensière, vous
verrez, Hugo ! Mais... cela vous fera sans
doute gros cœur de quitter votre cher régiment...

— Je ne souhaite rien d'autre au monde
que d'être auprès de vous, mon amour. Sitôt
rentrés en Angleterre, je me mettrai en quête
d'un emploi rémunérateur, mais je pressens,
hélas ! que notre vie ne sera guère facile.

— J'ai réfléchi également à autre chose,
déclara-t-elle, un pli creusant son joli front.
Mon père m'avait dit en me quittant qu'il lui
restait suffisamment d'argent pour pouvoir
subsister quelques mois, mais... ne se sentira-

t-il pas tenu, à la suite du scandale, de le restituer à la principauté de Meldenstein?

— Je voudrais bien voir cela! Après les sévices qu'on vous a fait subir, que je compte dénoncer publiquement!

— Maman saura persuader mon père de ne pas céder à un faux préjugé d'honneur. Elle a toujours exercé une grande influence sur lui.

— Vous vous êtes révélée une maîtresse femme, qui me mènera aussi par le bout du nez, je le crains!

Ils rirent de bon cœur. Mais le temps n'était pas encore au badinage, et il ne fallait pas s'attarder plus longtemps.

Ils repartirent, mais, cette fois, la fatigue se faisait nettement sentir, autant dans l'allant des cavaliers que dans la vivacité de leurs montures.

Les fugitifs éprouvèrent un léger réconfort lorsqu'ils eurent franchi la frontière belge. Certes, la possibilité d'être poursuivis et rejoints était toujours comme une épée de Damoclès suspendue au-dessus de leurs têtes, mais Hugo se faisait fort d'atteindre Anvers dès le lendemain... Anvers... l'ambassade anglaise... le salut et la sécurité!

En attendant, il s'agissait de trouver une halte pour la nuit et, en approchant d'un relais de poste, ils décidèrent d'user de la même tactique que la veille : Camilla se cacha dans un petit bois à proximité tandis que son protecteur partait aux alentours en éclaireur.

Cette fois-ci, Camilla ne s'endormit pas. Elle avait confusément le pressentiment que Hugo devait courir un danger, l'œil aux aguets, elle épiait son retour avec une inquiétude grandissante.

Lorsqu'il reparut enfin, elle poussa un cri de joie et se jeta dans ses bras.

— Ah! J'avais si peur!... si peur que vous ne reveniez pas...

Mais elle s'arrêta net de parler en voyant que Hugo avait du sang sur le front et une blessure à la main...

— Je me suis fait surprendre, expliqua-t-il, et j'ai dû me battre au couteau avec un énergumène. Je l'ai laissé sur le terrain, mais nous pouvons être certains que, sitôt revenu à lui, il ameutera tout le village... Venez, il faut fuir!

Rapidement, ils reprirent la route. Camilla s'attendait sans cesse à entendre les clameurs de leurs poursuivants, des bruits de sabots et même des sifflements de balles.

Après une heure de chevauchée, Hugo arrêta son cheval et, se retournant, scruta avec attention les environs. Seul le calme de la nuit les entourait.

— Je pense que nous les avons semés, dit-il, un peu rassuré. Il faut maintenant vous reposer un peu, Camilla.

— Non, non, je peux continuer.

Sans lui répondre, il la saisit par la taille et,

la prenant dans ses bras, la porta jusqu'à une meule de foin où il l'étendit.

Camilla comprit alors combien elle était lasse. Tout son corps était moulu et, sur ses épaules et son dos, les traces laissées par le fouet étaient comme des langues de feu lui labourant les chairs.

Elle s'endormit comme une masse.

Elle eut l'impression que ses yeux venaient tout juste de se fermer quand, sentant une main lui caresser l'avant-bras, elle se réveilla pour constater qu'il faisait déjà jour.

— Mon amour, il nous faut repartir, entendit-elle murmurer par la voix qu'elle aimait tant. Il le faut... **Allons...**

Camilla était encore tout étourdie de sommeil lorsqu'elle se remit en selle. Trente nouvelles lieues furent couvertes à bonne allure. Plus loin! toujours plus loin! Leur course se poursuivait, inexorable, jusqu'à ce que, au grand soulagement de Camilla épuisée, son compagnon se décida à faire une courte halte au bord d'un ruisseau afin de permettre à leurs montures de se désaltérer.

— Avez-vous faim, ma chérie? s'enquit Chevelry.

— Oui, mais je ne veux pas y penser.

— Je n'ose pas prendre le risque d'aller demander un petit déjeuner dans une ferme. Nous serions aussitôt signalés, je le crains...

— Eh bien, nous nous en passerons! D'ailleurs, voyez..., ajouta-t-elle en désignant le sol, voici notre breakfast qui nous attend...

Au milieu des buissons, une multitude de fraises sauvages émergeaient d'entre les feuilles. Descendant de cheval, les deux fugitifs en cueillirent à pleines mains, dévorant avec avidité le fruit un peu âcre mais non moins délicieux.

— Nous allons encore parcourir une traite, décida le jeune officier, et puis je vous promets un repas plus substantiel et, qui sait ? un lit pour prendre un peu de repos, j'espère. Je ne veux pas vous voir dépérir d'inanition et de fatigue avant que nous n'arrivions à bon port.

— Je peux encore tenir, affirma-t-elle.

Cependant, ce fut avec une satisfaction non feinte qu'après une nouvelle chevauchée elle entendit son compagnon annoncer qu'il se risquerait à demander asile dans une modeste auberge isolée qui leur était apparue soudain au détour du chemin.

— J'ai peine à croire, dit-il, que mes ennemis d'hier soir viennent me dénicher ici. Quant aux uhlans de Meldenstein, ils doivent plutôt nous chercher sur les grandes routes.

L'aubergiste, devant l'aspect hirsute et l'état des vêtements des voyageurs, ne leur fit pas bonne figure ; mais la vue des pièces d'or changea son humeur. Il accepta de leur préparer un repas substantiel et, en attendant qu'il soit prêt, mit deux chambres à leur disposition pour qu'ils puissent faire un peu de toilette.

En s'apercevant dans un miroir, Camilla ne put retenir un cri d'horreur. Echevelée, le visage couvert de poussière, les bottes et les habits maculés de boue, elle se compara à un épouvantail à moineaux ! La patronne, à qui elle expliqua qu'elle voyageait habillée en garçon pour plus de commodité, accepta de brosser ses effets et de nettoyer ses bottes, et de lui fournir de quoi procéder à quelques sommaires ablutions. Certes, on était loin de la salle de bains en marbre du palais princier, mais la fugitive apprécia avec volupté l'eau chaude dans laquelle elle put tremper ses membres fatigués, et plus encore la courte sieste qu'elle s'octroya ensuite.

Pour éviter les regards indiscrets, ils avaient demandé que le repas leur fût servi non pas dans la salle commune, mais dans une minuscule pièce près de la cuisine. Ils étaient si affamés qu'ils ne songeaient qu'à dévorer à belles dents en silence, les mets qu'on leur présenta.

Après l'ultime morceau avalé, les amoureux s'abandonnèrent à la détente. Rejetant sa chaise en arrière, Hugo, un dernier verre de vin rouge à la main, contemplait sa compagne d'un œil amusé et admiratif.

— Je ne sais pas comment vous faites pour avoir l'air aussi fraîche qu'un bouton de rose, conclut-il à la fin de son observation. Vous auriez des vêtements plus en rapport avec votre sexe, on vous prendrait pour un ravissant bibelot en porcelaine de Dresde !

— C'est ma mère qui serait heureuse d'entendre un tel compliment, s'écria-t-elle avec enjouement. Un Saxe, moi ! alors que, depuis mon enfance, elle me reproche toujours d'être un garçon manqué ! Savez-vous qu'il m'arrivait de vaincre mon frère à la course ou à la nage ? Maman trouvait ma robustesse indigne d'une lady !

— C'est grâce à cet entraînement que vous avez pu surmonter les fatigues de ces deux jours éprouvants. Oh ! ma chérie, je peux vous avouer maintenant ; je tremblais de peur de vous voir à tout moment vous effondrer aux pieds de votre cheval.

— Cela peut encore arriver, dit-elle sans être entièrement persuadée du contraire. Nous ne sommes pas aux portes d'Anvers, il s'en faut de beaucoup...

— Quelque vingt lieues à peine. L'aubergiste nous a promis des chevaux frais. Je doute que ce soit de très vaillants coursiers mais, si vous le préférez, je pourrais les faire atteler à une carriole où vous seriez, certes, plus confortablement installée.

— Et courir les routes, au risque d'être rejoints par les uhlans ? A Dieu ne plaise ! Non, nous continuerons par les sous-bois, et à cheval !

— En ce cas, remettons-nous en route immédiatement. Je ne vous sentirai réellement en sûreté qu'en entendant parler notre langue sur le sol anglais de notre ambassade.

Il lui avait tendu la main pour l'aider à se relever et, comme si une force les avait poussés spontanément, ils se retrouvèrent presque inconsciemment dans les bras l'un de l'autre. Camilla abandonna sa tête contre l'épaule du jeune homme, qui, se penchant, alla cueillir sur ses lèvres le baiser que, depuis des heures, tous deux brûlaient d'envie d'échanger. Toutes leurs péripéties dramatiques se trouvèrent en un instant oubliées dans la sensation merveilleuse et partagée de ne former plus qu'un, corps et âme.

— Je vous adore, lui murmura-t-il avec une intense émotion.

Leurs bouches se reprirent, mais ils savaient qu'ils devaient s'arracher à la douceur de cette étreinte...

Ils chevauchaient maintenant à allure modérée car leurs médiocres montures ne pouvaient maintenir longtemps le galop.

Comme l'après-midi s'avançait, Camilla éprouva soudain un tel engourdissement de ses membres qu'elle craignit que la fatigue eût finalement raison de son endurance. Mais elle n'osa pas avouer à son compagnon qu'elle se sentait sur le point de tomber de sa selle. Ah ! combien elle regrettait qu'au cours de ces derniers mois à Lambourn House, elle n'eût pu continuer à faire du cheval, son père ayant été contraint par les circonstances de vendre toute son écurie ! Sa forme de naguère l'avait abandonnée, c'était évident, et seule son indomptable détermination lui permettait de tenir encore.

Au fur et à mesure de leur progression, le paysage avait changé de visage : des canaux maintenant s'entrecroisaient au milieu des terres cultivées, mais Camilla avait l'impression que ce plat pays n'en finissait plus de s'étendre. Redoutant de ne plus pouvoir demeurer sur sa selle très longtemps, la fugitive, épuisée, laissa glisser ses rênes sur l'encolure de la bête et s'accrocha des deux mains au pommeau, ainsi qu'elle l'avait fait pendant la traversée de la rivière.

Hugo, se rendant compte de l'extrême fatigue de sa compagne, rapprocha sa monture de la sienne. S'emparant des rênes que Camilla avait lâchées, il guida d'une main les deux chevaux à une allure plus lente. Elle le laissa faire sans protester, se demandant avec angoisse combien de temps encore ses nerfs pourraient la soutenir. Il ne fallait surtout pas qu'elle connût la moindre défaillance, qu'à l'ultime minute leur courageuse entreprise se soldât par un échec !

Un instant plus tard, un cri de son compagnon lui fit reprendre courage.

— Regardez... Regardez, mon amour !

Alors Camilla distingua au loin une mince ligne bleue dont la vue lui mit du baume dans le cœur.

— La... mer..., essaya-t-elle d'articuler.

Mais l'émotion se mêlant à sa fatigue, sa voix s'étranglait dans sa gorge.

— Nous arrivons! Enfin! confirma Chevelry d'une voix joyeuse.

Du coup, elle retrouva la force de ressaisir les rênes. Une heure plus tard, les chevaux des fugitifs faisaient résonner leurs sabots sur les pavés des premiers faubourgs d'Anvers.

Bien que l'ambassade anglaise fût située à une faible distance des portes de la ville, Camilla eut l'impression de parcourir encore des lieues et des lieues avant que sa monture s'arrête enfin devant le haut portique à colonnes surmonté du drapeau de Sa Gracieuse Majesté George III.

Hugo avait aussitôt sauté à terre, mais Camilla, incapable du moindre mouvement, se laissa soulever et porter jusqu'en haut des degrés du perron. Cependant, en s'accrochant au cou de son compagnon, une ineffable sensation de bien-être l'envahit : elle était protégée, sauvée, maintenant à l'abri de tout danger! Son angoisse et sa peur avaient disparu, sinon sa fatigue extrême.

Elle entendit Chevelry crier très fort à une rangée de laquais éberlués que leur irruption avait sidérés :

— Je désire voir Son Excellence l'Ambassadeur sur-le-champ!

On s'était penché sur Camilla. Ses yeux mi-clos avaient cru discerner l'habit chamarré d'un personnage plus important, un majordome sans doute. Puis elle s'était abandonnée, telle une mourante — dont elle avait d'ailleurs la pâleur — rendant son dernier soupir...

— Non ! décida alors Chevelry, conduisez-moi d'abord à un appartement où je puisse étendre cette jeune fille...

Camilla eut encore conscience qu'on lui faisait gravir les marches d'un escalier, puis qu'on la déposait avec précaution sur une couche. Tandis que le bras protecteur de son bien-aimé se détachait d'elle, de toutes ses forces Camilla eut envie de le retenir pour crier à Hugo qu'elle l'aimait, mais des nuages, de plus en plus denses, semblaient la submerger... Elle ne put que pousser un léger soupir, et finalement, perdit connaissance.

Son évanouissement dura-t-il quelques heures ou un court instant ? Camilla, en reprenant ses esprits, eût été bien incapable de le dire. Mais elle entendit aussitôt plusieurs voix féminines qui parlaient anglais, celles d'une imposante femme de charge entourée de deux plus jeunes cameristes.

— Buvez ceci, Milady, dit la personne âgée en lui glissant entre les lèvres une cuillerée de brandy qui raviva les couleurs de la jeune fille et la sortit de sa torpeur.

— Je... je suis désolée... de vous donner... tout ce mal, murmura-t-elle d'une voix presque éteinte.

— Ne soyez pas désolée, lui répondit l'intendante avec un sourire. Son Excellence m'a chargée de prendre soin de Votre Grâce. J'ai cru comprendre que vous aviez fait une longue randonnée à cheval. Ce qu'il vous faut, c'est d'abord un bain chaud avec des sels spéciaux que Mme l'Ambassadrice utilise quand elle est très fatiguée, et puis un bon massage.

— Je m'en veux de m'être si stupidement évanouie à la dernière minute mais, voyez-vous, je... je n'en pouvais plus...

— Reprenez encore un peu de ce brandy.

Camilla ne résista pas au conseil donné d'un ton affectueusement autoritaire qui lui rappela sa vieille « Nanny » lorsque autrefois celle-ci soignait ses « bobos » de petite fille. Après quoi, elle prit son bain, se soumit de bonne grâce à la séance de massage. Enfin, elle avala un délicieux consommé bien chaud qui acheva de la ragaillardir.

— C'est un miracle, je ne ressens presque plus mes courbatures, constata, ravie, la fille de Lord Lambourn. Il faut que je remercie tout de suite Mme l'Ambassadrice de ses attentions.

— Lady Dewaern est actuellement en voyage avec ses enfants, et seul notre maître réside à l'ambassade en ce moment. Il doit certainement attendre Votre Grâce en bas dans son bureau et, si vous le voulez bien, Milady, nous allons procéder à votre toilette.

Les deux jeunes soubrettes reparurent sur ces entrefaites, chargées, l'une, d'une ravissante robe de satin et l'autre de pièces de lingerie, bas, souliers, bref, de quoi constituer une élégante tenue de cour.

— J'ai pris la liberté, expliqua l'intendante, d'emprunter pour Votre Grâce tout ce qui était nécessaire dans la garde-robe de la fille aînée de Leurs Excellences qui, par bonheur, doit avoir votre taille.

— En effet, j'ai l'impression que tout ceci m'ira à merveille !

La femme de charge eut un sourire complice, et ajouta :

— Comme on m'a donné à entendre qu'il était question d'un mariage, j'ai pensé que cette toilette blanche conviendrait tout à fait. Ces jeunes filles vous arrangeront une coiffure en piquant quelques camélias dans vos cheveux avec, peut-être, un joli nœud de tulle pour tenir lieu de voile de mariée...

« Question d'un mariage ? » Le cœur de Camilla bondit dans sa poitrine. Ainsi, Hugo avait pu arranger avec l'ambassadeur qu'ils soient unis l'un à l'autre sans attendre plus longtemps ! Etait-il possible qu'un tel bonheur leur échût enfin ?

Tout en s'habillant, la jeune fille, en passant devant sa fenêtre, vit devant les grilles fermées de l'ambassade une compagnie de cavaliers ! Aucun doute possible, la fiancée princière reconnaissait leurs uniformes ! On ne pouvait s'y méprendre : c'étaient les uhlans de Meldenstein !

Ainsi, ceux-ci avaient réussi à retrouver sa trace ! Elle était de nouveau prisonnière, sans

doute des tractations diplomatiques avaient
dû se faire entre l'ambassadeur d'Angleterre et ces émissaires de la principauté. Ce
mariage dont on venait de lui parler n'était
pas celui dont elle rêvait, mais la chaîne
inexorable qui, pour toujours, allait la lier à
un dangereux dément!

Atterrée, Camilla se tourna vers ses femmes
d'atours.

— On vous a parlé d'un mariage? dit-elle.
De quoi s'agit-il? Vais-je avoir à repartir?

— Calmez-vous donc, Milady, vous m'en
demandez plus que je n'en sais, répondit
l'intendante, apparemment confuse. Je me
suis sans doute montrée indiscrète... Son
Excellence vous expliquera ce qu'il en est
exactement.

Camilla acheva en hâte de se parer et de se
coiffer puis, après avoir constaté, d'un regard
inquiet jeté par la croisée, que l'escadron à
cheval était toujours là, demanda, le cœur
serré, à être conduite au plus tôt auprès de
l'ambassadeur.

Un laquais l'introduisit dans une vaste
pièce richement meublée où elle vit s'avancer
vers elle un seigneur de grande allure qui,
tandis qu'elle esquissait une révérence, la
releva en lui prenant affectueusement la main
entre les siennes.

— Vous me voyez très heureux, lui dit-il en
souriant, d'accueillir ici la fille de mon collè-
gue et ami Lord Lambourn. J'espère que vous

êtes un peu remise des fatigues de l'éprouvant voyage que m'a décrit le capitaine Chevelry.

— Je remercie Votre Excellence de son hospitalité et de toutes les prévenances dont j'ai été entourée, mais...

— Venez vous asseoir, ma chère enfant, dit l'ambassadeur en l'entraînant jusqu'à un sofa placé en **fa**ce de la cheminée, où il prit place à son côté. Il nous faut parler sérieusement vous et moi.

— J'implore votre protection, Excellence...

— Et je suis prêt à vous l'accorder. Mais ne nous dissimulons pas que les circonstances qui vous ont amenée ici vous placent dans une situation extrêmement délicate. Les conséquences peuvent être graves...

— Des conséquences? interrogea-t-elle, de plus en plus alarmée.

— Voyons, résumons-nous, poursuivit Lord Dewaern. Votre Grâce est venue d'Angleterre pour épouser Son Altesse Sérénissime le prince de Meldenstein. D'après le rapport que m'a fait le capitaine Chevelry, je vous comprends parfaitement de vous être affranchie à la dernière minute de ce mariage qui, selon toutes les apparences, pourrait porter atteinte à votre santé physique et morale, en même temps qu'à votre dignité. Personnellement, j'estime de mon devoir de faire respecter en vous la citoyenne britannique que vous êtes, donc une de mes ressortissantes.

— Oh! Merci... merci, Mylord!

— Cependant, si indigne qu'il soit des hautes fonctions qu'il occupe, le prince de Meldenstein n'en est pas moins le souverain régnant d'un Etat qui entretient les meilleures relations officielles avec la cour d'Angleterre. En conséquence, lorsqu'il m'envoie un escadron de cavalerie, comme c'est le cas, pour escorter jusqu'en son territoire celle qui est sur le point de devenir son épouse — laquelle se serait, d'après lui, malencontreusement égarée en cours de route —, je puis le faire lanterner un peu, sous prétexte de consultation en haut lieu, mais tôt ou tard, je devrai bien, sur le plan diplomatique, m'incliner devant son bon droit.

— Je supplie Votre Excellence de ne pas me livrer à cet homme ! Il doit bien y avoir un moyen...

— Il y en a un justement, et c'est ce moyen que je vous propose.

L'ambassadeur parut réfléchir un instant avant d'exposer son plan.

— Je ne puis donc refuser de restituer au prince de Meldenstein la fiancée qui lui a été légalement promise. Mais si j'apporte la preuve que j'ai sous mon toit, non pas une future princesse germanique, mais l'épouse légitime d'un officier anglais, c'est une autre paire de manches ! Si fou qu'il soit, Hedwig préférera étouffer l'affaire avec le moins de scandale possible plutôt que de se couvrir de ridicule en intentant un procès en divorce qui aboutirait à faire monter sur son trône une femme déjà mariée et, il faut bien l'admettre, passablement compromise par toute cette aventure... Que pensez-vous de cette solution, chère Lady Camilla ? Elle a ses avantages, certes, mais je vous le répète, vous en sortirez, eh oui !... *compromise* aux yeux de la bonne société de Londres... et d'ailleurs, elle vous montrera du doigt !

Camilla comprit que Lord Dewaern cherchait à la taquiner avant de se décider à lui annoncer la bonne tournure que prenaient les événements. Aussi est-ce avec le plus gracieux sourire qu'elle lui répondit :

— Votre Excellence me jugera-t-elle sévèrement si je lui avoue qu'en l'occurrence je me moque éperdument du qu'en-dira-t-on ?

— Parfait ! En ce cas, il ne me reste plus qu'à faire procéder par mon chapelain, qui nous attend à côté, à ce mariage qui vous soustraira pour toujours à l'autorité du prince de Meldenstein. Ah ! Un dernier détail... Le capitaine Chevelry, du 5e régiment de dragons de Sa Majesté, s'est porté volontaire pour l'accomplissement de la formalité en question. Avez-vous la moindre objection, Milady ?

Trop émue pour pouvoir poursuivre le badinage, Camilla se contenta d'un hochement de tête négatif. L'ambassadeur s'inclina légèrement avec un sourire et, allant ouvrir la porte d'un cabinet voisin...

— Entrez, mon ami, dit-il d'un ton jovial. Votre demande est agréée !

Hugo avança d'un pas dans la pièce. Lui aussi avait fait quelques emprunts dans les différentes garde-robes de l'ambassade et avait retrouvé son élégance de naguère. Le bonheur qui irradiait son visage en avait ôté toute trace de fatigue et, plus que jamais, celle qui allait devenir son épouse fut sensible à sa virile beauté.

Ils s'étaient jetés dans les bras l'un de l'autre et, tandis que s'approchait d'eux le chapelain qui avait escorté la venue du jeune homme, Lord Dewaern s'écria non sans componction :

— Allons, mon Père, dépêchons-nous de marier ces enfants.

— Je brûle d'impatience de voir ces uhlans quitter les portes de l'ambassade, soupira Camilla.

— Elles n'en seront pas dégagées pour autant, mon amour, dit Hugo. Car ils seront aussitôt remplacés par d'autres militaires, belges cette fois.

— Belges ? dit-elle en sursautant. Qu'est-ce que la Belgique peut avoir à me reprocher ?

— A vous rien. Mais, à moi, un double vol de chevaux !

— Comment ? Mais ce n'était qu'échange...

— C'est le motif qu'ont trouvé le prince Hedwig et le margrave de Wonsterbalden réunis pour me mettre la main au collet ! Mais rassurez-vous, ma chérie... j'ai encore assez d'or pour désintéresser ces prétendus créanciers...

— Et pour ce qui est de votre sécurité, coupa l'ambassadeur, j'ai déjà réclamé un détachement de nos troupes d'occupation pour venir dégager mes grilles à la fois des cavaliers de la principauté et de ceux de Belgique. Après cela, je veillerai à ce que nos militaires vous escortent jusqu'au port dès que sera signalé un navire battant notre pavillon.

— Comment pourrons-nous jamais vous remercier de tout ce que vous faites pour nous ? exprimèrent en chœur les deux jeunes gens.

— Je suis heureux d'honorer une dette d'amitié que j'avais contractée de longue date auprès de ce cher Lord Lambourn, qui m'avait rendu de grands services lorsque je n'étais qu'un tout jeune attaché au Foreign Office... Venez, mon Père, ajouta-t-il en s'adressant au chapelain, nous allons précéder ces mariés jusqu'à mon oratoire et réunir quelques témoins, afin de nous assurer que ce mariage ne pourra jamais être attaqué pour vice de forme !

Une fois la porte refermée sur les deux personnages, Hugo porta à ses lèvres la main de Camilla qu'il n'avait pas lâchée.

— Etes-vous bien sûre d'avoir envie de m'épouser, mon ange ? murmura-t-il d'une voix émue.

— Et vous, mon bien-aimé, ne le faites-vous pas contraint et forcé, comme s'est amusé à le dire l'ambassadeur, et pour me sauver du déshonneur ?

— Ma chérie, si vous pouviez imaginer ce que notre mariage signifie pour moi ! Vous serez mienne pour toujours et nul désormais n'y pourra plus rien, ni prince régnant ni...

— Ni comtesse moscovite ! coupa-t-elle avec autorité.

Mutine, elle avait relevé sa jolie tête vers lui. La serrant dans ses bras, Hugo lui prit les lèvres avec une passion à laquelle elle était heureuse de répondre avec une joie confinant à l'extase. Leurs bouches restèrent un long moment unies, moment d'amour fervent où ils avaient l'impression de ne plus faire qu'un pour l'éternité !

Hugo et Camilla se séparèrent en voyant la porte s'ouvrir. Ils s'apprêtaient à aller à la rencontre de l'ambassadeur, mais, à sa place, s'avançait un jeune homme en tenue de voyage de la plus grande élégance. Seul un dandy de Chelsea pouvait porter un tel feutre à la plume conquérante, une cravate à grosses raies aussi bien torsadée, sur un « riding-coat » si impeccablement coupé et des bottes aussi reluisantes.

— Charles ! s'écria Chevelry au comble de la surprise. Du diable si je m'attendais à vous voir ! Comment êtes-vous arrivé ici ?

— Sur un vaisseau de Sa Majesté, comme vous pensez bien ! répondit l'autre tandis que tous deux se serraient chaleureusement la main.

— Vous tombez à merveille, mon cher. C'est le Ciel qui vous envoie avec votre vaisseau, car c'est justement ce que nous attendions pour repartir pour l'Angleterre ! Ma chère Camilla, laissez-moi vous présenter mon meilleur ami, Sir Charles Fotheringdale, qui a été mon compagnon d'armes durant toute la campagne d'Espagne. Charles, la fille de Lord Lambourn ici présente me fait l'honneur de me prendre pour mari. Vous arrivez à point pour être mon garçon d'honneur !

— Votre garçon d'honneur ? s'étonna le nouvel arrivant après les saluts échangés. Vous vous mariez donc, Hugo ? Mais pourquoi ici et à la sauvette, si je peux me permettre une question ?

— Ce serait trop long à vous expliquer, répondit Hugo. Sachez seulement que ce vaisseau qui vous a amené est la seule chose qu'il nous restait encore à souhaiter pour le moment !

— Il est d'autant plus à votre disposition, mon ami, que je ne l'ai emprunté que pour venir vous chercher sur le continent.

— Me chercher, moi ?... Mais... au nom de qui ?... de quoi ?

— Au nom du puissant seigneur qui nous gouverne, le prince Régent lui-même !

— Mon Dieu ! s'exclama Hugo, effondré. Mes créanciers ont-ils obtenu à mon encontre de telles lettres de cachet pour attirer sur moi jusqu'aux foudres de Son Altesse Royale ?

— Il s'agit bien de cela ! s'esclaffa Fotheringdale. Je craignais d'avoir à courir jusqu'à Meldenstein pour mettre la main sur vous et me réjouis fort, croyez-moi, que vous m'épargniez cette fatigue en vous trouvant ici. Nous allons repartir pour Londres au plus tôt, mon cher, et, si vous voulez mon avis, reculez donc votre mariage de quelques jours pour que le Prince ait la satisfaction de l'autoriser et de l'honorer de sa présence.

— Le prince Régent à mon mariage ? s'exclama Chevelry de plus en plus stupéfait. Que me chantez-vous là et qu'y viendrait-il faire ?

Sir Charles eut un regard de côté à l'adresse de Camilla avant de déclarer avec le plus grand calme et sans y mettre la moindre intonation :

— Mon cher ami, c'est un usage, figurez-vous, quand un duc et pair se marie.

— Duc... et pair !

— Eh oui, c'est ce que vous êtes, et permettez-moi d'être le premier à vous en féliciter ! Le diable seul sait faire parfois de ces tours au destin : je salue en vous, mon cher, le septième duc d'Alveston !

— Mon cousin... serait-il mort ?

Sir Charles prit un air de circonstance.

— Oui, ainsi que ses deux fils, dans un incendie qui a détruit toute une aile de son château. Victime de son avarice sordide, ni lui ni eux n'ont pu être sauvés car Sa Grâce s'était refusée à faire réparer sa pompe à eau ! Ses paysans, bien que durement traités par lui, vous le savez, ont pourtant fait de leur mieux pour éteindre les flammes. Ce fut en vain.

— C'est affreux ! murmura Camilla.

— Oui, une vraie tragédie, poursuivit le messager. Mais le reste du château est intact. Il vous attend, ainsi que le domaine, la pairie, la fortune. Allons, ne décevez pas la cour de Saint-James en lui refusant de danser à votre mariage !

— Mon mariage ne sera pas retardé d'une heure pour le seul plaisir de qui que ce soit ! s'écria le nouveau duc. Vous êtes bien de mon avis, mon amour ? ajouta-t-il en se tournant vers la jeune fille.

— Si vous voulez toujours de moi ? dit-elle d'un air faussement dubitatif. C'est que... duc !... et riche de surcroît...

— Vous ne pensez pas cela sérieusement, dit-il en éclatant de rire. Venez, ne faisons pàs attendre plus longtemps le chapelain...

Leur garçon d'honneur ouvrant la marche, le couple, étroitement enlacé et ne se quittant pas des yeux, s'avança comme illuminé par un rayon de soleil qui, traversant les hautes fenêtres du hall, semblait les entraîner vers ce septième ciel que l'on dit être le paradis de tous les amoureux...

Dans la même collection :

LE CAVALIER MASQUÉ

L'Angleterre, en 1658... Panthéa, la fille du marquis de Staverly est contrainte d'épouser le détestable Christian Drysdale. Il lui a promis de sauver son frère, condamné à mort pour avoir soutenu la cause du roi Charles Stuart.

Le mariage à peine célébré, une violente scène éclate entre les époux dès qu'ils sont montés dans le carrosse du voyage de noces. Surgit soudain Johnny Dentelle, un chevaleresque aventurier...

Pareille rencontre bouleversera-t-elle le sort de Panthéa ?

POUR L'AMOUR DE LUCINDA

Lucinda vient d'épouser le charmant Sébastian de Méridan, un joueur invétéré. Son père devait à Sébastian une somme importante, dette annulée s'il lui donnait sa fille aînée en mariage.

Lucinda étant la cadette, leur union est le résultat d'une super-cherie.

Mais Lucinda aime Sébastian en secret. Comme elle ne veut pas vivre dans l'ombre de son prestigieux époux, elle va essayer courageusement de le conquérir... Y parviendra-t-elle ?

L'AIR DE COPENHAGUE

L'argent ! N'y a-t-il que cela qui compte ?

Elita ne peut plus supporter sa vie oisive et dorée. Elle répugne surtout à épouser l'homme riche choisi par son père. Elle veut travailler. Rencontrer celui qui l'aimera pour elle-même.

Grâce à un séduisant inconnu, Hans Knusen, elle trouve un emploi d'hôtesse de l'air, mais pour un unique voyage. Elita accepte donc d'être demoiselle de compagnie d'un vieux monsieur, à Copenhague... Stupéfaite, elle découvre Knusen en livrée de domestique dans la maison de son maître !...

LE BAISER DU DIABLE

Dès qu'elle peut disposer de son immense fortune, Skye s'embarque sur son yacht pour le Mariposa, ce pays d'Amérique du Sud où son grand-père fit fortune autrefois.

Au cours d'une promenade à cheval, elle rencontre un bandit

surnommé « El Diablo », qui ose l'humilier. Elle !... Et quand elle tente de le capturer, la voilà qui se retrouve sa prisonnière.

Quel terrible sort lui réserve cet homme qui veut l'épouser de force ?

La haine que Skye ressent pour son ravisseur est sans limites, jusqu'au jour où...

LE MAÎTRE DE SINGAPOUR

L'exquise Lettice Brune est fiancée à Maximus Kirby, un homme riche et brillant. Sous son impulsion, la Malaisie connaît, en cette fin du XIXe siècle, un exceptionnel développement. Lettice s'embarque pour le rejoindre à Singapour.

Sa sœur, Dorinda, l'accompagne. Défigurée par une affection de la peau, Dorinda fuit le monde... Un miracle, au cours du voyage : son mal disparaît !

De grandioses cérémonies se préparent. Dorinda y rencontrera-t-elle l'amour ?

Achevé d'imprimer en mars 1981
sur presse CAMERON,
dans les ateliers de la S.E.P.C.
à Saint-Amand-Montrond (Cher)

N° d'Editeur : 2515 — N° d'Imprimeur : 233-075
I.S.B.N. 2-235-01075-X
Dépôt légal 1er trimestre 1981
Imprimé en France